JUDI FENNELL

MERJINN PRESS

PHILADELPHIA, PENNSYLVANIA

Beaux Gosses & Grand Dérues

Les grandes erreurs viennent parfois en petits paquets...
Bryan Lassiter n'a jamais su qu'il avait un fils — jusqu'au jour où il voit le petit Trevor Corrigan dans le supermarché. Ces yeux violets si caractéristiques, ces cheveux, cette tache de naissance... Se souvenant de ses propres sentiments sur l'adoption, ce propriétaire de BeefCake, Inc. et stripteaser occasionnel aspire à créer un lien avec la seule personne sur terre qui partage ses gènes.

Bien sûr, la mère de Trevor a aussi de très beaux « jeans », éveillant un désir pour un autre type de connexion. Ou plutôt de reconnexion, bien que Bryan ne se souvienne pas de leur première nuit ensemble. Mais la preuve se tient là devant lui, alors ça a dû arriver. N'est-ce pas ?

...Tout comme les cadeaux fabuleux...
Sur son lit de mort, la mère de Trevor a confié la garde de son bébé à sa demi-sœur, Jenna Corrigan. Depuis, Jenna a travaillé dur pour construire une belle vie pour le garçon qui est devenu le centre de son monde. Conçu par erreur après un coup d'un soir, l'acte de naissance de Trevor mentionne « inconnu » pour le père. Pour Jenna, il peut le rester.

Mais un seul regard sur Bryan pourrait conduire Jenna à commettre la plus grosse erreur de sa vie. Ces yeux violets si caractéristiques, ces cheveux, ces lèvres qui appellent au baiser...

Tomber amoureux pourrait être la plus grande erreur de toutes...
Quand Bryan prend Jenna pour une prostituée et qu'elle réalise qu'il est le père de Trevor, les erreurs et les malentendus commencent à s'accumuler. Mais quelque chose d'autre grandit aussi entre eux. Parfois, un mauvais tournant peut être tellement bon...

Chapitre Un

Il avait un fils.

Bryan Lassiter se tenait au bout de l'allée du supermarché et fixait le petit garçon à un mètre devant lui.

Les cheveux noirs et bouclés étaient identiques, y compris l'épi au-dessus de l'œil droit qui tombait un peu plus bas que le gauche, et la même fossette sur la joue droite. Les yeux aussi étaient les mêmes. Ces maudits yeux violets que Bryan avait détestés depuis que Julie Richardson les avait qualifiés de jolis en première année. Lui et Elizabeth Taylor.

Et maintenant ce garçon.

Et si *cela* ne suffisait pas, c'était la tache de naissance sur le bras du gamin qui scellait l'affaire. Bry avait la même, en forme d'étoile à cinq branches avec une pointe arrondie en bas à droite. Bryan avait fini par se faire tatouer par-dessus — en forme d'étoile — mais c'était la même.

Il avait un fils.

— Trevor ? Où es-tu ?

Une jolie brune surgit au bout du rayon, l'inquiétude gravée sur son visage. Elle s'adoucit quand elle vit le garçon — l'exact opposé de la réaction de Bryan.

Il ne la connaissait pas.

Oh, il avait couché avec beaucoup de femmes dans sa vie, mais il était fier de se souvenir à quoi elles ressemblaient, peu importe à quel point il avait été ivre—

Non. Ce n'était pas tout à fait vrai. L'enterrement de vie de garçon de Brad s'était déroulé dans un brouillard alcoolisé et il aurait pu y avoir une stripteaseuse impliquée...

Considérant que la fête de Brad avait eu lieu il y a quatre ans, et que le gamin semblait avoir environ trois ans... Oui, cela semblait plus que possible, bien qu'il n'ait jamais été assez ivre pour ne pas mettre de préservatif.

Qui peuvent être connus pour se déchirer.

Merde. Étant donné que le gamin ressemblait à chacune de ses photos de bébé, une nuit de débauche et de malchance *aurait pu* conduire à ce qu'il ait un fils.

— Chéri, je t'ai dit de ne jamais t'éloigner de Maman. Ce n'est pas l'endroit pour jouer à cache-cache.

Les yeux de Bryan se tournèrent vers « Maman ». Environ 1m68, avec des cheveux bruns bouclés au menton qu'elle n'arrêtait pas de replacer derrière ses oreilles mais qui ne tenaient pas, des pommettes hautes et de grands yeux — bleus ou gris, il n'était pas sûr. Des mouvements gracieux de danseuse qui seraient perdus dans un club de strip-tease, mais les jambes interminables ne le seraient certainement pas.

Avaient-elles été enroulées autour de lui ? Bryan se sentit durcir rien qu'en y pensant.

Mais ensuite, il regarda Trevor et tout son *corps* se raidit. Si ce petit garçon était le sien, elle l'avait tenu éloigné de lui.

Savait-elle même *qui* était le père ?

— Je suis désolé, Maman.

Trevor mit son pouce dans sa bouche et Bryan fut encore plus convaincu que le garçon était le sien.

Beaucoup d'enfants suçaient leur pouce, mais c'était la façon dont Trevor jouait avec son épi — exactement comme Bryan l'avait fait. Jusqu'à ce que son doigt se coince dans les nœuds et que son frère aîné Kyle se moque de lui. Maman avait dû couper son doigt pour le libérer et cette mèche de cheveux à l'avant de sa tête était devenue une chose de plus pour Kyle pour se moquer de lui. Ç'avait été la dernière fois que Bryan avait sucé son pouce.

— Oui, eh bien, tu m'as fait peur, mon chéri. Je ne veux pas que quelqu'un te prenne loin de moi, d'accord ? Tu dois rester avec moi.

Maman s'agenouilla et serra Trevor dans ses bras, l'action tirant son pantalon moulant beige vers le bas dans le dos.

Pas de tatouage dans le bas du dos, donc au moins il avait eu un certain goût pour les femmes quand il était ivre. Même les stripteaseuses.

Bryan secoua la tête. Il était mal placé pour la juger. Il avait lui-même fait du strip-tease à une époque et possédait maintenant une revue de danse exotique, BeefCake, Inc. Mais lui et son partenaire Gage géraient une entreprise de classe et Pas de Fraternisation était *la* règle numéro un de la maison. Dommage qu'elle n'ait pas adhéré à la même règle.

— Pourquoi quelqu'un me prendrait, Maman ?

Trevor arrêta de tourner ses cheveux avec une mèche enroulée autour de son doigt.

Maman passa une main sans alliance sur les cheveux de Trevor, dégageant le doigt emmêlé, puis glissa sa paume pour lui caresser la joue.

— Parce que tu es un garçon très spécial, Trevor. C'est pour ça que je t'aime tant. Alors tu dois rester avec moi tout le temps et ne pas t'enfuir, d'accord ? Même si tu joues.

Trevor hocha la tête et Bryan eut l'impression de se regarder dans un miroir.

— Mais *pourquoi* je suis très spécial ?

Elle l'attira contre elle et l'embrassa sur la joue.

— Parce que tu es mon petit bonhomme.

La position de Bryan lui offrait une vue parfaite sur la férocité de son expression quand elle le dit, le rapide resserrement de son biceps sous la manche courte de son t-shirt alors qu'elle le serrait. Elle aimait le gamin. Mais visiblement pas assez pour lui donner le père qu'il méritait.

Bryan avait à moitié envie de le lui dire, mais les allées de supermarché n'étaient pas exactement le meilleur endroit pour laver son linge sale. Il vérifia l'heure sur son portable. Une heure et demie avant le rendez-vous avec Gage.

Il remit ses lunettes de soleil et baissa un peu plus la visière de sa casquette de baseball. Il pouvait traîner dans les parages un moment. La suivre pour voir où elle habitait — et ensuite planifier quel serait le meilleur moment pour se présenter et discuter de ses droits paternels.

* * *

Jenna Corrigan serra son fils dans ses bras et essaya de calmer les battements frénétiques de son cœur. Mon Dieu, elle avait cru l'avoir perdu.

Trois ans depuis qu'il était devenu sien, et elle n'avait toujours pas surmonté le sentiment que d'une manière ou d'une autre, il lui serait enlevé. Et elle ne parlait pas d'un étranger.

Et si le père revenait ? Et s'il voulait son fils ?

Jenna ferma les yeux plus fort, serra Trevor plus près jusqu'à ce qu'il commence à se tortiller et qu'elle doive le lâcher. Ah, être si insouciant.

C'est sur cela qu'elle devait se concentrer, pas sur le fait que le type qui avait mis sa sœur enceinte puis s'était enfui pourrait vouloir assumer la responsabilité qu'il avait fuie. De plus, elle et Mindy étaient allées voir un avocat avant que le cancer de sa sœur ne progresse au stade terminal et elles avaient fait les démarches pour que, lorsque la fin serait inévitablement arrivée, il n'y ait aucun accroc pour que Trevor soit le sien.

— Je peux avoir de la glace ? demanda Trevor en suçant son pouce.

Jenna sourit. Si seulement tous les maux de la vie pouvaient être guéris avec de la glace.

— Bien sûr, mon chéri. Quel parfum ?

— Rocky Road. C'est mon préféré.

Cette semaine. La semaine dernière, c'était menthe poivrée.

Jenna le libéra de son étreinte, son corps réclamant instantanément sa proximité à nouveau. Elle ne l'avait pas porté en elle, mais c'était tout comme. Elle avait dormi avec lui chaque nuit pendant les trois premiers mois après la mort de Mindy — plus pour son propre réconfort que le sien.

Elle se leva et chassa toutes les pensées de *cela* de son esprit. C'était sa vie maintenant. *Trevor* était sa vie. Elle devait continuer. Elle *allait* continuer.

Elle tendit la main. — Allons en choisir alors, mon grand.

— D'accord, maman. Des doigts mouillés glissèrent dans sa paume et Jenna n'aurait voulu que cela se passe autrement.

Ils se dirigèrent vers l'allée et Jenna aperçut le sourire sur le visage d'un homme qui détournait la tête, le bord de sa casquette de baseball dissimulant ses yeux. Il avait écouté leur conversation. Probablement un père lui-même, si ce sourire en coin était révélateur. Il comprenait le soulagement qu'elle avait ressenti en réalisant que son enfant n'avait pas disparu.

Comme toujours, le coup dans son estomac la frappa avec une douleur atroce et Jenna s'arrêta un demi-pas derrière l'homme. Ce sentiment disparaîtrait-il un jour ?

— Je peux avoir du chocowat aussi ? Trevor, comme toujours, la ramena au présent. Un endroit tellement meilleur que leur passé.

— Il y a du chocolat dans le Rocky Road, Trev. Des petits morceaux.

— Oh. D'accord. Son pouce retourna dans sa bouche et il passa de l'autre côté d'elle, les doigts qui d'habitude tournicotaient dans ses cheveux agrippant maintenant sa main. Elle devrait probablement essayer de lui faire arrêter de sucer son pouce, mais renoncer à quelque chose de réconfortant allait à l'encontre de ses principes. Elle savait, par expérience, à quel point les choses réconfortantes étaient importantes.

Surtout quand la vie pouvait être un peu trop dure sans elles.

Chapitre Deux

— Allez, Trevor, c'est l'heure de la sieste.

Jenna extirpa le singe en peluche d'entre le canapé et le fauteuil, remerciant saint Antoine et tous ceux qui étaient responsables de cette trouvaille. La sieste ne se passait jamais bien sans M. Singe.

— Je veux pas.

On dirait que la sieste n'allait pas bien se passer de toute façon. Jenna soupira. Les siestes devenaient compliquées ces derniers temps ; Trevor n'en voulait plus et Jenna ne voulait pas y renoncer. Elle avait besoin de ces précieuses deux heures pour travailler. Être parent célibataire n'était pas propice à l'établissement d'une carrière, mais Jenna avait eu de la chance quand elle était revenue : non seulement elle avait retrouvé son poste d'enseignante, mais en plus dans une école avec une garderie. Cependant, cette garderie n'était pas gratuite, alors ses cours particuliers d'été devaient combler la différence. Ces deux dernières années, elle avait programmé les séances pendant la sieste de Trevor, mais l'année prochaine, elle allait devoir trouver autre chose, ce qui impliquerait de payer une baby-sitter, une dépense qu'elle ne voulait pas — ou ne pouvait pas — faire. Elle ne pouvait pas compter sur l'aide de son amie Cathy *tout* le temps.

— Allez, Trevor. Tu pourras avoir une glace quand tu te réveilleras.

Elle détestait avoir recours au chantage. Si seulement elle pouvait demander à sa mère...

Non. Cette option était exclue. *Ellen* lui avait déjà assez reproché d'avoir eu Trevor. Jenna n'avait pas dit la vérité à sa mère sur la paternité de Trevor parce que Mindy était en fait sa *demi*-sœur, le fruit de la liaison qui avait mis fin au mariage de ses parents. Ellen, comme elle préférait que Jenna l'appelle — et comme Jenna préférait l'appeler — aurait savouré l'idée que Mindy ait eu un enfant hors mariage et aurait été plus que ravie de dire à qui voulait l'entendre que la fille avait été une traînée. Alors Jenna ne lui avait rien dit.

— Trevor, allez.

Elle et M. Singe se dirigèrent vers la cuisine pour extraire un petit garçon récalcitrant de derrière la poubelle et le mettre dans son lit de « grand garçon » où il devait être. Maintenant, s'il pouvait seulement y rester.

Elle s'accroupit près de sa cachette. — Maman a besoin que tu sois un grand garçon et que tu fasses ta sieste. Et M. Singe est fatigué.

Elle agita le jouet devant lui, mais Trevor ne mordait pas à l'hameçon.

— Les grands garçons font pas la sieste, grommela-t-il en se calant plus étroitement contre le mur. Y a que les bébés qui font la sieste. C'est Michael qui le dit.

Jenna retint sa réplique. Michael faisait autorité sur tout et n'importe quoi selon son fils. Bien sûr, Michael n'avait que quatre ans, mais cela n'avait pas d'importance pour Trevor. Jenna recevait le « Rapport Michael » tous les jours quand elle allait chercher son fils à la garderie. « Michael a fait ci », et « Michael a fait ça ». Neuf fois sur dix, cependant, c'était plutôt du genre « Michael a donné un coup de pied à la maîtresse », ou « Michael a cassé le crayon de Rebecca », plutôt qu'une grande révélation du sage érudit de quatre ans. Michael semblait avoir besoin de beaucoup de thérapie.

— Michael a tort, Trevor.

Oups, mauvaise tactique. Pour Trevor, Michael était Dieu.

— Je veux pas.

Il mit son pouce dans sa bouche et commença à le sucer bruyamment.

Jenna jeta un coup d'œil à l'horloge. Quinze minutes avant l'arrivée de Jason. Si c'était n'importe lequel des autres élèves, Jenna aurait peut-être pu essayer d'installer Trevor devant la télévision pour l'occuper, mais le petit garçon idolâtrait Jason. Il bombardait toujours l'adolescent d'une centaine de questions sur sa « super » camionnette. Le tas de ferraille orange et rouge n'avait pas grand-chose pour lui du point de vue mécanique, mais pour un passionné de camions de trois ans et demi, c'était « super ». Jason était bon joueur à ce sujet, mais il devait passer les SAT à l'automne, et ils avaient vraiment besoin de se concentrer aujourd'hui avant le début du camp de football.

— Trevor, tu dois faire ta sieste. C'est ton travail, tu te souviens ? Tout comme Maman a un travail, toi aussi tu as un travail.

— Comme le papa de Michael ? Il porte une cravate. Je peux porter une cravate ?

Donc Michael servait à quelque chose. Son papa.

Jenna ne pouvait pas plus ignorer cette pointe de douleur maintenant qu'elle ne l'avait pu auparavant. Mais elle ne pouvait pas penser à Carl. Il n'avait manifestement pas été l'homme qu'elle croyait quand il l'avait quittée pour avoir adopté un bébé.

Trevor n'avait pas besoin d'hommes comme lui dans sa vie. Et elle non plus.

Pourtant, la culpabilité de savoir que, quelque part, Trevor avait un papa ne disparaissait pas. Mindy ne savait tout simplement pas qui était ce papa. Un grand et froid INFORMATION NON ENREGISTRÉE ornait cette ligne sur l'acte de naissance de Trevor.

Le père se soucierait-il de Trevor ? Voudrait-il peut-être de lui ?

Et s'il le voulait ? S'il revenait et l'attaquait en justice ? Un juge reconnaîtrait-il ses droits ?

C'était une question à laquelle Jenna ne voulait jamais avoir à répondre.

Elle mit Trevor au lit avec la promesse d'acheter des cravates pour lui *et* M. Singe à leur réveil, puis se dépêcha de descendre dans la salle à manger qu'elle avait transformée en bureau-salle de classe. Loin de la maison qu'elle et Carl avaient envisagée, avec sa propre salle de jeux pour leurs enfants, avant que Carl ne rompe leurs fiançailles. Fiancé, grande maison, maintenant son salon... elle avait sacrifié beaucoup pour le bien des jouets.

Et pourtant, quand elle regardait autour d'elle le chaos aux couleurs primaires, elle ne le regrettait pas le moins du monde. Enfin, d'avoir dû sacrifier le salon. Carl, en revanche...

Elle regrettait qu'il n'ait pas été l'homme qu'elle croyait.

La sonnette retentit et Jenna grimaça. Jason savait qu'il ne fallait pas sonner.

Elle écouta au bas de l'escalier, mais Trevor ne fit pas un bruit. Dieu merci.

Elle se précipita vers la porte et l'ouvrit, prête à rappeler à Jason exactement pourquoi il ne devait pas sonner, mais ce n'était pas Jason qui se tenait là.

C'était un homme. Ou plutôt, *l'*homme. Celui de l'épicerie. Elle aurait reconnu cette carrure, et ce délicieux arôme de savon et de lui, n'importe où. Et la casquette de baseball aussi.

— Je peux vous aider ?

L'homme la détailla de haut en bas. Pas qu'elle puisse le dire puisque ses yeux étaient cachés par ses lunettes de soleil, mais c'était plus une sensation. Chaque partie d'elle picotait tandis qu'il l'examinait.

C'était ridicule. Elle ne voyait pas ses yeux, alors comment savait-elle quand ils atteignaient une partie de son corps ?

Et qu'est-ce qu'elle faisait à y penser en premier lieu ?

Et, plus important encore, que faisait-il à regarder ?

— Il y a quelque chose dont vous avez besoin ? J'ai un élève qui arrive dans moins de dix minutes, alors vous allez devoir faire vite.

— Vous donnez des cours ? C'est inattendu.

Sa voix planait quelque part entre la basse et le ténor — et vibrait le long de sa colonne vertébrale comme un orchestre. Il n'avait pas besoin de la fixer pour attirer son attention.

La façon dont son t-shirt épousait ses formes *gardait* son attention.

Oh, pour l'amour du ciel. Elle n'avait plus seize ans. Elle était mère et elle avait un client qui arrivait, alors M. Grand, Ténébreux et Magnifique devait se dépêcher de partir. — Pardon, qu'avez-vous dit ?

— Quel est votre tarif ?

Il voulait qu'elle donne des cours particuliers à son enfant ? C'était une façon plutôt grossière de le demander. Mais elle avait besoin d'argent, alors elle ne pouvait pas faire la difficile. Pas dans cette maison.

— Quarante dollars de l'heure. Compétitif, mais pas inabordable.

— *Combien* ? Visiblement, il n'était pas d'accord. — Vous plaisantez ? Quarante dollars ? Il secoua la tête. — Madame, vous devez avoir des critères.

— Écoutez... Monsieur. J'ai tous les critères requis par l'État. Je ne peux pas garantir les résultats, mais mes clients m'ont recommandée à leurs amis, donc je dois faire quelque chose de bien. Le pick-up de Jason s'arrêta au bord du trottoir. — Écoutez, je dois y aller. Elle prit une de ses cartes sur l'étagère à clés près de la porte. — Tenez. Prenez ceci, réfléchissez-y et appelez-moi. On peut trouver un arrangement.

— Salut, Mme C. Tout va bien ? Jason fit le signe de tête obligatoire au type grand, sombre et maussade en montant les marches de son porche, le chêne usé grinçant sous la musculature d'un jeune de dix-sept ans qui ne misait pas son avenir sur une bourse de football, mais qui travaillait certainement dans ce sens.

— Tout va bien, Jason. Prêt pour ta séance ? Elle recula pour laisser entrer Jason, puis adressa un sourire à l'homme. — J'ai hâte de discuter avec vous. Elle commença à fermer la porte.

Le type plaqua sa main contre la porte, stoppant net son élan, et son autre main agrippa le bras de Jenna. — Que faites-vous ? Ce gamin n'a même pas dix-huit ans !

La moitié de ses sens enregistra la colère dans sa voix ; l'autre moitié enregistra quelque chose de complètement différent.

Sa peau... *crépitait* là où elle rencontrait la sienne. Crépitait. Elle fut surprise de ne pas entendre le grésillement ou sentir la fumée, mais c'était bel et bien du feu entre eux.

— Écoutez... Il jeta un coup d'œil à la carte qu'il tenait dans sa main sur la porte. — Mme Corrigan. Vous ne pouvez pas simplement inviter un mineur chez vous sans que personne ne le sache.

Jenna secoua la tête, essayant de retrouver sa concentration. Elle n'avait pas besoin d'être attirée par ce type, surtout pas avec son comportement erratique. Elle libéra son bras d'un coup sec et il faillit trébucher dans la maison. — Ses parents savent où il est. Pourquoi ne le sauraient-ils pas ? Ce sont eux qui paient la facture.

Jason passa la tête hors du bureau. — Il y a un problème, Mme C. ?

Jenna arqua un sourcil vers le visiteur. — Non, il n'y a pas de problème, Jason. J'arrive tout de suite. Pourquoi ne vas-tu pas tout préparer ? Ce monsieur allait justement partir.

Et elle s'en assura en fermant fermement la porte au nez de ce magnifique visage.

Bryan pensait que rien ne pouvait le frapper plus fort que de voir un petit garçon qui pourrait être son fils dans l'allée d'un supermarché de sa ville natale.

Mon Dieu, comme il se trompait.

Elle, cette Jenna Corrigan, recevait des clients — mineurs ! — chez elle. Là où était son fils. Et il n'y avait aucun moyen de le convaincre que ce *client* était là pour faire autre chose que passer du temps avec l'instructrice — il avait vu l'intérêt dans les yeux du gamin. Tout ce qu'il y a de plus masculin, un désir charnel. Ce gamin était là pour une seule raison et une seule raison seulement et oui, cela avait à voir avec le strip-tease. Mais pas en tant que choix de carrière.

À quoi pensait-elle ? À quoi pensaient les *parents* du gamin ?

Bryan savait à quoi pensait le *gamin*. Bon sang, s'il avait pu avoir une chance avec quelqu'un qui lui ressemblait quand il avait dix-sept ans—

Qu'est-ce qui n'allait pas chez lui ? C'était une prostituée haut de gamme — ou, à quarante dollars de l'heure, une prostituée plutôt bon marché.

Et elle trouvait ça normal.

Bryan regarda sa carte. *Jenna Corrigan, Par Instruction Privée.* Bon sang, elle ne prenait même pas la peine d'essayer de cacher ce qu'elle faisait.

Il devait aller à la police. Il le devait. Il était un citoyen honnête. Un citoyen concerné. Il avait entendu parler de femmes au foyer de banlieue qui se prostituaient dans leurs maisons aux clôtures blanches ; il n'y avait juste jamais vraiment cru.

Et avec des garçons mineurs ? Et personne ne faisait d'histoires ? Les parents du gamin *payaient* réellement pour ça ? Où allait ce monde ?

Bryan parvint d'une manière ou d'une autre à quitter le porche sans se rompre le cou, mais il était encore stupéfait quand il atteignit son pick-up. Certes, l'économie avait été dure pour tout le monde et peut-être qu'un bébé avait abîmé sa silhouette de strip-teaseuse — bien que d'après ce qu'il avait vu, pas beaucoup — mais la prostitution ? Et avec son enfant dans la maison ? *Son* enfant ?

Bryan s'éloigna du trottoir, mémorisant la plaque d'immatriculation du pick-up. Si les parents du gamin n'allaient rien faire à ce sujet — non, rayez ça, parce qu'ils *faisaient* quelque chose à ce sujet, mais rien qu'il n'ait jamais entendu — il devait la dénoncer et sauver ce petit garçon d'être élevé dans ce genre d'environnement.

Si Trevor *était* son fils, cela rendrait l'obtention de la garde plus facile.

Chapitre Trois

— Hé, Mme C ? fit Jason en imitant un roulement de tambour sur le mur de son bureau. Vous venez ?

— Euh, oui. Jenna arrêta de fixer l'homme qui venait de bouleverser son monde d'un simple toucher.

Elle secoua la tête. *Reprends-toi*. Elle avait un travail à faire, un enfant à s'occuper et des factures à payer. Rêvasser à propos d'un beau gosse avec de sérieux problèmes d'attitude n'allait pas l'aider. D'ailleurs, il y avait de fortes chances qu'elle le revoie.

La prochaine fois, elle vérifierait s'il portait une alliance.

Jenna ferma la porte, vérifiant deux fois le verrou. Parfois, elle et Jason étaient tellement absorbés par leur travail qu'elle ne voulait pas prendre le risque que Trevor se réveille de sa sieste et essaie de sortir sans qu'elle le sache. Non pas que cela soit déjà arrivé, mais elle avait entendu des histoires d'amis dont les enfants s'étaient éclipsés pour jouer avec leur meilleur ami, trop jeunes pour penser à prévenir leurs parents. Ce n'était pas une frayeur qu'elle voulait vivre. Celle d'aujourd'hui lui suffisait. Elle avait tourné le dos une seconde et il avait disparu derrière un présentoir.

Jason se leva quand elle entra dans le bureau. — C'était qui ce type, Mme C. ?

Jenna haussa les épaules. — Je n'en ai aucune idée. Il a besoin d'un tuteur, donc je suppose que je vais le découvrir.

— Il vous embêtait ? Je pourrais, vous savez. Jason fit craquer ses doigts. Avoir une petite discussion avec lui pour vous.

Jenna cacha son amusement. Jason n'avait jamais été aussi direct avec son béguin auparavant. — Je ne sais pas qui il est, mais je vais bien. Pas besoin de brutalité. Je suppose qu'il n'était tout simplement pas au courant du coût de l'aide supplémentaire. Pas comme toi, hein ?

Elle devait reconnaître les mérites de l'adolescent. La dyslexie rendait le travail scolaire beaucoup plus difficile, et il aurait pu se reposer sur ses lauriers en football, mais Jason avait des rêves. De grands rêves. Assez pour promettre à ses parents qu'il leur rembourserait chaque centime de ce qu'ils lui payaient si ses résultats aux SAT n'étaient pas suffisants pour une décision anticipée.

Pas de pression, n'est-ce pas ? Pour eux deux.

— Je pense avoir enfin compris les problèmes de maths, Mme C. Jason attendit qu'elle s'assoie. Chevaleresque, mais elle espérait que son béguin ne deviendrait pas un problème. La visite de M. Grand, Ténébreux et Magnifique avait ouvert des vannes de phéromones qui n'avaient pas été huilées depuis longtemps.

— Super, Jason. Le dernier obstacle franchi pour notre dernière séance. Je suis sûre que tu t'en sortiras bien aux SAT.

— Ouais, enfin, sauf pour les dissertations. Je ne pense pas réussir cette partie.

Et voilà que les phéromones laissaient place aux Graines du Doute. Elle avait entendu ce même sentiment de tant d'enfants. Ceux qui venaient la voir étaient généralement sur le point d'échouer, si ce n'était pas déjà le cas. Tellement en retard que rattraper ne semblait pas faisable.

Mindy avait été comme ça.

Jenna secoua la tête. Elle ne pouvait pas penser à Mindy. Elle avait aimé sa petite sœur, mais elle était plus que consciente des mauvaises décisions que Mindy avait prises dans sa vie. C'est pourquoi elle avait maintenant un enfant de trois ans et demi endormi à l'étage.

Non pas que Trevor soit une mauvaise décision. En fait, la meilleure décision que Mindy ait jamais prise était de garder le bébé. La deuxième meilleure était de le lui confier quand l'inévitable avait commencé.

Mindy avait essayé de rattraper toutes ses erreurs. Frivole et irresponsable, de mauvais choix... mais elle avait quand même bon cœur.

Si seulement Jenna avait pu faire comprendre à sa mère qu'elle aurait au moins un membre de la famille — et malheureusement, le seul qui lui restait — de son côté, mais le sujet de Trevor ramenait toujours à celui de la propre "erreur" de Jenna quand elle avait dix-sept ans.

Elle caressa son ventre, se souvenant de ce qu'elle avait ressenti pendant ces trois mois avant que la Nature et un conducteur ivre n'effacent la disgrâce d'Ellen. Cette douleur était encore vive. Certes, tomber enceinte au lycée n'avait pas été la meilleure idée, mais cela ne voulait pas dire qu'elle ne pleurait pas cette perte. Alors et maintenant.

— ...les dissertations. Pas vrai ?

Jenna secoua la tête. — Je suis désolée, Jason, qu'as-tu dit ?

Elle devait se concentrer. Jason la payait pour son temps, pas pour ses douloureux souvenirs.

— J'ai dit, dommage qu'il n'y ait pas de chiffres dans les dissertations.

Jenna se retint de lui serrer la main. Insécure et inquiet, il l'était peut-être, mais Jason était au seuil de l'âge adulte. Inutile de courtiser le désastre. Elle se contenta d'un petit coup avec le bout gomme de son crayon sur la table. — C'est vrai. Mais tu peux le faire. Utilise simplement les stratégies sur lesquelles nous avons travaillé. Regarde comme tu t'es bien débrouillé en composition anglaise de cette façon. Tu t'en sortiras pour la partie dissertation du test.

Jason sourit, un sourire paresseux du genre j'ai-le-monde-à-mes-pieds qui, douze ans plus tôt, aurait fait battre son cœur d'adolescente. L'avait fait, en fait, grâce à Dave Miller. Et *pas merci* à Dave Miller, ce même cœur avait été brisé ce terrible matin où lui et la vie l'avaient mise K.O., détruisant ses espoirs, son cœur et la majeure partie de sa famille. Ses propres sourires avaient pris des vacances jusqu'à ce que Trevor entre dans sa vie.

Jenna tendit la main vers le cahier de Jason où ils avaient pratiqué les exercices d'écriture. Avoir Trevor rendait tout cela valable. C'est pourquoi elle ne l'avait pas abandonné pour Carl. Pourquoi elle ne l'abandonnait pour personne. Le prochain homme dans sa vie devrait l'aimer elle *et* son fils.

Ou il ne serait pas l'homme qu'il lui fallait.

* * *

Le sergent de police n'arrêtait pas de rire. Pas plus que l'adjoint, les deux gars aux postes de bureau dans le coin, et le répartiteur. Même le livreur de pizza du déjeuner y allait de quelques ricanements.

Mais Bryan ne trouvait rien de drôle à tout ça.

— Donc vous pensez que Jenna Corrigan gère une maison de prostitution chez elle ? Le sergent Benton laissa échapper un grand "Waouh !" et se plia en deux de rire.

— Écoutez, Sergent, je sais ce que j'ai vu. Bryan essaya de garder une voix stable. Elle m'a même dit combien elle facturait.

Cela arrêta les rires. Les yeux de Benton se plissèrent. — Vous lui avez fait des avances ?

— Oui... non. Bien sûr que non. Elle a juste commencé à me dire ce qu'elle faisait et j'étais comme vous ; je n'arrivais pas à y croire. J'ai dû lui demander combien elle facturait. C'est juste sorti tout seul.

— Je vais vous dire ce qui a dérapé, Lassiter. Le sergent rapprocha sa chaise du bureau, posa son coude dessus et pointa un doigt vers la tête de Bryan. Votre cerveau. Vous vous êtes pris un coup de trop à la tête en jouant au foot à l'université. Heureusement que vous n'êtes jamais passé pro. J'ai connu le père de Jenna toute ma vie. Cette fille ne se prostitue pas.

Bryan réprima sa colère. Le fils de Sam Benton, Matt, avait été le quart-arrière remplaçant pendant les quatre années de lycée où Bryan avait été le titulaire ; il y avait beaucoup de ressentiment là-dedans. Il y en avait toujours eu. Il aurait dû savoir qu'il n'obtiendrait rien de Sam. Et il n'avait même pas encore *mentionné* Trevor.

— Et tu ferais bien de réfléchir à cette histoire de la paille et de la poutre. Après tout, on *sait* que tu colportes de la pornographie. Tu n'es pas le mieux placé pour parler.

Encore un effort pour contenir sa colère. Il ne colportait *pas* de pornographie. Les danseurs étaient bien entraînés. Sexy sans verser dans l'obscène. Le club avait des normes, notamment celle de ne pas exposer des enfants de quatre ans à des situations sexuelles.

En parlant de ça... Bryan vérifia son portable. Il allait être en retard à sa réunion avec Gage et le propriétaire du terrain adjacent au club s'il ne se dépêchait pas. La fiancée de Gage avait eu l'idée d'avoir des danseurs et des danseuses, ce qui avait non seulement mis fin aux accusations de sexisme de certains habitants, mais avait aussi doublé la clientèle du club. Maintenant, ils avaient des couples qui venaient pour leurs soirées en amoureux, et l'argent commençait vraiment à rentrer, donc ils avaient besoin de plus d'espace.

Peut-être que *lui* devrait embaucher Jenna. La garder loin des rues, pour ainsi dire. Au moins, il pourrait garder un œil sur elle.

Et peut-être une main ou deux, juste pour se rappeler ce qu'elle avait ressenti cette nuit-là—

Ouais, ça n'allait vraiment pas arriver.

— Donc, vous me dites que vous ne me croyez pas ?

Le sergent se pencha en arrière dans son fauteuil et étira la ceinture de son pantalon d'uniforme banal. — Tout à fait, mon gars. Tu es peut-être un génie sur le terrain de football, mais quand il s'agit de Jenna Corrigan, tu es plus bête qu'une poule dans un poulailler de renards. Jenna ne se prostitue pas plus que moi.

Avec le ventre à bière du sergent qui le précédait d'un bon demi-mètre, cette déclaration fut accueillie par plus de rires.

Bryan n'aimait pas qu'on se moque de lui.

Il se leva, sachant que sa taille était intimidante, et pointa un doigt sur le bureau devant le sergent pour faire bonne mesure. — Écoutez, Sergent, je suis un citoyen concerné. Je sais ce que j'ai vu et entendu, et je l'ai signalé. Vous devez enquêter.

Le sergent leva un sourcil vers lui. — Je ne te dis pas comment faire ton boulot, Lassiter, alors ne me dis pas comment faire le mien. Je vais suivre la procédure, comme toujours. Mais je ne suis pas obligé d'être ravi d'informer Jenna qu'il y a un cinglé en liberté dans cette ville.

On verrait à quel point le sergent le trouverait cinglé après avoir interrogé le gamin qui était chez Jenna en ce moment même.

L'image de ce jeune gamin, tout en sueur et excité, reluquant Jenna, noua l'estomac de Bryan. Bon sang. Il n'était *pas* jaloux d'un lycéen.

Bien sûr que non ; il s'inquiétait pour Trevor. C'était de ça qu'il s'agissait. Son fils. Son fils potentiel.

Non. Trevor *était* le sien. Il le *savait* ; il ne savait juste pas *comment* Trevor était son fils. Il se serait souvenu d'avoir couché avec Jenna. Elle était exactement le type de femme qu'il aimait — enfin, à part la partie stripteaseuse. Oui, c'était un double standard, mais Bryan ne partageait pas. Jamais. Il n'en avait jamais eu besoin. Il avait toujours eu les femmes qu'il voulait, et ce n'était pas parce qu'il avait eu le choix qu'il s'était gorgé au point de ne pas pouvoir se souvenir de quelque chose d'aussi intime que de faire l'amour avec elles.

Voilà *une* image. Jenna, sous lui, toute chaude et en sueur et se tortillant et—

Merde. Bryan enfonça ses mains dans ses poches pour cacher son érection grandissante. Il devait sortir du commissariat ou Benton penserait que c'était *lui* qui avait besoin d'être interrogé.

Chapitre Quatre

— Hé, Jenna ! Sergent Benton saisit la rampe en atteignant la troisième marche de son porche. Une amélioration. D'habitude, il l'attrapait dès la première. Son régime devait fonctionner.

Jenna baissa l'arrosoir. L'orme des Mellor protégeait les impatiences de la plupart des dégâts du soleil. Les fleurs pouvaient attendre un peu plus longtemps.

— Salut, Sarge. Il était « Sarge » depuis que Trevor avait commencé à parler. C'était ce qui s'en rapprochait le plus et Sarge s'en était accommodé. — Que puis-je faire pour toi ? J'ai préparé du yaourt et des pommes pour Trevor. Tu en veux ? Cette ruse était sa contribution à son régime chaque fois qu'il passait — ce qui, depuis qu'elle était revenue, était assez fréquent et directement attribuable à Trevor. Elle s'était souvent demandé si l'un des fils de Sarge pouvait être le père de Trevor.

Mais elle n'avait pas posé la question. Elle ne voulait pas savoir.

— Il est réveillé ?

— Pas encore. J'ai eu du mal à le coucher, alors je ne pensais pas qu'il était si fatigué. Mais on ne sait jamais avec les enfants.

— Pas seulement les enfants.

— Quoi ?

Sarge secoua la tête. — Rien. Je veux bien une petite collation, si ça ne te dérange pas.

Jenna tint la porte moustiquaire ouverte et fit un geste de la main vers l'intérieur. — Avec plaisir.

Sarge, cependant, était à l'ancienne. Son geste fut plus ample que le sien, impliquant tout son bras. — Après toi.

Comment résister ? Jenna le conduisit dans sa cuisine, la pièce dont elle était la plus fière dans la maison. L'endroit était à peine habitable quand elle l'avait acheté — la principale raison pour laquelle elle avait pu se le permettre. Une location pendant douze ans, la maison avait besoin d'amour et d'attention — deux choses dont Jenna disposait en abondance.

Heureusement, car souvent, elles avaient dû aller plus loin que son compte en banque.

— Thé glacé ou limonade ? Elle tira sur la lourde porte du réfrigérateur Philco antique. Il avait été trop lourd à déplacer quand elle avait acheté la maison. Elle n'en avait jamais vu auparavant, alors quand le gars qui était venu pour le lui enlever lui avait dit combien il valait, elle l'avait engagé pour le réparer à la place. Ç'avait été son premier investissement monétaire dans la maison autre que la maison elle-même, et avait donné le ton à la cuisine.

Maintenant d'un rouge vif, c'était le complément parfait au sol en damier noir et blanc qu'elle avait posé et aux armoires et appareils blancs sous le mur de fenêtres qu'elle avait grattées, poncées, révitrées et peintes. Un ensemble de table et chaises rétro en chrome qu'elle avait déniché dans une vente de garage et récuré à la laine d'acier s'appuyait contre le mur intérieur. Le vinyle rouge des sièges s'accordait avec le rideau à carreaux au-dessus des fenêtres. Des étagères remplies de bouteilles et vases en verre opale qui avaient décoré les comptoirs jusqu'à ce que Trevor commence à marcher remplissaient maintenant l'étagère qui ceinturait le haut des murs de 2,75 mètres.

— Le thé glacé ira bien. Sarge s'assit en bout de table — le meilleur endroit pour voir le visage de Trevor quand il passerait la porte. Sarge et sa femme, Beverly, avaient deux fils adultes, mais aucun n'avait d'enfants. En raison de l'amitié des Benton avec son père (et celui de Mindy), ils étaient ce qui se rapprochait le plus de grands-parents pour Trevor depuis que la mère de Mindy était décédée, et lui ce qui se rapprochait le plus d'un petit-fils pour eux.

— Du yaourt ? Elle tira à nouveau et la lourde porte s'ouvrit.

— Tu en as aux myrtilles ? Les graines de fraise se coincent dans mes dents.

Jenna tria parmi les tours que Trevor aimait faire avec son en-cas préféré sur l'étagère du bas. Aucune logique quant à la raison pour laquelle il faisait ses piles asymétriques comme ça, mais il aurait le temps de s'organiser plus tard dans la vie.

— Pas de myrtilles. J'ai de la vanille nature, par contre. Je peux ajouter des tranches de banane si tu veux.

Le sergent fit signe d'approcher le pot de yaourt. — Ne te dérange pas. Je le prendrai tel quel. Tiens, assieds-toi. Il poussa du pied la chaise à côté de lui.

— Merci, mais je dois commencer à préparer le dîner. Trevor veut des raviolis ce soir et je devrais décongeler le bœuf haché pour les boulettes.

—Jenna, s'il te plaît. Assieds-toi.

Sarge n'avait pas utilisé ce ton avec elle depuis cet horrible après-midi à l'hôpital quand elle était sortie de chirurgie — et pas son père.

Elle tâtonna le dossier de la chaise la plus proche d'elle. Celle de Trevor. Mais elle s'en fichait. Elle ne pensait pas que ses jambes la porteraient de l'autre côté de la table. — Qu... Qu'est-ce qu'il y a ?

Oh, mon Dieu. Qu'est-ce que c'était ? Beverly ? Sarge ?

— J'ai reçu une plainte, aujourd'hui. Au poste.

— Une plainte ?

Il hocha la tête. — À propos de toi.

— Moi ? Là, ça n'avait vraiment aucun sens. Qui pourrait se plaindre d'elle ? Après le scandale qu'elle avait créé au lycée, attirer l'attention sur elle était la *dernière* chose qu'elle faisait ces jours-ci.

— Oui. Quelqu'un pense que tu... euh... Sarge se frotta la nuque. Elle, et le reste de son visage, devint plus rouge que n'importe quelle fraise.

— Pense que je suis quoi ?

Il claqua des lèvres, la regarda, puis joignit ses mains sur la table et les fixa intensément. — Quelqu'un pense que tu gères un... bordel. Ici. Dans ta maison.

Celle-là, elle ne l'avait pas vue venir. Un bordel ? Une maison de- — Quelqu'un pense que je suis une prostituée ?

Sarge secouait la tête. — Je sais. Je n'arrive pas à y croire non plus.

— C'est pour ça que tu es là ? Pour savoir si c'est vrai ? Vraiment ? Tu n'as pas simplement dit à cette commère de se mêler de ses affaires ?

Ou est-ce que Sarge pensait vraiment—

Bon sang. Une erreur dans son passé et même Sarge était prêt à penser *ça* d'elle ?

Elle n'aurait jamais dû revenir. Elle aurait dû rester où elle était et construire leur vie là-bas, sans jamais espérer quoi que ce soit de sa mère parce que cette femme n'en était de toute façon pas capable.

— Qui était-ce ?

Sarge la regarda d'un air penaud. — Je ne peux pas te le dire.

— Ah vraiment ? Pourtant quelqu'un qui a plus de temps que de bon sens peut m'accuser de ça et tu dois venir perturber ma journée ? Je n'y crois pas.

Elle frappa la table de ses paumes et se leva. Mon Dieu, quand est-ce que ça finirait ? N'avait-elle pas assez payé pour cette seule erreur ? C'était déjà assez dur que Dave l'ait quittée — et accusée de coucher avec quelqu'un d'autre — mais ensuite perdre son bébé le même jour *et* son père... Et maintenant ça.

Jenna s'approcha de l'évier et s'appuya sur le rebord frais en porcelaine. Elle regarda par la fenêtre, droit vers la véranda grillagée des Mellor. Était-ce *eux* qui l'avaient accusée ? Ils avaient un point de vue idéal pour voir tous les adolescents entrer et sortir de sa maison, mais c'étaient des *gamins*, bon sang.

Elle baissa la tête. Mon Dieu, quel gâchis. Et maintenant Trevor allait grandir avec cette insinuation—

— Si ça peut te rassurer, dit Sarge, ce n'est pas un des voisins. Et il n'est pas vraiment bien placé pour parler. Mais je devais faire mon boulot. Tu comprends.

Oh, elle comprenait.

Il.

Le type qui était sur son perron il y a deux heures quand Jason était arrivé—

Oh non. *Quarante dollars de l'heure.*

Et les parents de Jason qui la payaient—

Les épaules de Jenna commencèrent à trembler. Quarante dollars. Pas étonnant qu'il lui ait dit qu'elle devrait avoir des principes.

— Jen ? Ma belle ? Ne pleure pas. Je lui ai dit qu'il était dingue. Mais je devais faire quelque chose puisqu'il est venu au poste—

Elle fit volte-face. — D'autres personnes sont au courant ? Une erreur comique était une chose, mais les commérages et le ridicule public en étaient une autre.

— Tout le monde lui a aussi dit que c'était n'importe quoi. Ne t'inquiète pas. On te soutient. Sarge chercha quelque chose dans sa poche, le pied de la chaise raclant le carrelage alors qu'il s'éloignait de la table. Mais pour la forme, je dois te demander de déclarer ce que tu fais ici.

Il ouvrit son carnet à spirale et lécha la pointe de son crayon.

Elle pensait que seuls les détectives de romans à quatre sous mâchouillaient la pointe de leur crayon, mais apparemment, il y avait du vrai dans les vieilles habitudes des petites villes.

Malheureusement, il n'y avait pas grand-chose à dire sur les moulins à ragots des petites villes. Qu'elle soit coupable ou non des assertions de M. Grand, Brun et Idiot, le fait qu'il les ait faites — et que Sarge ait dû « enquêter » — allait faire circuler son nom dans tous les clubs de mahjong et de bridge jusqu'au prochain scandale.

Elle prit une profonde inspiration. *Ça aussi passera.* Elle devait rester ici pour Trevor. Elle ne pouvait pas fuir comme elle l'avait fait auparavant. C'était le seul foyer qu'il connaissait. Elle avait un bon travail où elle pouvait l'avoir sur le campus avec elle et être capable de payer leur maison. Ses amis d'enfance, ceux qui n'étaient pas partis, étaient ici, et, plus important encore, les souvenirs de son père et de sa sœur.

— D'accord, Sarge, pour le compte-rendu, non, je ne gère pas une maison de passe chez moi. J'ai une entreprise de tutorat. Tout est parfaitement légal. Je paie mes impôts, j'ai un permis spécial de la municipalité, je fais de la publicité, et je suis payée pour aider les enfants à améliorer leurs notes. Je peux fournir des témoignages si vous en avez besoin.

Sarge mit un point sur un *i* dans son carnet puis le referma. Il le glissa avec le bout de crayon dans la poche de sa chemise. — Ce ne sera pas nécessaire, Jenna. Tout est bon. Je dois juste déposer le rapport officiel et on pourra tous oublier ça.

Facile à dire pour lui. Elle n'allait pas oublier ça—

Ni l'homme qui l'avait remise sur le radar des commérages de la ville.

Bryan passa de nouveau devant sa maison en se rendant à son rendez-vous avec Gage. Certes, c'était un détour, mais il ne pouvait pas, en toute conscience, laisser cet enfant dans la maison de son fils.

Heureusement, le pick-up cabossé avait disparu. Bien. La dernière chose dont il avait besoin, c'était d'un jeune punk bourré d'hormones essayant de le surpasser en testostérone.

Il se gara contre le trottoir d'en face, deux maisons plus loin. C'était une jolie rue. Chaleureuse. Des maisons victoriennes, des clôtures blanches, de grands vieux arbres, parfaits pour grimper ou construire des cabanes. Son père lui avait construit la cachette parfaite pour lui et Kyle avant de mourir. Bryan avait prévu de faire la même chose pour ses enfants un jour.

Il n'y a pas de meilleur moment que le présent.

Il ouvrit sa portière, sur le point de descendre dans la rue quand *elle* apparut sur le porche.

Jenna Corrigan. Bryan referma la portière et se retourna sur son siège. Posant son avant-bras droit sur le volant, il caressa sa carte de visite. Beige avec des lettres marron. *Tous vos besoins en instruction*. Aussi anodine que possible. Ne révélant rien. Parfaite pour trier la clientèle avant d'accepter des missions indésirables.

Comment diable ce gamin musclé avait-il passé le contrôle ?

Bryan ricana. Avait-il vraiment besoin de poser la question ? Elle avait la fin de la vingtaine ou le début de la trentaine ; le gamin entrait tout juste dans son apogée sexuelle. Bryan n'était pas un génie en maths, mais l'équation était assez simple à résoudre.

C'était l'implication des parents qui le déconcertait. Les parents du gamin *payaient* vraiment pour ça ? Mon Dieu ! Son père était mort quand il avait quatorze ans, et bien que Henry Lassiter ait été un père formidable, il ne le voyait pas être *aussi* progressiste.

Jenna retira quelques fleurs fanées d'un des paniers suspendus et sa chemise se dégagea de sa ceinture. Une peau bronzée et tonique lui apparut furtivement.

Bien sûr qu'elle le serait. Toute cette danse et autres exercices, euh, aérobiques la maintiendraient en forme. Peut-être pas une silhouette de stripteaseuse, mais-

À qui essayait-il de mentir ? C'*était* bien une silhouette de stripteaseuse. Cette femme était parfaitement proportionnée - l'accent étant mis sur *parfaite*.

Bryan se pinça l'arête du nez. Peu importait à quel point elle était parfaite physiquement ; cela ne la rendait que plus inapte à élever son enfant.

Il saisit à nouveau la poignée et avait la porte à moitié ouverte quand le sergent Benton la rejoignit sur le porche.

Bien. Le flic faisait son boulot.

Bryan plissa les yeux, essayant de voir son visage, se préparant aux larmes qu'il verrait probablement. C'était de sa faute. Si elle ne faisait rien d'illégal, elle n'aurait aucune raison de...

...sourire au sergent Benton.

Ni de *serrer* le gars dans ses bras.

Merde. C'était *comme ça* ? Pas étonnant que le flic ne veuille pas qu'on la dénonce.

Bon sang. Ça venait de se compliquer.

Bryan mit ses lunettes de soleil et sortit de la voiture dès que la voiture du sergent tourna au coin de la rue. Il sprinta de l'autre côté de la rue, gravissant les quatre marches du porche en deux enjambées.

Le sourire qu'elle avait eu pour Benton disparut quand elle se retourna et le vit, mais seulement brièvement. Puis elle en plaqua un nouveau, mais il n'atteignait pas tout à fait ses yeux.

Bien sûr, il ne la payait pas, ne lui donnait pas de pot-de-vin, ne fermait pas les yeux ou quoi que ce soit d'autre que le vieux Sarge lui donnait en échange d'un de ces sourires - et peut-être bien plus encore.

Bryan s'autorisa à la détailler rapidement.

— Vous êtes de retour. Le ton glacial de sa voix lui indiqua qu'elle n'était pas ravie de ce fait. — Y a-t-il quelque chose que je puisse faire pour vous ?

Si elle savait. — En fait, oui. Il y a quelque chose. Il brandit sa carte de visite entre ses deux premiers doigts. — Ceci. J'aimerais vous embaucher.

Elle arqua un sourcil délicat. — Vraiment.

Ce n'était pas une question. Comme si elle s'y était attendue. Mais si Benton lui avait dit de quoi il l'avait accusée, elle n'aurait pas souri quand le flic était parti.

À moins que les deux ne mijotent quelque chose.

Bryan s'éclaircit la gorge. Des théories du complot ? D'abord, il voyait des fils jusqu'alors inconnus, et maintenant ça. Il devenait paranoïaque. Elle lui avait donné sa carte ; bien sûr que ce n'était pas une surprise qu'il soit de retour. Le Sarge était un professionnel ; il n'aurait pas divulgué ce qu'il était venu enquêter et il ne lui aurait certainement pas dit qui l'avait accusée.

— Oui, je veux vous embaucher. C'était la première fois de sa vie qu'il engageait une prostituée. Il passa une main dans ses cheveux. Même s'il l'embauchait, ce n'était pas pour ce qu'elle pensait - pas pour ce que n'importe qui penserait. La *dernière* chose qu'il ferait serait de profiter de ce pour quoi il payait. Pas s'il voulait que les accusations contre elle tiennent devant un tribunal - sans se retrouver lui-même en prison.

— Êtes-vous sûr que mes *critères* sont à la hauteur des vôtres ? Je veux dire, puisque les miens sont si bas. Elle se pencha pour prendre l'arrosoir, lui donnant un rapide aperçu de son décolleté.

Intentionnellement ? Peut-être que c'était comme ça qu'elle négociait. Donner aux clients un petit échantillon, leur montrer ce qu'ils obtien-draient-

— Combien pour le reste de l'été ?

Elle se redressa lentement, l'arrosoir toujours sur le porche. Ses yeux se plissèrent.

Calculait-elle son tarif horaire ? Quarante heures à quarante dollars l'heure - pas un mauvais montant hebdomadaire pour un emploi normal. Mais pour le sien ?

Hé, Bryan aimait le sexe autant que n'importe qui - certains diraient même plus - mais il voudrait beaucoup plus que quarante dollars de l'heure pour le faire à plein temps.

Il ne pensait même pas qu'il *pourrait* le faire à plein temps.

Mais alors elle mit une main sur sa hanche et le regarda sous ses cils, le faisant reconsidérer cette dernière pensée. Son corps était définitivement partant pour essayer.

Dommage qu'il ne se souvienne pas d'avoir été avec elle. Cette nuit-là n'avait été qu'un grand flou embrumé par la vodka.

— Je ne travaille pas à plein temps l'été. J'ai un fils dont je dois m'occuper.

— Je vous paierai pour être disponible vingt-quatre heures sur vingt-quatre, sept jours sur sept. Combien cela vaut-il pour vous ?

Cette fois, il vit les rouages tourner dans sa tête et des signes dollar dans ses yeux comme si son visage était une machine à sous. Une jolie machine à sous, mais une machine à sous quand même.

— Vous ne pouvez pas vous le permettre.

— Laissez-moi en juger. Il croisa les bras. — Combien ?

— Si on se base sur mon tarif horaire-

— Combien ?

Elle se mordit la lèvre. — Dix mille.

— D'accord. Cela prendrait la majorité du retour sur investissement qu'il venait de recevoir de BeefCake, Inc., mais il aurait payé le double. La faire arrêter de se prostituer valait bien dix mille dollars ; qu'elle prenne l'argent et qu'il l'utilise contre elle dans une bataille pour la garde ? Inestimable.

— Je veux du liquide.

Bien sûr qu'elle en voulait. Et il exigerait un reçu. — D'accord.

— Tout. À l'avance.

Au moins, elle était une femme d'affaires avisée. Il devrait être content que sa contribution à l'ADN de son fils ne se limitait pas qu'à un beau physique.

— Pas de problème. Je serai de retour demain. Il tendit la main. C'était, après tout, une transaction commerciale.

Mais le contact de sa peau sur la sienne était aussi loin des affaires que possible. Cela lui faisait presque regretter de ne *pas* en avoir pour son argent.

Elle tira, mais Bryan ne lâcha pas prise. En fait, il serra sa main plus fort. La tira plus près de *lui*. Si près qu'il pouvait sentir le parfum des fleurs s'accrochant à ses cheveux et voir ses yeux — bleus, pas gris — s'écarquiller. Si près qu'il songea à se rapprocher encore et à passer sa langue sur cette adorable bouche en arc de Cupidon.

Combien d'autres l'avaient déjà fait ?

Bien sûr.

Bryan se pencha en arrière, juste assez pour briser l'emprise que ces lèvres avaient sur lui. — Et mettons les choses au clair. À partir de maintenant, tu travailles pour moi, donc plus de Jason. Compris ?

Jenna rejeta la tête en arrière et le sourire qu'elle lui adressa était définitivement réel. Il illuminait ses beaux yeux bleus. Mais ce n'était pas exactement amical.

Cette fois, *elle* fit un pas en avant. Jusqu'à ce que ses phalanges touchent ses abdominaux, et les siennes, les siens. — *Je* comprends. Mais *toi*, tu dois comprendre quelque chose. Je ne travaille pas *pour* toi. Je travaille pour moi-même et mon fils. Je suis *employée* par toi. Il y a une différence et elle est de taille. Elle lui donna un coup dans le ventre. — N'oublie pas *ça*.

Oh, il n'oublierait pas. Tout comme il ne pouvait oublier qu'il avait offert — et qu'elle avait accepté — de l'argent pour du sexe. Et, tu sais quoi ? Même s'il ne prévoyait pas d'en profiter, elle lui devait quelque chose.

Un baiser devrait faire l'affaire.

Une seconde plus tôt, Jenna se félicitait d'avoir roulé ce type, et la suivante, elle était tellement dépassée qu'elle ne voyait plus le jour.

Qui embrassait comme ça ?

Il était bâti comme un athlète professionnel, tout en muscles durs et sculptés, et il la dominait de toute sa taille avec une intensité contenue. Des doigts forts s'entremêlaient dans ses boucles, ses grandes mains encadrant sa tête. Des lèvres qui semblaient divines sur les siennes. Juste un petit mordillement. Presque un effleurement. Mais elles envoyèrent une décharge directe jusqu'à son centre, embrasant chaque terminaison nerveuse qu'elle possédait.

Il changea légèrement l'angle de sa tête, mais, oh, c'était suffisant pour faire monter ce feu de quelques milliers de degrés. Ses lèvres pressaient plus fermement contre les siennes et elle savait, dans les recoins... lointains... obscurs de son cerveau que ce n'était pas une bonne idée, mais pour rien au monde elle n'aurait pu l'arrêter.

Pas qu'elle essayait très fort.

Cela faisait longtemps que Carl était parti. Plus longtemps encore depuis que Carl l'avait embrassée comme ça — en fait, Carl ne l'avait *jamais* embrassée comme ça.

M. Magnifique la pressa contre la rambarde du porche, changeant l'angle et la pression et la douceur et ce je-ne-sais-quoi qui la traversait, et Jenna réalisa que *personne* ne l'avait jamais embrassée comme ça. Jamais.

Quand il l'embrassa à nouveau, avec un peu plus de pression, un peu plus insistant, Jenna réalisa qu'elle ne connaissait même pas son nom.

Puis il passa sa langue le long de la couture de ses lèvres, et elle réalisa que son propre nom devenait un lointain souvenir.

Et quand il déplaça sa main le long de son dos, puis enroula son bras autour de sa taille, la hissant dans la position *parfaite* pour sentir que, hé, il ne plaisantait pas, elle cessa de réaliser quoi que ce soit, et son corps passa en pilote automatique.

Un halètement involontaire plus que bienvenu quand ses doigts effleurèrent le haut de ses fesses lui donna l'occasion parfaite de glisser sa langue à l'intérieur et de la goûter. Ce qui lui donna l'occasion parfaite de lui rendre la pareille, et, bon sang, il avait bon goût.

Elle se pencha vers lui et c'était bon aussi. Plus que bon. Elle fit glisser ses mains autour de lui, sentant ses obliques se contracter, les muscles de son dos se tendre, et ses jambes encadrer les siennes. Cela faisait si longtemps qu'elle n'avait pas ressenti ça. Ce désir. Charnel et brûlant et totalement inattendu.

D'un type qui pensait qu'elle était une prostituée.

Quand ses lèvres se déplacèrent le long de sa mâchoire jusqu'au creux sous son oreille, Jenna se permit de fulminer un peu sur ce qu'il pensait qu'elle était. Ce qu'elle le laissait penser qu'elle était.

Bon sang. D'accord, il ne la connaissait pas, mais une prostituée ? Vraiment ? Qu'y avait-il chez elle qui lui faisait penser ça ?

Son souffle pouvait être à la bonne température de *chaud* contre sa gorge, mais cette pensée était meilleure qu'une douche froide pour remettre les choses en perspective, et Jenna le repoussa pour s'éloigner.

Mais son bras ne fit que se resserrer, ses lèvres devinrent plus insistantes, et la tige contre son abdomen tressaillit. Le gars présumait *beaucoup*.

Dix mille dollars payent beaucoup de présomptions.

Ses lèvres descendirent plus bas, et Jenna se fichait de ce que dix mille dollars payaient. Elle n'avait pas besoin de plus de ragots de voisinage ruinant sa réputation et lui coûtant son travail.

La colère prit le dessus sur sa libido — Dieu merci — et Jenna s'arracha à son étreinte.

— Quoi ? Tu veux l'argent d'abord ? Du sarcasme, pas de la surprise — qui se transforma rapidement quand elle gifla sa joue ciselée avec un retentissant *clac* !

Un moineau gazouilla depuis une branche d'arbre près du porche, le seul autre son. Eh bien, à part leur respiration haletante, la passion-le désir, l'attirance, peu importe — coulant encore dans leurs veines.

Jenna fit volte-face et courut à l'intérieur, claquant la porte derrière elle et s'appuyant contre elle.

Super. Le bruit avait probablement réveillé Trevor. Un autre péché qu'elle mettait aux pieds de ce type.

Elle jeta un coup d'œil par la fenêtre latérale. Il était toujours là, debout, une main frottant sa joue, l'autre sur le pilier qui soutenait le toit du porche. Il regarda vers la porte et Jenna se retira brusquement hors de vue. Elle n'était pas d'humeur à la confrontation maintenant.

Ça viendrait demain.

L'homme avait accepté de lui payer dix mille dollars pour ses services. Elle allait vraiment prendre plaisir à l'éclairer sur ce qu'étaient exactement ces services. *Après* avoir pris son argent, bien sûr.

Elle lui rendrait tout. Pas besoin de se faire poursuivre pour fraude ou quoi que ce soit qu'il inventerait contre elle quand il apprendrait la vérité, mais ça valait le coup de maintenir la ruse pendant les douze prochaines heures environ. La traiter de prostituée et la dénoncer à la police sans même lui demander ? Espèce de salaud moralisateur ; il ne l'avait pas volé.

— Maman, je peux descendre maintenant ? Pile à l'heure, Trevor l'appela avec le nom qui la rendait encore plus heureuse qu'imaginer la tête de M. Magnifique quand elle lui jetterait son argent au visage demain.

— Bien sûr, Trev. J'arrive tout de suite. Elle jeta un coup d'œil par la fenêtre alors que son nouvel "employeur" se dirigeait vers le trottoir.

Demain serait plein de surprises.

Chapitre Six

— Donc tu l'as laissé croire que tu es une prostituée ? Cathy, la meilleure amie de Jenna, l'attrapa par le bras et l'entraîna encore plus loin de la table de pique-nique où leurs garçons jouaient avec de la pâte à modeler. Le parc était un endroit bien plus facile pour nettoyer, occuper les garçons et leur donner une dose de vitamine D que l'une ou l'autre de leurs maisons pour leur rendez-vous hebdomadaire.

Jenna tapota le bord du chapeau de paille de Cathy que son amie portait chaque seconde de chaque jour depuis qu'elle avait fait retirer ce mélanome cinq ans auparavant. C'était la couverture de sécurité de Cathy, mais aussi un rappel de plus pour Jenna de la nature éphémère de la vie. Elle avait perdu trop de gens.

— Oui. Je l'ai laissé le croire. Et j'ai hâte de lui balancer ça à la figure.

— Dix mille dollars, dit Cathy en secouant la tête. Ce que je ne donnerais pas pour voir ça.

— Je suis sûre que ça ferait de moi une sorte de prostituée de luxe à ses yeux si je prenais de l'argent de toi pour ça.

— Ou une maquerelle, plaisanta Cathy.

Elles rirent de la situation, mais en réalité, ce n'était pas drôle.

— *Pourquoi* pense-t-il que je suis une prostituée, Cath ? Je n'arrête pas de repasser la conversation qu'on a eue dans ma tête et tout ce que je peux en conclure, c'est qu'il doit être fou. Jason *était* à la maison, mais c'est un gamin.

— Un gamin canon qui a le béguin pour toi.

Cathy avait surveillé leurs fils dans le jardin de Jenna les jours où Jenna avait dû programmer des séances en dehors des heures de sieste. Chaque fois que le besoin s'en faisait sentir, Jenna essayait de programmer ces séances pendant les rendez-vous de jeu de Trevor, sachant que Cathy avait du temps libre. Sinon, c'était toujours un numéro d'équilibriste pour occuper Trevor pendant qu'elle travaillait avec ses élèves. Le plus souvent, elle avait dû faire une réduction sur la séance, donc l'aide de Cathy était inestimable. Tout comme sa perspective maintenant.

— Mais je n'ai donné aucune indication qu'il se passait quoi que ce soit d'autre. Et Jason n'arrêtait pas de m'appeler Mme C, donc ce n'était pas comme s'il était trop familier.

— Ah bon ? Donc Jason t'a déjà appelée Jenna avant ?

Jenna soupira.

— Non. Tu veux bien arrêter ? Jason a toujours été respectueux. Il n'a jamais dépassé les bornes. Il a même proposé d'avoir une petite conversation avec le gars.

— Oh oh.

— Oh oh, quoi ?

— Quand est-ce que Jason a dix-huit ans ?

— Le mois prochain.

Cathy secoua la tête.

— Tu ne comprends pas ? Une fois qu'il aura dix-huit ans, il sera majeur. Et tu es célibataire. Et il devient tout protecteur et possessif. Allez, Jen, fais le calcul.

— Tu es ridicule. Jason a le béguin, mais c'est tout. Je suis plus âgée que lui et j'ai un enfant. Il ne va pas vouloir aller par là.

— Il veut aller quelque part, c'est sûr, et apparemment il reconnaît la même chose chez ton beau brun ténébreux follement riche. Au fait, comment s'appelle ce beau gosse ?

— J'ai oublié de demander.

— Tu as *oublié* ?

— Ce n'est pas la première chose à laquelle je pense quand il est là à me jeter dix mille dollars aux pieds simplement pour coucher avec lui.

Ou à l'embrasser passionnément sur son porche — un petit détail qu'elle avait négligé de partager avec son amie.

— S'il est aussi beau que tu l'as décrit, je pense que tu devrais *lui* payer dix mille dollars. Ou, au moins, prendre les siens. Qu'est-ce que ça peut faire si tu n'es pas une prostituée ? N'importe qui pourrait l'être si le prix est bon. Dix mille dollars me semblent corrects.

— Il m'a accusée de ne pas avoir de principes. Moi !

— Ma chérie, ne perdons pas de vue l'essentiel. Dix mille dollars, un mec canon, et du sexe. Rien de tout ça tu n'avais avant hier. Je pense que c'est gagnant-gagnant.

— Sauf pour la partie où tout le monde en ville va maintenant considérer ma maison comme un bordel. Les mémoires sont longues dans cette ville.

Elle soupira et remit ses cheveux frisés derrière ses oreilles pour la dixième fois. Et pour la dixième fois, ils ne restèrent pas en place.

Cathy tapota du pied.

— Quoi ? demanda Jenna. Tu dis que je devrais y réfléchir ?

Cathy haussa les épaules.

— Ce que tu fais de ta vie amoureuse, ou de ton absence de vie amoureuse, ne me regarde pas.

Depuis quand ?

— Cathy, il m'a *fait des propositions*. Il m'a traitée comme une prostituée.

Bien que s'il embrassait toutes les prostituées comme il l'avait embrassée, Cathy avait raison ; ces dames devraient le payer.

— Et alors ? Si tu en *étais* une, tu t'y attendrais. Je veux dire, ces filles ne cherchent pas exactement des lumières tamisées et des fleurs. C'est des affaires, purement et simplement.

— Mais *pourquoi* pense-t-il que je suis une prostituée ? C'est ça qui me dérange. Qu'ai-je jamais fait ? Je veux dire, je l'ai rencontré à l'épicerie, et même là, je ne l'ai pas *vraiment* rencontré. Il était juste dans l'allée.

— Comment a-t-il découvert où tu habites ?

Jenna haussa les épaules.

— Qui sait ? Peut-être qu'il a demandé à quelqu'un au magasin. Ce n'est pas comme si c'était un grand secret. Quelqu'un aurait pu lui montrer les prospectus que j'ai sur le panneau d'affichage là-bas, où je fais de la publicité pour mes services.

— Non, il aurait su que tu es tutrice s'il avait vu ça. Tu listes toutes les matières que tu es qualifiée pour enseigner. Il n'aurait certainement pas pu faire cette erreur.

— Pourtant, il l'a fait.

— Ouais, mais c'est ça le truc. Pourquoi a-t-il besoin d'une prostituée ? S'il est riche, beau et qu'il attire le désir, qu'est-ce qui ne va pas ? Et, au fait — a-t-il un frère ?

Jenna leva les yeux au ciel. Certaines choses ne changent jamais.

— Tu es mariée.

— Ça ne veut pas dire que je suis morte. Je peux toujours regarder.

Cathy laissa échapper un sifflement bas.

— Et, oh maman, je regarde maintenant.

Elle fit un signe de tête derrière Jenna.

— Dis-moi que c'est ton étalon.

Jenna poussa un soupir exaspéré et regarda par-dessus son épaule.

— Ce n'est pas mon...

Oh que si, il l'était. Surtout si ses hormones avaient leur mot à dire.

L'« étalon » faisait le tour de la piste autour du parc en ne portant rien d'autre qu'un short de course, des baskets et un t-shirt froissé dans son poing. Et des lunettes de soleil.

La sueur brillait sur lui. Tellement injuste, quand la sueur la faisait toujours ressembler à un caniche noyé. Pas un gramme de graisse ne bougeait à chaque foulée ; non, sur lui, les muscles bougeaient comme la nature l'avait prévu, se contractant et se détendant partout de toutes sortes de façons appétissantes. Et elle n'était pas la seule à le remarquer.

Mme Parker, qui venait de se faire remplacer une hanche le mois dernier, pivota si vite avec son déambulateur qu'elle risquait d'avoir besoin d'une deuxième opération si le gars s'approchait davantage ou si son sourire devenait encore plus dévastateur. Megan et Mallory, les jumelles Baxter de seize ans, bavaient littéralement, et, malheureusement, Jenna ne trouvait rien à redire à cela. Le gars était un aimant à désir pour tous.

— Il vient par ici, dit Cathy en déglutissant.

Même les femmes enceintes heureusement mariées n'étaient pas à l'abri de son attraction.

Jenna secoua la tête. Le gars pouvait être aussi magnifique qu'il le voulait, mais il pensait toujours qu'elle était une prostituée. Et pire encore, il l'avait traitée comme telle.

Bien que ce baiser n'ait pas été à dédaigner...

Il tourna au virage, sa poitrine se gonflant à chaque respiration, ses abdominaux se contractant. Non pas qu'elle regardait, mais c'était difficile de *ne pas* le faire quand c'était exposé juste là.

Elle ne bavait pas non plus, mais elle baissa le menton et se dirigea vers Trevor juste au cas où. Les hormones ou les sous-entendus — ou les baisers répétés — elle n'était partante pour aucun d'entre eux.

— Jenna ?

Mais quand il prononça son nom comme ça — essoufflé et rauque, ce qu'elle savait être dû à sa course mais que ses hormones ne comprenaient pas — Jenna dut lui faire face.

Et se maudit de l'avoir fait. Et puis le maudit encore plus.

Personne ne devrait avoir l'air aussi bien que lui — couvert de sueur ou non. Ce qui soulevait la question de savoir pourquoi il était intéressé à engager une prostituée en premier lieu. Peut-être que si elle pouvait dépasser ça, elle pourrait lui pardonner d'être allé voir la police —

Non. Ça n'arriverait pas.

Il courut vers elle et passa le t-shirt sur l'arrière de son cou. — Vous êtes sortie tôt.

— Oh ? Vous pensez que je devrais faire la grasse matinée ? Elle voulut se mordre la langue. Ses hormones n'avaient pas besoin qu'on mentionne quoi que ce soit ayant à voir avec le lit autour de lui. Le souvenir du baiser suffisait à les faire s'agiter. — Que mes nuits tardives me gardent éveillée ? Je vous l'ai dit, j'ai un fils. Elle fit un geste vers la table de pique-nique. — Les enfants de trois ans et demi ne font pas la grasse matinée. J'ai entendu dire que ça n'arrive pas avant qu'ils soient adolescents.

— Quand est-ce que son père vient le chercher ?

Elle aurait aimé voir ses yeux, mais il portait à nouveau les lunettes de soleil réfléchissantes. Hmm, en y réfléchissant, il les avait portées chaque fois qu'elle l'avait vu. Peut-être avait-il un problème avec ses yeux. Peut-être que c'était pour ça qu'il avait besoin d'une prostituée — personne d'autre ne voudrait —

Elle ne s'autorisa pas à finir cette pensée parce qu'il n'y avait aucune chance que ce soit la raison. Le gars pouvait attirer n'importe qui, des personnes âgées aux mineures et tous les âges entre les deux, comme le prouvaient les regards qu'il recevait encore pendant qu'il lui parlait ; les problèmes de vision n'auraient pas d'importance. De plus, il l'avait reconnue assez facilement.

Ou peut-être qu'acheter le corps de quelqu'un mettait automatiquement un dispositif de repérage entre eux.

Il n'achète pas vraiment ton corps. Souviens-toi de ça.

Bah. Jenna secoua la tête. — Le père de Trevor est... hors du tableau. Trevor reste avec moi.

M. Magnifique passa une main sur sa mâchoire — ce qui ne fit qu'attirer l'attention sur sa perfection carrée. N'y avait-il *rien* qui n'allait pas chez ce type ?

Oh, si. Il engageait des prostituées.

— Comment vous appelez-vous ? demanda-t-elle. Si nous allons, euh — ça allait être bon ; comment formuler ça ? — *travailler* ensemble, je devrais avoir quelque chose pour vous appeler.

Le sourire qu'il lui donna ne fit que mettre en valeur ces lèvres qui avaient été sur les siennes hier avec toutes sortes de bonnes vibrations et de mauvaises conséquences. — C'est Bryan.

— Alors, Bryan, que faites-vous qui vous permet d'aller courir au lieu de pointer tôt et d'être quand même capable de claquer dix mille dollars sur moi ?

Cette question resta suspendue entre eux avec toutes ses nuances interpré-tatives, ravivant des braises qui ne s'étaient pas vraiment éteintes depuis ce baiser sur son porche hier.

— Je travaille à mon compte.

— Que faites-vous ?

— De l'électricité et un peu de construction. Je me prépare à commencer un gros projet la semaine prochaine.

Oui, il ressemblait à un ouvrier du bâtiment — du genre qu'ils utilisaient comme héros de fantasme sur les couvertures des romans d'amour qu'elle lisait avant que la vie ne lui ait fait perdre sa croyance aux fins heureuses.

— Ahem. Cathy s'éclaircit la gorge plus fort que ne l'exigeraient des aller-gies saisonnières alors qu'elle approchait — et Cathy n'avait pas d'allergies saisonnières.

Mais Jenna accueillit favorablement la distraction qui l'empêchait d'ima-giner ce que feraient ces abdos quand Bryan soulèverait quelques deux-par-quatre.

— Cathy, voici Bryan. Bryan, Cathy Mayfield. Meilleure amie extraordi-naire et mère heureusement mariée du futur numéro deux. Pas la peine de mettre Cath dans le même bateau de prostituée qu'elle.

Bryan ajusta ses lunettes, mais ne les enleva pas. — Ravi de vous rencontrer.

Cathy gloussa comme une vierge rougissante, ce que Jenna savait ne pas avoir été le cas depuis la seconde.

— Alors, vous êtes en ville pour longtemps, ou vous ne faites que passer ? demanda Cath avec une main sur la hanche.

C'était quoi ? Le Far West ?

— Je dois aller vérifier les garçons. Jenna s'excusa et retourna à la table. Les hommes étaient déjà assez difficiles à comprendre, sans parler de ceux qui étaient délibérément obtus. Ajoutez à cela une meilleure amie frappée de désir, et Jenna voulait partir. Trevor était plus facile. Quand il pleurait, il était soit blessé, soit fatigué. Quand il était grincheux, il avait soit faim, soit sommeil. Et quand il souriait, c'était une pure joie d'être avec lui. Elle aurait bien besoin d'un peu de pure joie dans sa vie en ce moment.

— Hé, mon petit. Qu'est-ce que tu fabriques ? Elle ébouriffa ses cheveux.

— Un féléfant. Trevor leva le blob gris. Cette marque de pâte à modeler ne venait pas en gris, ce qui signifiait que le travail de nettoyage pour séparer leurs créations et les remettre dans les bonnes boîtes colorées n'était plus un problème.

— Un éléphant ? C'est super ! Regarde comme sa trompe est longue.

— Non, Maman. Ça, c'est sa queue. Ça, c'est sa trompe.

Jenna cacha son sourire. Elle avait pensé que c'était une patte. Ah, eh bien, *sculpteur* n'était probablement pas en haut de la liste de Ce que je veux être quand je serai grand de Trevor. En ce moment, c'était policier, pompier, ou joueur de football. Jenna n'aimait aucun de ceux-là — trop dangereux pour son bébé.

— Tu fais du très bon travail, Trev.

— Regarde le mien, Jenna. Le fils de Cathy, Bobby, leva son tas de gris et regarda de sous sa casquette de baseball. — J'ai fait un hippotame.

— Vous avez votre propre zoo, les gars.

Les yeux des deux enfants de trois ans s'illuminèrent et plus de pâte grise fut arrachée alors qu'ils se mettaient à travailler sur des « rhinocéros » et des « vaches meumeuh ».

— Il a beaucoup de talent, dit Bryan par-dessus son épaule.

Jenna se raidit. Pas parce qu'il était si proche, mais parce qu'il entrait dans son monde. Son vrai monde, pas son monde imaginaire de prostituée.

Elle avait presque envie de se retourner maintenant et de lui demander quelle genre de mère il pensait qu'elle était pour qu'elle se prostitue avec un enfant de trois ans à la maison. Elle aimerait aussi lui demander quel genre de type draguait des mères de banlieue. Et les embrassait sur leur porche comme si le monde allait s'écrouler demain.

— Il fait du sport ?

Jenna était sur le point de le repousser, mais malheureusement, Trevor entendit cette question et plissa les yeux vers lui.

— Je fais du foot et du t-ball. Maman dit que je pourrai peut-être faire du football américain quand je serai grand et fort comme toi. J'aime le football. Et toi ?

— Oui, j'aime ça. Bryan ajusta ses lunettes de soleil. — Quelle est ton équipe préférée ?

— Celle de Michael. C'est le plus mignon et il marque tous les points.

Et il écrasait les enfants avec de méchants coups de coude au visage s'ils essayaient de lui prendre le ballon. Même ses propres coéquipiers. Pas question qu'elle laisse Trevor jouer avec cette brute. Pas avant qu'il soit assez grand pour se défendre.

Elle pariait que Bryan pouvait se défendre.

Jenna cligna des yeux. D'où venait cette pensée ?

Puis Bryan déplaça son poids et son bras frôla le sien, mettant les petits poils en alerte, la peau et les nerfs en dessous n'ayant pas besoin d'encouragement pour suivre, et elle comprit. *Mon Dieu.* C'était comme s'il s'était baigné dans les phéromones. La sueur y était probablement pour beaucoup. Tout comme ces abdominaux.

— QB est une bonne position. Tu y as déjà joué ?

Trevor secoua la tête, mais Bobby bondit sur ses pieds sur le banc de la table de pique-nique, agitant sa casquette de baseball en l'air comme un cowboy de rodéo. — Moi oui. Avec mon papa tout le temps. Je peux lui lancer le ballon et on fait des touchdowns et Maman nous encourage.

Jenna ne détourna pas le regard assez vite pour manquer la mélancolie sur le visage de Trevor qu'elle était sûre de partager. Si seulement Carl avait voulu être une famille. Oh, il voulait *une* famille - la sienne. Pas le « bâtard d'une putain », comme il avait appelé Mindy et Trevor.

Comme si on pouvait appeler Trevor autrement que ce qu'il était : doux, aimant et un merveilleux petit garçon. Elle ne savait pas avec qui Mindy avait créé cet enfant - tristement, Mindy ne le savait pas non plus - mais quel que soit le mystérieux donneur d'ADN, il avait de bons gènes.

— Tu veux jouer au football avec moi un de ces jours, Trevor ? Je suis aussi un bon receveur.

Jenna dut se retenir de donner un coup de pied dans le tibia de Bryan. C'était *son* fils. Il l'avait peut-être achetée pour dix mille dollars, mais il n'avait pas acheté Trevor. Et elle allait s'assurer qu'il le sache dès qu'ils seraient seuls.

— Et si je venais cet après-midi et qu'on jouait ? J'apporterai même le déjeuner pour que ta maman n'ait pas à le préparer. Qu'en penses-tu ? Ça te conviendrait ?

La jalousie piqua le ventre de Jenna. Bryan établissait avec son fils une relation masculine qu'elle ne pourrait jamais avoir, et le regard plein d'espoir que Trevor lui lança tua toute excuse qu'elle aurait pu inventer.

Deux paires d'yeux expectatifs - enfin, une paire d'yeux et une paire de lunettes de soleil - se tournèrent vers elle.

Comme si elle pouvait dire non maintenant. — Bien sûr, dit-elle entre ses dents serrées, mais elle adoucit son ton quand Trevor sourit. — C'est une super idée. Pas vrai, Trev ?

Trevor était si heureux qu'il ne put que hocher la tête. Il y avait peut-être même une larme dans son œil. Ce qui en mit plus d'une dans les siens.

Jenna se détourna. Trevor avait commencé à poser plus de questions dernièrement. Voulant savoir pourquoi il n'avait pas de papa et si Jenna pouvait lui en trouver un. Elle adorait le faire, vraiment, mais ses possibilités de rencontres étaient sévèrement limitées maintenant qu'elle avait fait le tour des amis célibataires de ses amis. Ces rendez-vous s'étaient pratiquement évaporés quand ils avaient découvert qu'elle avait un enfant. Et elle ne fréquentait pas les bars. À moins que l'Univers ne dépose un homme sur son porche, elle ne—

Oh non. Pas question. Ce n'était pas parce que Bryan était apparu sur son porche et aimait les enfants que—

Il l'avait draguée ! Il payait pour des prostituées ! Quel genre d'homme serait-ce à introduire dans la vie de Trevor ?

Cependant, en apercevant son sourire, sa mâchoire carrée et ce corps dur et bien dessiné, elle devait admettre qu'il était un beau spécimen de virilité. Et un sacré bon embrasseur.

Le fait qu'il engage des prostituées, cependant, l'éliminait de la course.

Même si elle ne l'avait pas exactement repoussé.

Chapitre Sept

Jenna n'avait jamais vu Trevor aussi excité que pendant les trois heures où il attendait l'arrivée de Bryan. Il voulait tellement ouvrir la porte d'entrée pour vérifier si le camion de Bryan était là qu'elle finit par la laisser déverrouillée, essayant de se concentrer sur le magazine qu'elle tenait entre ses mains.

Quand elle eut lu la recette de purée de pommes de terre au brocoli au point de la connaître par cœur, elle dut admettre que ça ne marchait pas.

— Il est là ? demanda Trevor pour la énième fois.

— Pas encore. Jenna posa le magazine sur la table d'appoint. Elle ne se souvenait pas d'avoir été aussi nerveuse. Même quand elle avait dû annoncer sa grossesse à ses parents, elle savait à quoi s'attendre : la déception de sa mère et le soutien indéfectible de son père. À cela, elle était préparée. Mais ça ?

Elle était complètement dépassée par cette situation. Par Bryan. Son esprit lui disait une chose, son corps exactement l'inverse. Et avec la réaction de Trevor, son cœur prenait le parti de son corps.

— Allez, Trev, allons faire pipi une dernière fois avant que Bryan n'arrive. Comme ça, tu ne manqueras rien du jeu.

— D'accord, maman. Tu peux mettre des céréales dans l'eau ? Je veux les viser.

Il avait largement dépassé le stade de viser les trous dans les céréales, mais ça occuperait son esprit loin de Bryan.

Les céréales ne suffiraient pas pour elle.

Pendant qu'elle aidait Trevor à faire ses besoins, Jenna se demanda si elle ne devrait pas arrêter cette farce avant l'arrivée de Bryan. Trevor développait déjà une admiration simplement parce que le gars voulait lancer une balle. Elle en avait lancé quelques-unes quand ils étaient revenus du rendez-vous de jeu, mais Trevor avait dit qu'elle ne le faisait pas correctement. Ce n'était pas vrai — elle avait un bon bras. *Pour une fille*, avait-il dit, une phrase qui provenait sûrement de la bouche de je-sais-tout de Michael.

Mais ce que Trevor avait voulu dire, c'est qu'elle n'était pas un homme. Et, plus précisément, qu'elle n'était pas son père.

Il *ne pouvait pas* voir Bryan dans ce rôle. Ils venaient à peine de le rencontrer.

Ce qui soulevait la question de savoir pourquoi elle le laissait jouer au football avec son fils, mais heureusement, l'exercice de tir de Trevor l'empêcha d'avoir à répondre.

— Wegarde, maman, j'ai tout touché !

— C'est vrai. Maintenant, préparons-toi pour ton jeu. Elle l'aida à remettre son short en place, vérifia la température de l'eau avant qu'il ne se lave les mains, tout en n'écoutant que d'une oreille son bavardage sur les touchés et les « buts de nourriture ».

— Que mangent les buts, maman ? lui valut un de ses sourires — et un rire masculin venant de l'extérieur de la salle de bain.

Jenna se figea.

Bryan n'entrerait pas comme ça —

Son magnifique visage apparut dans l'encadrement de la porte. — Hé, champion, tu es prêt ?

Apparemment, si. *Dix mille dollars de présomptions.*

— La porte d'entrée était ouverte, fut son explication quand leurs yeux se rencontrèrent dans le miroir au-dessus du lavabo. Qu'est-ce qu'il avait avec ces lunettes de soleil ? Se prenait-il pour une star de cinéma ou quoi ?

Il se prenait certainement pour *quelqu'un*, de toute évidence, vu la façon dont il était entré ici comme s'il était chez lui. Il la possédait *elle*, oui. Du moins dans son esprit. Mais sa maison ? Pas question. Elle devait couper court à cela tout de suite.

Et elle l'aurait fait si Trevor n'avait pas crié : « Bwyan ! » et ne s'était pas jeté sur les jambes de l'homme, les entourant de ses bras comme s'il étreignait un arbre.

Jenna ne put parler à cause de la boule dans sa gorge. Pourquoi ce type ? Pourquoi maintenant ?

— Trevor, mon chéri, laissons Bryan marcher, d'accord ? Elle dirigea Trevor vers la porte d'entrée en le tenant par les épaules. Bryan était venu pour jouer à attraper, pas pour rejoindre la famille.

Et elle ne lui demandait pas de le faire...

— Il faut que nous attachions tes baskets pour que tu ne trébuches pas.

Elle s'agenouilla aux pieds de son fils, souhaitant que ses cheveux soient assez longs pour couvrir son visage afin que Bryan n'ait pas une vue plongeante sur chacune de ses émotions — ce dont il profitait pleinement. Probablement en train d'examiner la marchandise.

Était-elle à la hauteur ?

— Dépêche-toi, maman ! Je veux marquer un touché !

Dieu merci pour Trevor. — Il faut que tu te calmes, petit haricot sauteur, sinon je ne vais pas pouvoir te mettre cette autre chaussure.

Trevor arrêta de sautiller, mais pas de gigoter. Et avec Bryan qui la fixait, Jenna gigotait aussi.

Ses doigts trébuchèrent sur les lacets, mais le nœud était suffisant. — Voilà. Elle tapota la jambe de Trevor. — Vas-y, mon tigre.

— Tigwe Twevor à la wescousse ! Trevor tira sur la poignée de la porte. — Viens, Bwyan !

— J'arrive tout de suite. Va chercher le ballon dans le sac sur le porche, d'accord ?

Trevor rayonna comme s'il venait de gagner le Super Bowl.

Jenna rassembla ses pensées avant de se lever. Elle devait tout avouer maintenant. Avant que Trevor ne soit blessé.

— Écoute, Bryan —

— Je suis désolé d'être entré comme ça, mais je vous ai entendus parler et, eh bien, la porte était ouverte.

— Ça ne te donne pas une invitation ouverte —

— Tu as raison. Et je suis désolé. On fait la paix ? Il tendit la main, et oh la tentation de le toucher à nouveau...

Il lui fallut beaucoup de courage, mais elle s'abstint. — Ce n'est pas important pour le moment. Je dois te parler de notre accord. À propos de l'argent.

— Oui, à ce sujet. Je n'ai pas encore eu l'occasion d'aller à la banque. On peut faire ça plus tard ?

— Non, on ne peut vraiment pas. J'ai besoin de te parler —

— Maman ? Trevor ouvrit brusquement la porte, puis tapa du pied en les voyant tous les deux debout là. — Allez *quoi* ! Je veux jouer au football !

Bryan lui toucha le bras. — On ne veut pas décevoir Trevor, n'est-ce pas ?

Jenna soupira. En effet, elle ne le voulait pas. — Bon. Elle plaqua un sourire sur son visage pour Trevor et se faufila par la porte. — D'accord, Trevor, allons-y. Je vais snapper le ballon.

Elle avait le sentiment, cependant, que Trevor ne serait pas celui qui serait déçu.

Chapitre Huit

Bryan ne comprenait pas. Il n'arrivait pas à voir Jenna dans le rôle de la prostituée heureuse.

Elle ne portait pas une once de maquillage, ses ongles n'étaient pas manucurés, ses cheveux étaient un désastre sur l'échelle des femmes qui se soucient de leur apparence, bien que *lui* aimait ce fouillis emmêlé, comme si elle sortait du lit, bouclant autour de sa tête, et elle se salissait en jouant avec son fils, un peu maladroitement d'ailleurs. Comment pouvait-elle danser de manière séduisante si elle trébuchait sur ses propres jambes (vraiment longues et bien galbées) comme un bébé girafe ?

Il n'y avait rien d'enfantin chez Jenna.

Cela dit, la grâce n'était pas vraiment une exigence professionnelle quand il s'agissait de barres de pole dance, seulement la capacité de s'enrouler autour. Et n'importe quel homme qui paierait le bon prix ?

Il attrapa le ballon que Trevor lui lança et il le frappa dans le ventre comme un coup de poing. Pourquoi fallait-il qu'elle soit une prostituée ? Pourquoi fallait-il qu'elle ait donné naissance à son fils — *et* le lui ait caché ?

Il ne doutait pas que Trevor était le sien. Le gamin avait les mêmes manières, le même *r* zézayant, la même habitude de tirer la langue vers la gauche quand il lançait, que Bryan avait perdue lors de son premier match de mini-foot après que le gars qui l'avait plaqué l'ait traité de mauviette. Il ne savait pas ce que ça voulait dire à l'époque, mais il savait qu'il ne voulait pas en être une. C'était quelque chose qu'il allait aider Trevor à corriger.

Mais d'abord, il devait avoir la chance de le voir. D'être dans sa vie. Les dix mille dollars aideraient pour ça, mais pourquoi Jenna ne pouvait-elle pas être simplement une professeure de lycée locale avec qui il pourrait envisager de passer le reste de sa vie ?

— Attrape, Bwyan ! cria Trevor en lançant maladroitement.

Il plongea pour attraper le ballon. Trevor avait un bon bras pour son âge ; il avait juste besoin d'instruction et de pratique. Bryan allait s'assurer qu'il les obtienne.

— Beau lancer, Trevor ! s'exclama Jenna en courant vers le garçon et en ébouriffant ses cheveux. La grimace qui apparut sur le visage de Trevor était comme regarder dans un miroir vieux de trente ans.

Quelle ironie que Jenna ne se souvienne pas de lui ou ne réalise pas que son fils était son portrait craché. Bien sûr, s'il enlevait ses lunettes de soleil, elle pourrait bien s'en rendre compte.

— C'est une passe, maman, pas un lancer, corrigea Trevor en roulant des yeux, lançant à Bryan le regard quintessentiel « Les femmes ! » que les hommes naissaient en sachant faire.

— Eh bien, c'était une bonne passe.

Jenna enfonça ses mains dans les poches avant de son short, ce qui fit descendre la ceinture, révélant un ventre tonique et plat dont Bryan avait du mal à détacher les yeux. Les lunettes de soleil servaient deux objectifs.

— Faisons-en encore une, Trev, puis ce sera l'heure de ta sieste, dit-elle, ce qui fit simplement penser Bryan à aller au lit. Avec elle.

Pourquoi ne se souvenait-il pas d'elle ? De ce que ça avait été entre eux. Il était un idiot de s'être soûlé au point de ne pas se souvenir, mais après tout, les enterrements de vie de garçon n'étaient pas connus pour être des puits de génie. Ce n'était pas comme s'il avait *prévu* de se soûler et de coucher avec une stripteaseuse. Pas un de ses meilleurs moments dans la vie.

Trevor gémit : — Oh non ! Je ne veux pas faire de sieste aujourd'hui.

Non, en fait, cette nuit-là avait été bonne ; elle avait créé Trevor. Son fils. La *meilleure* chose dans sa vie.

— Mon chéri, tu dois le faire. Je dois travailler cet après-midi.

— Je ne peux pas jouer avec Bwyan pendant que tu travailles ?

Super. Trevor était au courant de son travail. Pas des détails, sûrement, mais que pensait le gamin des hommes qui entraient et sortaient de sa maison ? Et est-ce qu'il assimilait Bryan au reste de la, euh, clientèle ?

— Ça ne me dérange pas, Jenna.

Ça le garderait dans les parages pour qu'il puisse voir son prochain client. Faire le chaperon, peut-être.

Il secoua la tête. C'était fou. Stupide, qu'il ne veuille pas qu'elle soit avec quelqu'un d'autre. Ce n'était pas parce que le préservatif s'était déchiré qu'il avait des droits sur elle. Mais quand ça affectait son enfant...

Si seulement il avait eu l'occasion d'aller à la banque, mais l'inspecteur avait eu une annulation ce matin et comme Gage était sur l'un de ses propres projets, Bryan avait dû y aller. Il s'est avéré que le nouvel espace avait quelques problèmes structurels que lui et Gage devraient résoudre, et le rendez-vous avait pris plus de temps que prévu.

Il vérifia son téléphone. Il n'avait pas de clients urgents aujourd'hui et il avait libéré son après-midi pour pouvoir le passer avec Trevor. Il avait encore le temps d'aller à la banque. Ensuite, Jenna serait à lui et tout autre client pourrait lui dire adieu.

Eh bien, non. Si quelqu'un devait embrasser Jenna, ce serait lui.

Le souvenir de l'avoir fait jaillit devant lui comme une flamme rugissante — et tout aussi chaude.

Ce n'était pas étonnant qu'ils aient créé un bébé ensemble si cette attraction avait fait rage entre eux cette nuit-là. Ajoutez-y de l'alcool et l'ambiance d'enterrement de vie de garçon, et oui, ce n'était pas difficile d'imaginer comment tout cela s'était produit.

Il souhaitait juste pouvoir s'en *souvenir*. Surtout la partie du préservatif déchiré.

Mon Dieu, la seule fois que c'était arrivé et il se retrouvait dans cette situation.

Je me demande dans quelle position ils étaient quand ils ont conçu Trevor.

Bryan secoua la tête. Ne pas aller par là ou il ne pourrait pas marcher droit.

— D'accord. Tu peux rester debout aujourd'hui.

Trevor leva le poing en criant : — Ouais ! puis il serra les jambes de sa mère dans ses bras.

La mère de son enfant. Bryan s'était toujours attendu à appeler sa femme ainsi, pas une femme avec qui il avait bu trop de rhum-coca.

— Wenvoie-le, Bryan ! cria Trevor en lâchant Jenna et, avec ses petites jambes travaillant si vite que Bryan avait peur qu'elles ne s'emmêlent, il courut de l'autre côté de la cour, un bras tendu pour la passe Ave Maria du football de cour avant.

— Va loin, Trevor ! Bryan lança le ballon vers la zone d'en-but qu'ils avaient marquée avec deux chaises de jardin, et le petit garçon s'incurva vers la droite aussi naturellement que s'ils l'avaient pratiqué.

Oh oui. Trevor était définitivement le sien.

Il laissa le ballon voler, lui donnant un petit effet puisque Trevor trouvait ça cool, et le regarda atterrir exactement où il devait. Le gamin était un talent naturel.

— Touchdown ! cria Jenna en courant dans la zone d'en-but et en soulevant Trevor dans ses bras, ses petites jambes s'éventant derrière lui, son sourire correspondant tellement au sien que cela faisait mal au cœur de Bryan.

Oui, Trevor était le sien — mais il était aussi celui de Jenna.

Qu'est-ce que cela signifiait pour eux trois ?

* * *

— Bwyan peut wester pour le dîner, maman ?

Jenna lança la balle vers le sac sur le porche. Et rata. Elle savait que cette question allait surgir. Elle savait aussi qu'il n'y avait aucune chance qu'elle garde Bryan dans les parages plus longtemps que nécessaire.

— Merci de demander, Trevor, mais je ne peux pas ce soir, dit Bryan, la devançant pour décevoir son fils, et elle aurait aimé le remercier pour ça, mais il l'aurait probablement considéré comme une avance sur le paiement pour services rendus.

— Oh, pourquoi pas ?

— J'ai des choses à faire, répondit Bryan en rangeant la balle dans son sac de sport.

— Du travail ?

— Quelque chose comme ça.

— Le papa de Michael ne travaille que le jour. Il porte une cravate. Tu portes une cravate ?

— Parfois.

— Je trouve que les cravates sont cool. Maman va m'en acheter une à moi et à Monsieur Singe.

— Toi et Monsieur Singe avez beaucoup de chance d'avoir votre maman.

— Je sais. Sarge le dit tout le temps.

Jenna grimaça. Elle ne voulait pas que Bryan fasse le lien entre elle et Sarge trop rapidement. Bien qu'elle n'allait pas vraiment se délecter de lui jeter son argent à la figure maintenant — pas après la façon dont il s'était comporté avec Trevor aujourd'hui — elle ne voulait pas qu'il fasse des suppositions. Enfin, pas plus à son sujet. Pas qu'une autre supposition puisse être pire que ce qu'il supposait déjà —

— Trevor, que dis-tu à Bryan pour avoir joué avec toi aujourd'hui ?

Trevor se mordilla la lèvre et plissa les yeux vers leur invité. — Tu peux jouer demain ?

Elle aurait dû savoir qu'un simple *Merci* ne suffirait pas.

— Chéri, Bryan a des choses à faire. Il ne peut pas passer tout son temps à jouer avec toi...

— En fait, j'ai du temps libre demain matin. Vers dix heures ?

Elle devrait dire non. Bien que, après ce qu'elle allait lui dire, ce ne serait plus un problème. Laissons-le être le méchant.

— Trevor, pourquoi n'irais-tu pas te laver les mains à l'intérieur ? Bryan et moi avons quelques trucs d'adultes à discuter. Comme ne pas jouer la carte du Petit Garçon pour l'atteindre. Trevor n'était *pas* un pion et elle ne le laisserait pas être utilisé comme tel. En ce qui concernait Bryan, il l'avait achetée *elle*, pas Trevor.

Et il ne l'avait *pas encore* achetée, alors il pouvait oublier son attitude de « Je passerai demain » comme si c'était un dû.

Avec un *beurk*, Trevor se dirigea vers l'intérieur. Les trucs d'adultes étaient pour lui au même niveau qu'un Père Noël malade à Noël.

— Écoute, Bryan...

— Demain n'est pas un problème. J'ai quelques heures de libre.

— À propos de ça. Jenna passa ses cheveux derrière ses oreilles. Elle n'osait imaginer à quoi ils ressemblaient — un vrai paillasson central. Il y a eu une erreur.

— Une erreur ? C'est comme ça que tu appelles ça ?

Elle n'était pas préparée à cette colère. — Eh bien... oui. Pas toi ?

Un muscle tressaillit dans sa mâchoire. Puis un autre. Il ouvrit la bouche pour dire quelque chose, puis la referma. Ensuite, il se gratta le menton, le léger crissement des débuts d'une barbe de cinq heures interrompant le silence.

Il exhala. — D'accord. Très bien. Une erreur. Tu dis que je ne peux pas voir Trevor demain ? Je veux dire, j'ai...

— Payé pour ce privilège, compléta intentionnellement Jenna, laissant la phrase ouverte à l'interprétation. Qui sait ce que Trevor pouvait entendre ? Je sais. Mais le truc, c'est que Trevor ne faisait pas partie de notre marché.

— Sans blague.

S'il était d'accord avec elle, pourquoi cette dispute ? — Okay. Bien. Je suis contente que tu voies les choses comme moi.

— En fait, non. Et je ne vois pas comment tu pourrais penser que je le ferais.

Elle était sur le point de lui expliquer pourquoi elle pensait — non, *savait* — qu'il devrait voir les choses à sa façon quand le visage de Trevor apparut à la fenêtre du salon.

— S'il te plaît, Maman ? S'il te plaît, Bryan peut rester ? Petit Ours mange de la salade de patates. J'aime la salade de patates et je parie que Bryan aussi. Tu fais la meilleure salade de patates, Maman.

Trevor allait briser des cœurs à gauche et à droite quand il grandirait, le petit charmeur. Si seulement Bryan était aussi charmant...

En fait, c'était ça le problème. Bryan *était* aussi charmant. Ses suppositions ne l'étaient pas. Ni son attitude de « je suis meilleur que toi, tu me dois quelque chose ». Il ne l'avait même pas encore payée pour être à sa disposition sexuelle ; pourquoi pensait-il avoir droit à quoi que ce soit concernant le reste de sa vie ? Et maintenant, il l'avait mise dans la position pourrie d'avoir à être la méchante alors qu'il devrait avoir ce titre cousu sur lui.

— En fait, Trevor, je vais emmener ta maman dîner si ça te va ?

Bas. Très bas d'utiliser un enfant comme ça.

— Pour un rendez-vous ? Les yeux de Trevor s'illuminèrent comme un stroboscope.

Elle pouvait déjà voir l'équation un-plus-un-égale-trois dans la tête de son fils. Cela devenait de plus en plus compliqué à chaque minute. Elle allait devoir poser des limites et Bryan lui avait donné l'occasion parfaite.

— Non, il ne parle pas d'un rendez-vous, Trevor. Bryan et moi devons avoir une conversation d'adultes, alors je vais voir si Cathy te laissera jouer avec Bobby ce soir.

— Je peux dormir là-bas ?

Elle sentit Bryan se raidir à côté d'elle. Génial. Ce n'était vraiment pas une position dans laquelle elle voulait se trouver. Trevor et Bobby adoraient dormir l'un chez l'autre, et, franchement, les parents aussi. Un peu de temps libre bien mérité pour les parents. Mais la dernière chose qu'elle voulait que Bryan sache, c'était qu'elle aurait la maison pour elle ce soir. Pas besoin d'encourager le gars. Bien sûr, ce serait sans importance une fois qu'elle lui aurait dit ce qu'il pouvait faire de ses dix mille dollars.

— On verra, mon cœur. Je dois parler à Cathy.

— D'accord, mais je vais chercher Monsieur Singe au cas où.

Comme ce devait être agréable de pouvoir changer de centre d'intérêt si facilement. Le regard de Bryan lui brûlait le dos.

Elle se retourna. — Très bien. Si Cathy peut garder Trevor, on ira dîner.

— D'accord. Dix-neuf heures chez Tosco.

Ce n'était pas une question. Insupportable. Il ne l'avait même pas encore payée et il dictait déjà où et comment elle passait son temps.

Jenna secoua la tête. Elle devait se rappeler qu'elle n'était *vraiment pas* à sa disposition. Qu'elle n'acceptait *pas* son argent pour quoi que ce soit. Et une humiliation publique chez Tosco le lui ferait comprendre sans équivoque.

— Très bien. Dix-neuf heures. J'y serai.

Il ajusta ses lunettes. — On réglera ça à ce moment-là.

— Exactement, marmonna-t-elle.

Elle allait tellement apprécier de lui jeter son argent à la figure. Que les commères de la ville en fassent ce qu'elles voudraient. Au moins, elle aurait fait comprendre qu'elle n'était pas ce qu'il prétendait et blanchirait son nom par la même occasion.

Et peut-être noircirait le sien.

Chapitre Neuf

Bryan n'arrivait pas à croire qu'elle allait vraiment prendre l'argent. En la voyant avec son fils — *leur* fils — il ne pouvait tout simplement pas concilier les deux images : la strip-teaseuse qui couchait avec des hommes dont elle ne se souvenait pas, et la femme si aimante et protectrice envers son enfant que celui-ci n'avait aucune idée de ce qui se passait sous leur toit. S'il n'avait pas été question de régler les comptes ce soir, il aurait remis en question sa décision de la dénoncer, tant Trevor semblait bien équilibré. Il aurait presque souhaité qu'elle lui jette son offre au visage.

Il tapota la poche où reposaient les dix mille dollars. Une telle somme d'argent aurait dû peser plus lourd.

Il ouvrit la porte du restaurant et son eau à la bouche se mit à couler devant l'arôme du pain à l'ail beurré, des poivrons grillés, du veau Sorrento... *pas* parce qu'il allait bientôt voir Jenna.

— Table pour un ? La serveuse lui lança un long regard appuyé, mais Bryan n'était pas intéressé. Elle semblait tout juste sortie du lycée et il allait devoir être celui qui donnerait le bon exemple moral à Trevor, puisque sa mère ne le faisait pas.

— Pour deux. À l'écart, si possible.

Qu'elle en pense ce qu'elle voulait ; il voulait s'assurer que Jenna et lui ne seraient pas interrompus, et aussi garder les yeux dans l'ombre. Il jouerait sa carte *après* qu'elle ait pris l'argent.

La fille soupira et se redressa. — Par ici.

Elle le conduisit à travers les tables couvertes de nappes en lin, le doux *tintement* des couverts et des plats à chauffer résonnant sous un vintage Sinatra.

Bryan sentait les regards. Il y était habitué au lycée parce que le championnat d'État avait été un grand événement, mais ceux qu'il avait reçus quand Gage et lui avaient demandé un permis pour BeefCake, Inc... pas vraiment. Des préjugés étroits d'esprit et des suppositions erronées avaient failli leur coûter l'approbation de la commission d'urbanisme. Seul le contact de la fiancée de Gage et la viabilité de leur proposition de créer des emplois et de revitaliser un bâtiment délabré les avaient sauvés. Mais les gens savaient toujours qui il était et s'accrochaient à leurs opinions.

— Voici votre table. La fille se plaça à côté de sa chaise. *Légèrement.* Assez loin pour qu'il puisse tirer la chaise, mais assez près pour que ses seins soient à portée de frôlement. Avait-elle assisté aux "cours" de Jenna ?

Pas l'état d'esprit dans lequel il devrait être pour avoir cette conversation.

Bryan prit place, réussissant à garder ses parties du corps exactement là où elles devaient être, puis posa sa serviette sur ses genoux. — J'attends Jenna Corrigan. Vous la connaissez ?

Elle le regarda bouche bée. — Mme Corrigan ? Bien sûr que je la connais. Tout le monde la connaît.

Bryan craignait cela.

— Je lui dirai de venir dès qu'elle arrivera. La bouche béante fut remplacée par un sourire et encore un examen, bien que celui-ci ne fût pas aussi ouvertement suggestif que le précédent. S'il avait dû le décrire, il aurait dit qu'il était plus interrogateur.

Elle se demandait probablement pourquoi il devait payer pour ça.

Qui d'autre le faisait ? Certains des hommes ici étaient-ils ses clients ?

Le sergent l'était-il ?

Bryan dut chasser cette image de sa tête, priant pour que des pots-de-vin soient tout ce que Benton obtenait de Jenna.

Le serveur s'approcha. Encore un gamin. Était-il lui aussi un des élèves de Jenna ?

— Salut. Je m'appelle Richie et je serai votre serveur ce soir. Puis-je vous apporter quelque chose à boire ?

Commander le verre le plus fort de la maison n'était probablement pas une bonne idée étant donné ce dont ils allaient discuter.

— Je prendrai un cola.

— Très bien. Le serveur se retourna mais pivota de nouveau. — Au fait, Coach vient de nous montrer la vidéo du match d'État. Le dernier jeu que tu as appelé était génial juste avant que tu... enfin, tu sais.

Bryan sourit faiblement. Oui, il savait. Juste avant qu'il ne se déchire le tendon d'Achille, le ligament croisé antérieur et ses rêves universitaires. — À quel poste joues-tu ?

— Ailier rapproché. Quelques universités s'intéressent à moi.

— Hé, bonne chance.

— Merci. Je reviens tout de suite avec votre soda.

Des universités qui s'intéressent à lui. Bryan avait vécu cette expérience. Il avait reçu quelques offres et essayait de décider entre elles quand le plaquage avait pris la décision à sa place. L'opération et la rééducation n'en valaient pas la peine pour les recruteurs. Les offres avaient été retirées avant même qu'il ne sorte de l'anesthésie.

Il s'était donc rabattu sur le métier d'électricien comme son père, et si ce n'était pas aussi excitant que le football, au moins c'était un travail stable et il pouvait gérer sa propre entreprise. Il ne s'enrichissait pas — il espérait que BeefCake, Inc. pourrait l'aider dans ce domaine — mais il avait pu réunir dix mille dollars quand il en avait eu besoin.

Jenna et lui devaient parvenir à une sorte d'accord. Elle ne pouvait plus continuer dans cette profession. Elle devait comprendre que ce n'était pas une bonne vie pour Trevor — bon sang, ce n'était pas une bonne vie pour *elle*. Avec un peu de chance, elle avait d'autres compétences sur lesquelles elle pouvait compter, mais sinon, il trouverait un moyen de payer pour qu'elle retourne à l'école.

Tant que *lui* pourrait élever Trevor.

* * *

Jenna prit une profonde inspiration avant d'ouvrir la lourde porte en verre de Tosco's, priant pour avoir la force mentale de le faire. Tout le monde en ville devait savoir maintenant ce dont il l'avait accusée. Ce qu'il pensait d'elle. Les langues se délieraient dès qu'elle s'assiérait à sa table. Les souvenirs seraient ravivés, les chuchotements recommenceraient.

Son chagrin d'amour d'adolescente avait été un grand scandale ; la première de la classe, présidente des élèves, était la dernière personne qui aurait dû commettre le péché de relations sexuelles avant le mariage, et encore moins tomber enceinte à cause de cela. Son curriculum vitae exceptionnel et ses références professionnelles lui avaient valu le poste au lycée ; elle n'avait pas besoin d'un nouveau scandale pour défaire tout le travail qu'elle avait accompli pour sa réputation.

— Mme Corrigan ? Sheila Brady ouvrit la porte d'entrée. Jenna avait oublié qu'elle travaillait ici.

— Salut, Sheila.

— Il y a un gars qui vous attend dans le coin au fond. Toute l'admiration d'un amour de jeunesse extrême accompagnait ces mots.

Bien que, en fait, Sheila ait dix-neuf ans. Plus vraiment une mineure, et si Bryan la trouvait attirante —

Jenna se secoua. Elle temporisait.

— Merci, Sheila. Jenna redressa les épaules et entra dans le restaurant.

— Il est vraiment canon, chuchota Sheila plus pour elle-même que pour Jenna.

Mais Jenna avait entendu. Et, oui, il l'était.

Elle eut quelques secondes pour l'observer alors qu'elle s'approchait de la table où il étudiait le menu. Ces boucles noires qui avaient été ébouriffées pendant le match aujourd'hui étaient plaquées en arrière comme s'il sortait de la douche, et le polo bleu marine qu'il avait enfilé moulait parfaitement ses larges épaules et le torse sculpté qu'elle n'avait pu oublier depuis son jogging ce matin. C'était un homme imposant, mais pas massif. Beau gosse. Il s'entendait bien avec Trevor. C'était vraiment dommage qu'elle ne l'ait pas rencontré dans de meilleures circonstances.

Ses pas hésitèrent. Peut-être... Peut-être pourraient-ils repartir à zéro. Peut-être pourrait-elle tout avouer ce soir — sans le dénoncer publiquement et l'exposer au ridicule. Ils pourraient rire de ce malentendu. Il appréciait assez Trevor pour proposer de rejouer au football avec lui demain. Peut-être pourraient-ils —

Non. Il pensait qu'elle était une prostituée. Et il l'avait *engagée parce qu'il* pensait qu'elle était une prostituée. Cet homme engageait des *prostituées*.

Elle ne savait pas pourquoi, mais peu importait à quel point il était magnifique à l'extérieur, l'intérieur ne correspondait pas à *ses* critères. Et comme c'était ironique que ce mot revienne encore une fois à propos de lui !

Non, Bryan n'était pas l'homme qu'il lui fallait.

Puis il leva les yeux et le souffle de Jenna se coupa. Pas de lunettes de soleil et ça, plus le lent sourire qui s'étalait sur son visage, le rendait encore plus magnifique. Elle devait avoir une sérieuse discussion avec ses hormones.

Il se leva et la rejoignit à la chaise en face de la sienne, un mélange de savon et de Bryan qui envoya ces fichues hormones dans une danse de Snoopy. C'était la première fois qu'elle le voyait sans les lunettes. Ses yeux étaient... gris ? Bleu clair ? C'était difficile à dire avec l'éclairage tamisé des appliques Tiffany et des bougies vacillantes sur la table, mais ils ne semblaient pas avoir de problèmes qu'elle puisse voir qui nécessiteraient des lunettes de soleil. Peut-être était-il sensible à la lumière.

Ce qui était dommage. Ses yeux étaient aussi magnifiques que le reste de sa personne. Et ils la fixaient comme s'ils pouvaient voir à travers elle.

Ou à travers ses vêtements...

Il tira sa chaise. — Tu es magnifique.

Jenna passa une main sur sa robe couleur moka, s'attendant à un commentaire sur les astuces de son métier. Ou juste ses astuces.

Comme il n'en fit pas, elle marmonna un « Merci » embarrassé et s'assit sur la chaise qu'il tenait pour elle. Il ne se comportait pas comme un homme avec une prostituée — pas qu'elle ait jamais vraiment considéré les tenants et les aboutissants d'une telle interaction, mais elle aurait pensé que les politesses et les dîners dans de beaux restaurants ne faisaient pas partie de l'arrangement habituel.

Le serveur s'approcha. Un autre de ses anciens élèves. — Salut, Mme C.

— Salut, Richie. Comment vas-tu ?

— Bien. Je vais visiter quelques universités la semaine prochaine.

— Plus de bourses ?

Il ne put cacher son sourire et elle ne le blâmait pas. — Ouais.

— Je t'avais dit que tu pouvais le faire.

— Je sais. Mais c'est vous qui m'avez donné confiance.

— Tu as les capacités.

Elle pouvait sentir le regard de Bryan sur elle. Peut-être devrait-il remettre ses lunettes parce que son regard fixe était un peu déconcertant. Tout comme l'idée qu'il essayait probablement de déterminer si Richie était aussi l'un de ses clients.

Bon sang. Richie et Jason étaient mineurs. Bryan n'avait vraiment pas une haute opinion d'elle. Plutôt la plus basse qu'on puisse avoir d'une autre personne.

Elle allait tellement apprécier de lui jeter ça à la figure.

— Merci. Alors... Richie posa une corbeille de pain chaud sur la table. — Vous savez ce que vous voulez pour dîner ?

Bryan s'éclaircit la gorge. — Peut-être qu'elle aimerait d'abord boire quelque chose ?

Ouais, très bas. Et il le transmettait à Richie.

— En fait, Richie, j'adorerais l'escalope de veau parmigiana, une salade maison, et je prendrai un verre de pinot avec. Elle prit le menu qu'elle n'avait pas eu besoin de toucher. Papa adorait Tosco's. Il l'emmenait ici les soirs où il en avait la garde.

— D'accord. Et Bryan ? Que puis-je vous apporter ?

Bryan arqua un sourcil. Hmm, avec ces lunettes elle n'avait pas su qu'il pouvait faire ça — ni à quel point ça le rendait irrésistible. Bon sang. N'y avait-il rien de mal chez cet homme ?

Eh bien, à part le fait qu'il engageait des prostituées.

— Je prendrai des linguines aux coquilles Saint-Jacques, une salade, et un autre soda. Il tendit le menu à Richie sans le regarder.

— Vraiment, Bryan, dit-elle quand Richie fut parti, tu devrais lui laisser une chance. C'est son premier travail.

— Nous ne sommes pas ici pour parler de Richie. Nous sommes ici pour parler de Trevor.

— En fait, non. Mais j'ai besoin de te parler —

— Salut, Jenna. Cal Mullins s'arrêta à leur table. — Je ne veux pas déranger, mais je voulais te remercier pour ton aide. Ma copine et moi sommes dans une bien meilleure situation grâce à toi.

Elle les avait aidés à remplir la demande de logement. — C'est mon plaisir, Cal. Je suis contente d'avoir pu être utile.

— J'ai donné ton nom à quelques-uns de nos amis. J'espère que ça ne te dérange pas. Je sais qu'on n'était pas ta clientèle habituelle, mais, comme je l'ai dit, tu nous as vraiment aidés.

— Ce serait super. La plupart de mes affaires se font par recommandation, alors merci de m'avoir mentionnée.

Cal regarda Bryan. — Prends soin d'elle, mec. Cette femme est un joyau.

Jenna essaya de ne pas s'étouffer en voyant l'expression qui traversa le visage de Bryan. Elle allait devoir tout lui avouer bientôt parce que si quelqu'un d'autre passait, ils pourraient faire sauter sa couverture et elle voulait sa livre de chair.

Bien que la conversation de Cal puisse être interprétée de nombreuses façons différentes.

— Tu t'occupes aussi des *couples* ? demanda Bryan une fois que Cal fut parti.

Ouais, il avait pris la mauvaise direction.

— Euh, oui. Beaucoup de gens ont besoin de mes services, et parfois les couples aussi. Parce que Cal et Julie s'étaient rencontrés dans un cours d'alpha-bétisation pour adultes, mais Bryan n'avait pas besoin de savoir ça. Elle les avait aidés pour l'appartement, quelques candidatures d'emploi, et les avait même coachés pour des entretiens.

— Y a-t-il autre chose que je devrais savoir avant —

— Avant que tu me paies ? Elle posa son coude sur la table et tapota ses lèvres. Voyons voir. Je pourrais te donner des références si tu veux. Pratiquement toute l'équipe de football américain, quelques gars de l'équipe de foot-ball. L'entraîneur Leland m'a engagée à un moment donné, et puis il y a le conseil municipal. Au moins la moitié d'entre eux ont utilisé mes services. Oh, et j'ai un arrangement permanent avec le service de relocalisation local. Ils me recommandent toujours à de nouvelles personnes.

Parce que beaucoup d'enfants qui emménageaient dans la région ne pouvaient pas répondre aux normes de test strictes du district scolaire local. Elle était généralement extrêmement occupée pendant tout le mois de juin à préparer les nouveaux enfants pour les tests de fin juillet.

Bryan claqua son soda sur la table. — Je commence à penser que ce n'est pas le meilleur endroit pour avoir cette conversation.

— Mais nous avons déjà commandé.

Il sortit sa carte de crédit de son portefeuille. — Nous devons déplacer cette discussion ailleurs. J'ai le sentiment que nous ne serons pas d'accord sur ce point et je préférerais ne pas faire de scène.

Elle ne put résister. — D'accord. Chez moi ou chez toi ?

— Ni l'un ni l'autre !

Les gens à plusieurs tables voisines se retournèrent quand Bryan le cria presque.

— Euh, Bryan ? On dirait bien une scène à mon avis.

Richie se précipita. — Tout va bien ? Puis-je vous apporter autre chose ?

Jenna fit un signe de tête à Bryan. Qu'il fasse son sale boulot lui-même. Il n'avait eu aucun problème à le faire quand il s'agissait d'elle.

— Bryan ?

Bryan la regarda, puis regarda Richie.

Il soupira. — Ça va. Tout va bien. Si tu pouvais nous apporter nos repas, ce serait génial.

— Bien sûr. Tout de suite.

Le pauvre Richie s'enfuit, l'air d'un chien avec la queue entre les jambes.

— Tu sais, ce n'était vraiment pas gentil. Ce n'est pas la faute de Richie...

— Jenna, pouvons-nous parler d'autre chose ? Je ne peux vraiment plus supporter tes histoires de clients.

Elle réprima un sourire. — D'accord, alors. De quoi veux-tu parler ?

— Parle-moi de Trevor.

Son sourire disparut. — Je préfère pas.

— Pourquoi ?

— Parce que ça ne te regarde pas.

— Tu ne peux pas honnêtement penser ça. Bryan posa une enveloppe sur la table entre eux. Ce genre d'argent fait que ça me regarde.

Elle la toucha. Dix mille dollars. Pas une fortune, mais ça irait loin pour alléger une partie de son stress et si elle l'investissait correctement, ça pourrait couvrir les études de Trevor.

Mais ça ne lui donnait aucun droit en ce qui concernait Trevor. Elle posa sa fourchette et s'éclaircit la gorge. — En fait, ton offre n'incluait pas mon fils.

— *Ton* fils ? Son père n'a-t-il pas son mot à dire sur le fait d'être présent ou non dans la vie de son fils ?

Ouais, il avait probablement dit "Fais-moi ça, bébé", ou quelque chose d'aussi grossier, mais ça ne lui donnait aucun droit d'être dans la vie de Trevor.

Si seulement elle pouvait trouver un homme pour être cette figure paternelle dont Trevor avait si désespérément besoin et envie. Quelqu'un avec qui elle pourrait construire une vie pour lui donner la stabilité d'un foyer avec deux parents, ça pourrait rendre la vérité un peu plus acceptable quand elle finirait par lui dire.

Bryan empila les plaquettes de beurre sur l'assiette devant lui, puis fit la même chose avec les tranches de pain artisanal, lui rappelant Trevor. Il avait été si bon avec Trevor aujourd'hui, et Trevor... Il s'était illuminé comme si c'était le matin de Noël.

Elle devait ça à Bryan. — D'accord, très bien. De quoi voulais-tu parler concernant Trevor ?

Il posa le dernier morceau de pain carrément sur le dessus de la pile. — Qu'est-ce qu'il... qu'est-ce qu'il aime faire ? Avec quoi joue-t-il ? A-t-il beaucoup d'amis ?

Des questions étranges venant de l'homme qui avait engagé une prostituée. Peut-être essayait-il de trouver des choses à faire faire à Trevor pendant qu'ils...

— Il aime les blocs de construction. Tu sais, ces trucs en plastique qui s'emboîtent ? Il aime aussi les camions. Bien que comme ses "tr" sortent comme des "f", ça peut devenir un peu gênant quand il en voit un. J'ai dû corriger sa prononciation de nombreuses fois en public.

Elle répondit aux questions de Bryan sur la maternelle - probablement en essayant de déterminer quand son fils était hors de la maison pour qu'ils puissent être seuls.

Un frisson lui parcourut l'échine. Si elle acceptait vraiment son offre comme Cathy l'avait suggéré, ils auraient besoin de plus que les deux heures et demie où Trevor était en classe.

Ne pense pas à ça...

Elle lui parla du Michael Report, s'accrochant à n'importe quoi pour chasser cette image de sa tête. Il s'avéra que Bryan avait eu un enfant comme ça dans sa classe - qui s'appelait aussi Brian.

— Tu ne peux pas imaginer les appels téléphoniques que ma mère a dû gérer à cause de ça. Je me suis fait gronder pour des choses que je n'avais jamais faites jusqu'à ce que je me dégourdisse et que je lui parle de lui.

— Trevor idolâtre ce gamin. Il pense que parce que tout le monde a peur de lui, c'est quelqu'un qu'il faut admirer.

— C'est là qu'un père intervient, Jenna. Nous pouvons expliquer toute cette histoire de testostérone d'une manière que les femmes ne peuvent pas.

Encore cette histoire de père. Si elle savait qui était le type, ne pensait-il pas qu'elle l'aurait déjà retrouvé ? Trevor avait besoin d'un homme dans sa vie et elle y travaillait. Mais elle n'allait pas sauter sur le premier gars sans aversion pour les enfants qui se présenterait juste pour donner un père à Trevor. Elle voulait tomber amoureuse. Être une vraie famille.

— Je pourrais parler à l'enseignante si tu veux.

Elle laissa tomber sa fourchette. Sérieusement, aucune somme d'argent ne donnerait à Bryan ce droit en ce qui concernait *son* fils. — Merci, mais je pense que je peux gérer ça.

— Tu viens d'admettre que tu ne peux pas.

Rien ne la mettait plus en colère que quelqu'un remettant en question ses compétences parentales. — Tu sais, tu as raison. Ce n'est peut-être pas le meilleur endroit pour avoir cette discussion. Parce que là, non seulement elle voulait lui jeter tout cet argent au visage, mais elle voulait aussi le déchirer en morceaux et le jeter dans ses maudites linguine...

Que Richie apportait justement.

Super. Sa fenêtre d'opportunité pour partir venait de se fermer.

— Voilà. Richie prit leurs assiettes du plateau de service, le tintement de la vaisselle étant le seul son à leur table. Il y aura-t-il autre chose ? demanda-t-il, en regardant Bryan.

Bryan fronça les sourcils.

Ah oui, c'est vrai. Il pensait qu'elle avait couché avec Richie, donc Richie n'était pas sa personne préférée en ce moment. — Merci Richie. Je pense que ça va aller.

— D'accord, eh bien si vous avez besoin de quoi que ce soit, vous savez comment me joindre.

Encore une phrase que Bryan sortait de son contexte.

Ça aurait pu être amusant s'il ne l'avait pas crié sur tous les toits au poste de police. Si personne n'avait été au courant, elle aurait pu laisser durer la situation un peu plus longtemps.

Mais ils savaient, et elle ne devait rien à Bryan quel-que-soit-son-nom.

Elle coupa une tranche de son veau. — Au fait, quel est ton nom de famille ? Je pense que je devrais au moins savoir ça.

— Je suis surpris que ça t'intéresse.

Aïe. Cruel. — J'aime bien savoir avec qui je fais affaire. La balle était de nouveau dans son camp. Dommage qu'il ne réalise pas qu'ils jouaient à un jeu.

Il enroula des linguini autour de sa fourchette. — C'est Lassiter.

Le veau se coinça dans sa gorge. Elle tendit la main vers son verre d'eau, mais Bryan était déjà sorti de sa chaise et lui tapotait le dos avant qu'elle ne puisse le porter à ses lèvres.

Ses lèvres à lui étaient juste à côté d'elle.

Les lèvres de Bryan *Lassiter*.

— Jenna ? Ça va ?

Non, ça n'allait pas. Ça n'allait vraiment, vraiment pas. Mais elle le repoussa d'un geste, voulant qu'il *recule* pour qu'elle puisse comprendre ce qu'elle allait bien pouvoir faire.

Bryan Lassiter avait quatre ans de plus qu'elle à l'école. Elle ne le connaissait pas personnellement, mais elle avait entendu parler de lui. *Tout le monde* avait entendu parler de Bryan Lassiter.

Parce que Bryan Lassiter avait non seulement été le quarterback vedette, le roi du bal de promo et le président de classe, mais il avait aussi été le garçon de rêve de la ville. Qui était connu pour une chose en particulier.

Et à ce moment-là, Jenna sut. Elle *sut*.

Bryan Lassiter était connu pour ses yeux — ses yeux *violets*.

Tout comme Trevor.

$$\text{Chapitre 10}$$

Jenna avait jeté sa serviette sur la table, abandonnant l'idée de sortir sa carte de crédit au maximum pour payer sa part du repas, car M. Beau Gosse pouvait bien régler le dîner qui n'aurait jamais été nécessaire s'il n'avait pas fait son hypothèse stupide en premier lieu, et elle était à moitié sortie en courant du restaurant, les regards et les conversations des clients la suivant. Le reste du trajet jusqu'à chez elle, cependant, était flou.

Bryan pensait qu'*il* était le père de Trevor.

Elle verrouilla sa porte d'entrée derrière elle et se précipita dans sa chambre, laissant ses vêtements traîner dans les escaliers, voulant se débarrasser de cette soirée comme un lézard se débarrasse de sa peau, car elle se sentait tout aussi visqueuse.

Il ne pouvait pas être le père de Trevor. Mindy se serait souvenue de *lui*. *N'importe qui* se serait souvenu de Bryan. Il avait été le fantasme de toutes les filles. Pas étonnant qu'il ait porté des lunettes de soleil. Cela avait du sens maintenant.

Mais ce qui n'avait pas de sens, c'était que Mindy ne vivait pas — ou ne dansait pas — en ville il y a quatre ans. Elle était à quatre-vingts kilomètres de là, donc la possibilité de le croiser était au mieux minime.

Oui, c'était ça. C'était ce qu'elle ferait pour lui prouver qu'il n'était pas le père de Trevor. Bon sang, une partie de la raison pour laquelle elles étaient revenues ici était qu'elle ne risquerait pas de croiser le gars qui pourrait être le père de Trevor et devoir se battre pour la garde. Elle et Mindy avaient décidé cela juste après l'annonce du diagnostic de cancer.

D'accord, alors comment s'y prendre pour prouver qu'il n'était pas le père ?

L'enterrement de vie de garçon. Tout ce que Mindy savait, c'était que le futur marié s'appelait Brad et qu'il se mariait le lendemain, donc tout ce que Jenna avait à faire était de chercher sur Google les mariages ce jour-là dans son ancienne ville avec un marié nommé Brad.

Cela lui prit moins de cinq minutes.

Il ne fallut que trente secondes de plus pour trouver une photo de la réception et apprendre que l'un des garçons d'honneur s'appelait Bryan Lassiter.

Oh merde. Bryan *pouvait* vraiment être le père de Trevor.

La panique s'installa. Et s'il voulait la garde ? S'il contestait son droit d'être le parent de Trevor ? S'il lui enlevait Trevor ?

Non. Ça ne pouvait pas arriver. Elle ferait tout ce qu'il faudrait pour garder Trevor avec elle.

Il voulait connaître Trevor cependant. C'était évident. Toutes les questions avaient du sens maintenant. Vouloir apprendre à Trevor à lancer une balle, la capacité de Trevor à lancer une balle, proposer de parler à l'enseignant au nom de Trevor à propos de Michael...

Il pensait qu'elle était la femme avec qui il avait couché ; c'est pour ça qu'il l'avait si vite qualifiée de prostituée. Stripteaseuse, prostituée, ça pouvait être interchangeable dans son esprit s'il avait couché avec elle — avec Mindy.

Bryan pensait qu'*elle* était Mindy.

Que ferait-il quand il découvrirait qu'elle ne l'était pas ?

Ses doigts exsangues glissèrent de la souris. Non. Ça n'arriverait pas. Il *devait* penser qu'elle était la femme avec qui il avait couché. *Devait*. C'était sa seule chance de l'empêcher de creuser trop profondément dans la naissance de Trevor. Dieu merci, seule Cathy connaissait la vérité.

Quand Bryan avait-il deviné ? Au supermarché ou cela avait-il été planifié depuis le début ? Avait-il d'une manière ou d'une autre découvert l'existence de Trevor et l'avait-il retrouvée ?

Jenna étudia le visage de Bryan à l'écran et le superposa à l'une de ses images mentales de Trevor. Mêmes cheveux et boucles. Même structure faciale.

Mêmes yeux.

Oh, mon Dieu. Il *était* le père. Elle le savait. Et, pire encore, *lui* le savait.

La question était, que comptait-il faire à ce sujet ?

* * *

Bryan jeta ses clés sur son bureau chez BeefCake, Inc. La soirée ne s'était définitivement pas déroulée comme prévu.

— Yo, Bry, tout va bien ? demanda Gage en entrant dans son bureau.

Bryan passa une main sur son visage. Il n'avait encore rien dit à Gage à propos de Trevor ou de Jenna. Son partenaire avait déjà assez à gérer avec les opérations de son neveu et son travail de jour, plus la gestion de cet endroit, l'expansion, et l'aide à Lara, sa fiancée, pour les préparatifs de leur mariage à venir. Bryan n'avait pas besoin d'ajouter un problème de plus à ceux que Gage gérait déjà.

De plus, c'était *son* problème.

— Ç'a été une soirée difficile.

— Ouais, eh bien, tu devrais voir la foule dehors. Ça, c'est difficile. Je ne suis pas sûr qu'on devrait rester ouvert tous les soirs de la semaine. Peut-être passer à quatre jours. Les garder intéressés et affamés pour les jours où on *est* ouverts.

— Et perdre le trafic du dîner ? Je ne pense pas.

— Eh bien alors, on a besoin d'embaucher de l'aide. Entre la gestion du spectacle, la paperasse et l'expansion, j'ai à peine assez de temps pour mes projets et Lara. Et devine ce qui m'importe le plus ?

Bryan n'avait pas besoin de deviner. Depuis que Gage avait rencontré "la dame aux cupcakes", il ne pensait qu'à goûter la marchandise.

Bryan ne pouvait pas le blâmer. Il voulait avoir l'occasion de goûter la marchandise de Jenna, mais elle était sortie en courant du restaurant sans toucher à l'argent.

Il sortit l'enveloppe et feuilleta les billets avec son pouce. Il avait vraiment travaillé dur pour cet argent. Beaucoup de longues heures et beaucoup de danse. Gage et lui avaient été les seuls artistes quand ils avaient commencé. Regarde-les maintenant. Un grand établissement, des foules pour le dîner, une douzaine d'employés... L'endroit se développait. Gage avait raison ; ils avaient besoin d'aide.

Jenna.

Il embaucherait Jenna. Elle devait avoir été une stripteaseuse à peu près décente s'il avait fini avec elle cette nuit-là. Et si elle avait besoin de pratique ou de mouvements différents, eh bien, il pourrait travailler là-dessus avec elle. Après tout, Gage et lui travaillaient avec les danseuses sur les routines.

Hum hum.

Bryan glissa l'enveloppe dans la poche de sa veste. Il ne savait toujours pas pourquoi elle s'était enfuie, et si Richie n'avait pas mis autant de temps à passer sa carte de crédit, il l'aurait suivie. Il y avait pensé, mais s'était rendu compte qu'ils étaient trop tendus pour continuer leur conversation de manière rationnelle. Ils avaient besoin de temps pour se calmer.

Il ne savait pas s'il se calmerait un jour en présence de Jenna, cependant. Elle était magnifique dans cette robe et tous les hommes chez Tosco l'avaient remarquée.

Combien d'entre eux avaient goûté à *ses* charmes ?

Il se frotta le visage. Mon Dieu, il allait devenir fou à penser ainsi. Mais, sérieusement, comment pouvait-elle faire ça ? Comment pouvait-elle laisser un homme entrer dans son corps pour de l'argent ? N'avait-elle aucun respect pour elle-même ? Aucun sens des responsabilités envers son fils — *leur* fils ?

Ou peut-être que c'était précisément ce sens des responsabilités qui la poussait à le faire. Ce n'était pas comme s'il l'aidait à payer les factures.

— Bry, tu peux couvrir le reste de la soirée ? Je veux rentrer à temps pour voir Connor avant qu'il n'aille se coucher. Son opération est demain.

Maintenant, Bryan se sentait doublement idiot. Il connaissait la date de l'opération de Connor ; il aurait dû se proposer pour remplacer Gage ce soir au lieu de courir après une prostituée bon marché qui avait donné naissance à son fils.

Mon Dieu, sa vie partait en vrille plus vite que lorsqu'il s'était détruit la cheville lors de ce dernier match de championnat.

— Oui. Vas-y. Embrasse Lara de ma part.

— Je donnerai *mon* amour à Lara et toi, trouve ta propre femme. Gage lui lança un de leurs porte-clés signature en forme de nœud papillon. N'oublie pas de fermer.

Bryan le congédia d'un geste, l'enviant. Pourquoi Jenna ne pouvait-elle pas être boulangère ? Enseignante ? Bon sang, même si elle travaillait dans un fast-food, il serait ravi. N'importe quoi plutôt que ce qu'elle était.

Tanner passa la tête par la porte. — L'entracte est terminé. Tu veux faire l'annonce ?

— Non, vas-y. Considère ça comme une promotion.

Tanner sourit. — Bien. Je m'attends à une augmentation.

— Tu fais monter quelque chose là-bas et j'y réfléchirai. Allez. Donne un spectacle aux invités.

— C'est toujours ce qu'on fait.

Bryan se laissa aller dans son fauteuil. Tanner et les gars — et maintenant les filles — ils donnaient vraiment un bon spectacle. Gage et lui en étaient fiers. Ce n'était pas un endroit glauque comme le conseil municipal l'avait craint. Mais toutes les revues n'étaient pas comme BeefCake, Inc. Gage et lui avaient travaillé pour l'une d'elles à l'université avant de se lancer à leur compte, en vrais entrepreneurs qu'ils étaient. Ils avaient gagné deux fois plus d'argent et attiré trois fois plus de filles. À l'époque, c'était une question de fierté.

Mais ils étaient adultes maintenant. Ils se concentraient sur la création d'une entreprise pour que des gens comme Tanner, Markus et Carlos aient un bon endroit où travailler et que la clientèle bénéficie d'un spectacle de haut niveau.

Peut-être que c'était tout ce dont Jenna avait besoin. La chance de gagner de l'argent sans avoir à se vendre. Et elle pourrait travailler la nuit quand Trevor serait endormi. Bon sang, il irait lui-même chez elle pour garder le petit. Il pouvait faire de la paperasse n'importe où.

En parlant de ça... Bryan prit la pile de factures, de bons de commande et de paperasse pour les nouvelles embauches. Il détestait vraiment cette partie du travail. Gage aussi, mais comme il s'occupait de la rénovation, Bryan avait pris ce cauchemar en charge.

Peut-être qu'il engagerait Jenna pour s'en occuper. Ça vaudrait bien dix mille dollars pour lui de ne pas avoir à le faire.

Il expira et commença à trier. Quoi qu'il décide de faire à propos de Jenna, il ferait mieux de le faire bientôt s'il voulait profiter un peu de l'enfance de son fils. Trevor ne rajeunissait pas.

Chapitre Onze

Le lendemain matin, Jenna tendit une bouteille d'eau à Cathy dans sa cuisine après lui avoir raconté toute cette histoire cauchemardesque. — Qu'est-ce que je vais faire, Cath ?

Cathy tapota la bouteille contre ses lèvres et s'appuya contre la porte de derrière, c'était à son tour de surveiller les garçons qui jouaient à la Guerre des Dinosaures sur la petite table dans le jardin. — Tu vas devoir coucher avec lui.

— Je vais devoir faire *quoi* ? C'est *ça* ta solution ? Jenna continuait de faire les cent pas dans sa cuisine comme elle l'avait fait durant les dix dernières heures. Dix heures *sans sommeil*.

— Au minimum, tu vas devoir prétendre être Mindy.

— Je sais, mais comment ? Je ne lui ressemble pas du tout et elle était plus jeune que moi.

— Jen, s'il ne se souvient pas assez d'elle pour savoir que tu n'es pas elle, il ne se souviendra pas non plus de son âge. Ni de quoi que ce soit d'autre à son sujet. Ce qui ne peut que jouer en ta faveur. Je veux dire, Dieu sait ce qu'elle a fait avec lui cette nuit-là.

— Et moi non plus.

— Donc ce n'est pas un problème. Tu peux inventer ce que tu veux. Il ne niera pas s'il ne s'en souvient pas. Et s'il s'en souvient… mets ça sur le compte de l'alcool. Les gens ont des trous de mémoire tout le temps.

Ouais, c'était vraiment l'image qu'elle voulait que Bryan ait d'elle. — Il doit y avoir un autre moyen. Je veux dire, j'ai les papiers d'adoption.

Cathy secoua la tête. — C'est le parent biologique qui n'a jamais renoncé à ses droits, et s'il a dix mille dollars en plus à te donner pour coucher avec lui, tu peux parier qu'il en a encore plus en réserve. Il a ce club, tu sais. Non, tu dois prétendre être Mindy. Au moins Trevor te ressemble.

Le pouvoir de la génétique, Dieu merci. — Mais je n'ai pas pris l'argent.

— Pourquoi pas ?

— Parce que... Jenna s'était maudite toute la nuit de ne pas avoir saisi cette enveloppe. Les batailles juridiques coûtent des sommes folles. — Parce que je ne sais pas si je peux faire ça.

— Quelles autres options as-tu ?

Aucune si Bryan décidait d'insister. Elle pouvait nier sa paternité autant qu'elle voulait, mais un coton-tige avec un kit de test à domicile et ce serait fini.

Cathy pointa la bouteille d'eau vers elle. — Tu vois ? Tu dois le faire. Ou tu vas perdre Trevor.

C'était le problème. Il n'y avait rien qu'elle *puisse* faire. Même si elle prenait l'argent, il l'avait déjà dénoncée comme étant une prostituée ; prendre l'argent ne ferait que donner du crédit à son argument.

— Je vais simplement lui dire que c'est un malentendu. Que je pensais qu'il voulait un tuteur, pas une prostituée.

Cathy but une gorgée d'eau, son regard de retour dans le jardin. — Ça devrait passer comme une lettre à la poste.

— Pourquoi pas ? C'est la vérité. En quelque sorte. Je ne savais pas qu'il pensait à autre chose jusqu'à ce que Sarge me parle du rapport.

— D'accord, très bien. Tu lui dis que tu es enseignante et non une prostituée et il va commencer à enquêter sur toi. Il ne faudra pas creuser beaucoup pour découvrir que tu n'as jamais fait de strip-tease de ta vie, donc tu ne peux pas être la femme avec qui il a couché, et il s'en prendra à Trevor. Elle regarda à nouveau Jenna. — C'est vraiment ce que tu veux ? Je croyais que tu ferais n'importe quoi pour ce petit garçon ?

— Ce n'est pas juste.

— Tous les coups sont permis en amour et à la guerre. Et dans les batailles pour la garde d'un enfant. Que veux-tu, Jen ? La justice ou Trevor ?

Il n'y avait pas de question à se poser.

Cathy ouvrit la porte de derrière. — Tout va bien, les gars ?

— Oui. Trevor vient juste de faire tomber mon dinosaure dans les sables mouvants.

— Il a besoin d'un pansement ?

— Nan. Il est coriace. Comme moi et Papa.

Jenna ne put cacher la douleur que ce mot lui infligea.

Cathy le remarqua. — Prends son argent, Jen. Tu as besoin d'un bon avocat. Dix mille dollars t'aideront beaucoup à en obtenir un. En plus, tu l'auras piégé. Il aura engagé une prostituée.

— Pas si je ne couche pas avec lui.

— Ce serait vraiment dommage. Tu pourrais aussi bien profiter des avantages de son grand malentendu. Et après l'avoir vu, je parie que ce n'est pas la seule chose qui est grande chez lui.

Jenna leva les yeux au ciel. — Sérieusement, Cathy, tu ne penses *jamais* à autre chose qu'au sexe ?

Son amie se frotta le ventre. — Tu oses me demander ça alors que je ressemble à un melon d'eau ? Comment crois-tu que je me suis retrouvée dans cet état ?

— Je ne vais *pas* coucher avec lui.

Cathy haussa les épaules. — Comme tu veux, mais il t'a déjà dénoncée à la police, donc il y a une trace. Et puis on t'a vue sortir avec lui. Elle dévissa le bouchon de sa bouteille d'eau. — Et il y a... tu sais. L'historique passé. Celui de Mindy, je veux dire, qu'il pense être le tien. Elle porta la bouteille d'eau à ses lèvres. — En plus, 'tu' ne lui as jamais parlé de Trevor.

— Je ne savais pas...

— Ce qui n'est pas vraiment une bonne recommandation pour la garde. Soyons honnêtes, à moins que tu ne coopères avec lui, tu vas te faire avoir.

— Eh bien, ce que tu suggères va aussi me faire avoir.

— Ouais, mais c'est le bon genre.

Jenna s'assit à la table. Une partie d'elle devait admettre que la partie physique ne la dérangerait pas, si ce n'était pas un subterfuge. Quant à l'autre partie...

— Je ne suis pas une prostituée, Cath, et je ne peux pas prétendre en être une.

Cathy but une gorgée d'eau. — Tu t'en es bien sortie jusqu'ici.

— Ouais, mais c'est parce que je n'ai pas eu à coucher avec lui.

— Est-ce que ce serait *vraiment* une épreuve ?

Le problème était que non. Et elle n'avait pas besoin de plus de complications dans sa vie.

La sonnette de la porte d'entrée retentit.

Quand on parle du loup... — Cath, qu'est-ce que je vais faire ?

Cathy reboucha sa bouteille d'eau. — J'aimerais avoir les réponses, Jen. Tu as vraiment besoin de parler à un avocat. En attendant, fais-le patienter. Elle se leva. — Je vais emmener les garçons pour la matinée.

— J'adorerais ça, mais Trevor compte sur Bryan pour jouer avec lui à nouveau. Il ne voudra pas partir avec toi.

— Alors dis-lui que Bryan n'a pas pu venir. Elle secoua la tête. — Je n'arrive pas à y croire. *Le* Bryan Lassiter. Le père de ton enfant et le porteur de dix mille dollars pour du sexe. J'en ai le cœur qui bat la chamade.

— Ce n'est qu'un homme, Cath.

— Hum hum. Continue de te dire ça, Jen. Je l'ai rencontré. Sans chemise. C'est plus qu'un simple homme. Elle ouvrit la porte de derrière. — Bobby ! Trevor ! Rangez les T-rex. On va au parc ! Elle se retourna vers Jenna. — Tu as environ deux heures pour régler ça avant que je doive déposer Bobby chez la nounou et ramener Trevor ici. Tu peux trouver quelque chose.

La question était, quoi ?

Chapitre Douze

Une fois que Cathy eut mis les enfants hors de portée de voix, Jenna prit une grande inspiration et ouvrit la porte. — Bryan. Entre.

— Trevor est là ?

Ses yeux violets se moquaient d'elle, ressortant avec netteté grâce au t-shirt noir moulant qui ne faisait que rendre le violet plus éclatant. — J'ai pensé qu'il valait mieux que Cathy l'emmène pendant qu'on finit ce qu'on n'a pas commencé hier soir.

Bryan laissa tomber le sac de sport à l'intérieur de la porte et se glissa devant elle dans la maison. — Tu n'as pas pris l'argent.

— Et je ne vais pas le prendre.

Il se retourna brusquement. Hmm, elle l'avait surpris. Un point pour elle.

— Mais tu en as besoin.

— Je me suis bien débrouillée sans ton argent avant et je m'en sortirai bien à nouveau.

— Mais comment vas-tu subvenir à tes besoins ? À ceux de Trevor ?

— Bryan, tu sembles croire que je suis dans une situation désespérée. Ce n'est pas le cas. Je subviendrai à nos besoins comme je l'ai toujours fait.

— Mais je ne veux pas que tu le fasses, Jenna.

— Ah bon ? Et qu'est-ce qui te donne le droit de dicter ma vie ?

— Trevor.

— Je fais ça *pour* Trevor.

— Ouais, il va te remercier pour ça quand il grandira et comprendra.

— Trevor sait ce que je fais.

La bouche de Bryan s'ouvrit. — S'il te plaît, dis-moi que tu ne le laisses pas regarder.

Oh, pour l'amour du ciel. Pensait-il *vraiment* qu'elle exposerait un enfant au plus vieux métier du monde ? Si elle faisait ce qu'il pensait qu'elle faisait, bien sûr. Pour quelle idiote sans cervelle la prenait-il ?

Ignorant le fait que son argument était basé sur un malentendu perpétué par un mensonge, Jenna prit sa décision. Elle ne pouvait pas, en toute conscience, le laisser penser qu'elle était une prostituée, mais lui laisser croire qu'elle était Mindy pourrait être le seul moyen de l'empêcher de prendre Trevor. Ou, comme l'avait dit Cathy, au moins lui donner le temps de savoir où elle en était dans ce pétrin.

Cela ne voulait pas dire qu'elle ne pouvait pas renvoyer quelque chose à la figure de cet idiot méfiant et têtu. — Parfois, oui, Trevor regarde. Il aime ça.

Son expression déconfite était plus que précieuse. Valant bien plus que dix mille dollars.

— Et parfois je le laisse aider.

Maintenant, il béait comme un poisson et elle essayait de ne pas rire.

— Mais la plupart du temps quand je travaille, il dort. Je ne peux pas vraiment faire mon travail si je dois le surveiller. De plus, mes élèves trouvent ça distrayant.

Bryan se leva d'un bond et arpenta son salon, écartant du pied des blocs de bois colorés. Trevor n'allait pas aimer ça. Cette structure, bien que bancale, était son stade de football. Là où lui et Bryan allaient jouer au football un jour.

Son cœur se serra à cette pensée. Pour le bien de Trevor, elle devait trouver un moyen de permettre à Bryan d'entrer dans sa vie.

Mais Bryan n'avait jamais besoin de savoir qu'elle n'était pas la mère *biologique* de Trevor. Elle était sa mère à tous les autres égards parce que, comme une lionne, une ourse ou une humaine, elle ferait tout ce qui était nécessaire pour le protéger. Et le garder.

— Je n'arrive pas à y croire. Bryan passa sa main dans ses cheveux et se tourna vers elle. — Tu le laisses vraiment *regarder* ? Pourquoi les services de protection de l'enfance ne sont pas venus ici ? Ou est-ce que tu gardes tous tes "élèves" si contents que personne ne se plaint ?

Il avait vraiment fait des guillemets avec ses doigts sur *élèves*. Jenna avait envie de rire. De quel droit se montrait-il si moralisateur et décidait-il qu'il savait ce qui était le mieux pour *qui que ce soit* ? C'était lui qui avait couché avec une strip-teaseuse en premier lieu. Mon Dieu, comme l'orgueil précédait la chute.

— Je n'ai jamais eu de plainte d'aucun de mes élèves. La plupart sont plus que satisfaits de ma performance. Elle prenait vraiment plaisir à distiller les sous-entendus partout.

— Ça suffit. Bryan mit ses deux mains sur ses hanches. — Je suis désolé, Jenna, mais je ne peux pas laisser ça continuer. Si tu n'arrêtes pas, je t'y *obligerai*.

Et maintenant, le *coup de grâce*. — Tu vas m'empêcher d'enseigner ? Pourquoi ? Qu'as-tu contre l'anglais au lycée ?

— Comment peux-tu même demander ça ? Ce n'est pas comme si c'était une matière à l'éco- Ses mains tombèrent le long de son corps. — Quoi ? Qu'est-ce que tu as dit ?

Elle se mordit la lèvre pour ne pas rire. — J'ai demandé ce que tu avais contre l'anglais au lycée. Shakespeare ne te plaît pas ? Ou est-ce que *La Lettre écarlate* t'a traumatisé à vie ?

— Je- Et maintenant il était de retour à bâiller aux corneilles. Elle aurait parié que ce n'était pas courant pour lui. — *L'anglais* ?

— Oui. Tu sais, la langue que tu massacres si bien en ce moment ?

Bryan la regardait comme si elle parlait une langue étrangère.

Elle eut pitié de lui et tapota le canapé. — Bryan, assieds-toi.

Quand il le fit - muet maintenant, et elle aurait parié que c'était nouveau pour lui aussi - elle expliqua. — Sarge m'a dit ce que tu pensais de moi. Que tu m'avais dénoncée pour prostitution.

— Tu le savais ?

— Bien sûr que je le savais. Et je parie que toute la clientèle de Tosco le savait aussi. Le pool de secrétaires au commissariat n'est pas connu pour être un grand gardien de secrets.

— Mais... tu ne l'es pas ? Et tes clients ? Les parents du gamin qui paient pour ça ? Accepter mon offre ?

Cette fois, elle dut sourire. La vérité la libérerait. Eh bien, dans cet aspect de leur relation en tout cas. — Je donne des cours particuliers aux enfants pendant l'été. Jason passe les SAT à l'automne et avait besoin d'aide pour améliorer ses scores.

— Richie aussi ?

— Richie a des difficultés en lecture. Sheila en maths. Je suis certifiée pour enseigner les deux. L'histoire aussi.

— Cal et sa petite amie ?

— Nous nous sommes rencontrés lors d'un cours d'alphabétisation pour adultes où j'intervenais.

— Alors pourquoi m'as-tu cité cette somme astronomique ?

Elle baissa la tête, pas particulièrement fière d'elle-même, mais elle devait se rappeler ce qu'il avait fait. L'accuser de prostitution. Chez elle avec un enfant à proximité, en plus. Il l'avait mérité.

— Je n'allais pas prendre ton argent, pas après avoir découvert ce que tu pensais. Je croyais vraiment que tu voulais un tuteur pour ton enfant mais tu étais tellement désagréable à ce sujet, alors j'ai balancé un montant désagréable, espérant que tu t'en irais. Imagine ma surprise quand tu ne l'as pas fait. Et, hé, si tu étais prêt à payer autant, le moins que je puisse faire était d'accepter de le prendre. Elle prit une profonde inspiration. — Mais une fois que Sarge m'a dit, eh bien, tu m'as énervée. J'ai continué le jeu juste pour pouvoir te renvoyer l'argent à la figure. J'avais vraiment hâte de le faire.

Il se frotta la mâchoire. — Tu dois penser que je suis un vrai con.

— Euh, ouais. Un peu.

Il laissa échapper un soupir mêlé d'un rire. — J'imagine que je l'ai mérité.

— Mmhmm.

Il se leva et fit les cent pas, évitant cette fois les blocs. Il en poussa même quelques-uns pour reformer une pile. — Je... Je suis désolé, Jenna. Mais ça ne suffit pas, n'est-ce pas ?

Non, mais à quoi bon. — Ce qui est fait est fait. On doit aller de l'avant.

— Y a-t-il quelque chose que je puisse faire pour me rattraper ?

M'embrasser à en perdre la tête serait un bon début.

D'accord, pas sa meilleure idée. *Quitter la ville* serait un meilleur souhait, mais, là encore, ce n'était pas quelque chose qu'elle pouvait dire sans entrer dans des explications qu'elle n'était pas prête à donner.

Elle opta donc pour quelque chose d'inoffensif. — Tu n'aurais pas apporté ces dix mille dollars par hasard ? Te les jeter à la figure serait si satisfaisant.

— En fait... Bryan se dirigea vers la sacoche et la ramassa. Il la lui tendit. — Fais de ton mieux.

Jenna ouvrit la fermeture éclair. À l'intérieur se trouvaient des liasses de billets de cent dollars, tous soigneusement enveloppés d'une bande de papier.

Elle en sortit un. — Tu as vraiment dix mille dollars là-dedans ?

— C'était le prix convenu, pourquoi n'en aurais-je pas ?

Elle n'avait jamais tenu autant d'argent liquide dans ses mains en une seule fois.

Jenna brisa le sceau et éventa les billets dans sa main. Dix billets de cent dollars.

Elle sortit une autre liasse. Puis une autre. Dix en tout.

Elle brisa les sceaux de chacune, empila tous les billets ensemble puis les fixa du regard. C'est avec ça qu'il avait pensé l'acheter.

Soudain, le rire fut remplacé par la colère. Il n'avait vraiment pas une haute opinion d'elle. D'accord, il pensait qu'elle était une stripteaseuse, mais certaines personnes - femmes *et* hommes - dansaient pour une raison. Comme il devrait bien le savoir. Et pour certains, comme Mindy, c'était tout ce qu'ils avaient.

Et il dirigeait un foutu *club de strip-tease*. Il pouvait l'appeler comme il voulait, mais les vêtements tombaient quand les gens dansaient sur cette scène. Sur quel piédestal moral se plaçait-il ?

— Alors ? Tu vas le faire ? Ou tu as changé d'avis ? Il s'assit à l'autre bout du canapé, un coude appuyé sur un genou.

Changé d'avis ? Comme si elle allait maintenant le prendre et céder à ses exigences ? Non mais quel arrogant, égocentrique, manipulateur-

Jenna lui jeta la pile. Les billets volèrent partout et elle devait avouer que c'était une sensation très satisfaisante.

— Tu te sens mieux ? Bryan cracha un des billets collé à sa lèvre inférieure.

— En fait, oui. Je me sens mieux. Elle remit ses cheveux derrière ses oreilles, puis secoua deux billets de cent dollars de ses genoux. Les piétina. *Ça*, c'était satisfaisant.

Bryan ramassa quelques billets du canapé et les empila sur la table au milieu d'une mer de Ben Franklin verts et blancs. — Je te jure, tu es différente de toutes les femmes que j'ai rencontrées.

C'est parce qu'ils ne s'étaient jamais rencontrés, mais elle ne pouvait pas lui dire ça.

— C'est vrai, je le suis. Et ne l'oublie pas.

Comme si Bryan *pouvait* l'oublier.

Il glissa plusieurs billets de cent dollars de sous la table avec sa chaussure de course, essayant toujours de comprendre cette série d'événements.

Elle n'était pas une prostituée ; elle était enseignante. Et, oui, il avait pensé à son souhait d'hier : *Pourquoi ne pouvait-elle pas être une enseignante avec qui il pourrait envisager de s'installer et de fonder une famille ?*

On dirait que celui-là s'était réalisé. Enfin, la partie famille. La partie s'installer ? *Pouvaient-ils* s'installer ? Ensemble ?

Bryan l'étudia pendant qu'elle ramassait l'argent. Elle était indéniablement jolie d'une manière peu conventionnelle. Short en jean, t-shirt ample, pas une trace de maquillage, et ces cheveux follement bouclés et ébouriffés qui refusaient de rester sagement derrière ses oreilles. Jenna était vraie. Sans aucune prétention.

La mère de son enfant.

Ces mots résonnaient dans son cerveau. Il ne l'avait pas exactement choisie pour ce rôle, mais il devait admettre qu'il avait fait un bon choix dans son état d'ivresse.

Il voulait en savoir plus sur cette nuit-là. Pourquoi elle ne l'avait pas cherché quand elle avait appris qu'elle était enceinte. Comment s'était passée sa grossesse. Avait-elle déjà pensé à y mettre fin ? À donner Trevor en adoption ?

Bryan ferma les yeux alors que la douleur le poignardait. Bon sang. Trente-quatre ans ; il aimerait bien avoir surmonté ça maintenant. Mais c'était toujours là, planant en arrière-plan. Le faisant se demander s'il serait jamais assez bon.

Il avait été adopté. Il savait ce que c'était que de ne pas être voulu par la femme qui l'avait mis au monde.

Bien sûr, il connaissait toutes les statistiques. Avait entendu toutes les histoires. Mieux valait être élevé dans un foyer aimant par un couple qui voulait des enfants que dans un motel miteux par une mère toxicomane.

Le problème était qu'il ne savait jamais si ç'avait été son cas. Sa mère avait-elle été une junkie ? Avait-elle été une fugueuse ? Était-il le produit d'un inceste ? D'un viol ? Avait-elle essayé de manipuler quelqu'un pour qu'il l'épouse ? Avait-il été le fruit d'une aventure d'un soir ? Ou avait-elle été une adolescente qui n'avait pas pensé que la grossesse pouvait lui arriver ? Avait-elle cru que son petit ami utilisait un préservatif ? S'était-il déchiré ?

Les scénarios tourbillonnaient dans sa tête comme ils l'avaient fait pendant chacune des trente dernières années. Ses parents adoptifs ne le lui avaient jamais caché ; ils s'étaient assurés de lui faire savoir, à lui et à Kyle, qu'ils avaient été choisis spécialement pour qui ils étaient. Des réassurances, Bryan le reconnaissait, de parents aimants à des enfants insécures.

Il savait tout ça. Il connaissait tout le charabia psychanalytique, mais le fait demeurait qu'il ne connaissait personne en ce monde à qui il était biologiquement lié.

Jusqu'à Trevor.

Pas question qu'il s'en aille maintenant.

— Nous avons autre chose à discuter, Jenna.

Jenna se leva d'un bond, enroula ses bras autour de sa taille - là où elle avait porté leur enfant - et se dirigea vers la fenêtre de devant. — Bryan, je... je ne peux pas. Pas maintenant. J'ai besoin de temps.

— Tu as eu assez de temps, Jenna. Maintenant c'est à mon tour. Il remit l'argent dans son sac de sport, puis s'approcha derrière elle et posa ses mains sur ses épaules. — J'aimerais passer du temps avec mon fils.

Chapitre Treize

Son fils.

Trevor était *son* fils à elle. Le sien !

— Jenna, je sais que Trevor est mon fils.

Bryan n'allait pas s'en aller plus qu'elle ne le ferait. Et, honnêtement, pour le bien de Trevor, elle devrait être heureuse de cela.

Malheureusement, *heureuse* n'était pas ce qu'elle ressentait en ce moment.

Elle déglutit et le regarda dans le reflet de la fenêtre. Définitivement pas heureuse.

— Je comprends pourquoi tu ne me l'as pas dit avant. On n'avait pas vraiment échangé nos numéros de téléphone.

C'était vrai. Des fluides corporels, oui ; un simple moyen de communication ? Apparemment pas.

Mais c'était *Mindy* qui avait échangé des fluides avec Bryan. Il était important de s'en souvenir — et de ne jamais le laisser paraître.

— Mais maintenant... Je sais. Et tu sais. Si tu ne le savais pas avant, tu as dû le comprendre dès que tu as vu mes yeux.

Elle les regardait maintenant. Violets avec une étincelle de bleu autour de la pupille. Exactement comme ceux qu'elle avait regardés chaque jour depuis trois ans et demi.

— Oui. Un seul mot, un tel impact. Non seulement sur elle, mais aussi sur Bryan *et* Trevor. Trois lettres, trois vies.

Bryan retira ses mains de ses épaules pour les passer dans ses cheveux. — Donc, la question est : qu'allons-nous faire ?

C'était *la* question. Elle se retourna. — Que veux-*tu* faire ?

— J'aimerais obtenir quelques réponses, si ça ne te dérange pas.

Peu importait si cela la dérangeait. Il y avait droit. Mais seulement jusqu'à un certain point. Tout ce qui concernait la mère biologique de Trevor allait être enjolivé.

Elle se retourna vers la fenêtre. Dehors, tout était exactement comme d'habitude. M. Heiner taillait sa pelouse, Mme Heiner étendait le linge. Les Tolofson d'à côté jouaient au baseball avec leurs jumeaux. Tyler Hepburn allait de boîte aux lettres en boîte aux lettres pour distribuer le courrier. La vie à la Rockwell, pourtant son intérieur ressemblait à un Picasso, disloqué et déréglé.

— Je... Elle prit une profonde inspiration. — Je ne savais pas de qui était le bébé. Elle entendit sa brusque inspiration et grimaça avec lui. — Une des filles... elle était jalouse. Elle a décidé de se venger en perçant des trous d'épingle dans la boîte de préservatifs. Tout cela, jusqu'ici, était vrai. Sauf que c'était l'histoire de Mindy à raconter.

— Tu ne pouvais pas trouver qui j'étais d'une manière ou d'une autre ? Il n'y avait pas de registres ? J'ai personnellement engagé la société de strip... votre société pour la fête de Brad. Tu ne pouvais pas retracer tes... pas ?

Les euphémismes pour un acte si intime frappèrent Jenna comme particulièrement drôles dans une situation qui était loin d'être humoristique.

— Il y avait beaucoup de... fêtes. Bien que Mindy lui ait assuré qu'il n'y avait pas beaucoup d'hommes, mais quand même, assez pour que les retrouver ait nécessité beaucoup de travail, et la plupart des gars n'étaient pas enclins à admettre qu'ils avaient couché avec une stripteaseuse. — De plus, je pensais que j'aurais droit à des faux-fuyants une fois que le gars aurait découvert pourquoi je l'avais retrouvé. Qui voudrait revendiquer un bébé ?

Bryan était assez proche derrière elle pour qu'elle puisse sentir son souffle chaud sur sa nuque. Sentir l'électricité entre eux. Entendre le tremblement dans sa voix quand il répondit : — Moi, je l'aurais fait.

Une douleur, brute et déchirante, la submergea. Elle chevaucha la vague et attendit la suivante simplement parce qu'elle viendrait. Comme la marée, elle savait qu'elle viendrait. — Mais je ne le savais pas. Pour ce que j'en savais, tu étais un homme marié et le bébé aurait été un énorme problème.

— C'est mon fils, Jenna. Il se tenait juste derrière elle et la fixait dans le reflet de la fenêtre. — Je veux faire partie de sa vie.

Faire partie de sa vie était très différent de *il est à moi et je le veux*.

— Vraiment ?

Il hocha la tête. — J'ai été adopté. Mon frère et moi l'avons été. Je sais ce que c'est de ne pas connaître ses parents biologiques. Je ne veux pas faire ça à Trevor. Je *ne peux pas* lui faire ça.

Elle aurait dû être ravie. Cet homme était le père de Trevor. Son fils pouvait enfin avoir le papa qu'il voulait. Le papa qu'il méritait.

Alors pourquoi voulait-elle le prendre dans ses bras et l'emporter au coin le plus reculé du monde pour le garder pour elle ?

Jenna retourna au canapé et s'assit sur l'accoudoir. Elle ne pouvait pas faire ça, pas plus qu'elle ne pouvait refuser à Trevor le *droit* d'avoir son père. Ou à Bryan le droit d'avoir son fils.

Peut-être qu'il pourrait y avoir un compromis. — D'a...ccord.

— Tu ne vas pas me combattre ?

Elle s'entoura à nouveau de ses bras, la nervosité la rendant froide. — À quoi bon ? N'importe qui peut voir qu'il est le tien.

Le sourire qui illumina le visage de Bryan coupa le souffle à Jenna. À la fois parce qu'il le rendait encore plus magnifique et parce qu'il était exactement comme celui de Trevor.

— Je veux l'emmener camper. Aller pêcher. L'emmener à un match. Tous les sports. Construire une cabane dans les arbres avec lui. Lui apprendre à conduire, répondre à ses questions sur les filles... Toutes les choses qu'un père et un fils font. Peut-être qu'un jour, il m'appellera même papa.

Son cœur se brisa à cause de cela, autant pour Bryan que pour Trevor. L'adoption de Bryan signifiait qu'il n'avait aucun lien biologique nulle part sauf avec Trevor. Et Trevor non plus. Elle leur devait à tous les deux de laisser cela se produire.

Mais où cela la laissait-elle ? Maintenant, plus que jamais, Bryan ne devait pas savoir pour Mindy.

— Comment allons-nous lui dire ? Comment allons-nous le dire à qui que ce soit ?

Bryan grimaça. — J'ai peur qu'aucun de nous ne puisse sortir sous un bon jour si la vérité éclate.

Surtout si la vérité éclatait ; elle serait étiquetée comme une menteuse. Elle croisa les bras. — C'est vrai.

— Je suis prêt à en fabriquer une si tu l'es.

— Comment ? J'ai vécu ici pendant plus de trois ans et tu as été là tout le temps. Personne ne croira que nous ne savions pas que l'autre vivait dans la même ville.

— Pourquoi pas ? C'est la vérité.

— Personne ne l'achètera.

Bryan s'assit à côté d'elle. — Est-ce que ça importe ? Nous connaissons la vérité, qui se soucie de ce que les autres disent ?

— Trevor s'en souciera quand il commencera à se faire taquiner.

— Personne ne va taquiner mon fils.

Elle leva les yeux au ciel. — Parlé comme un vrai père. Qui oublie ce qu'était le collège.

— Le collège était génial, de quoi parles-tu ?

Pour lui, ça l'avait probablement été. Pour le reste de la foule pré-ado, c'était trois ans d'acné, de cheveux gras, d'odeur corporelle, de mauvaises coupes de cheveux, d'appareils dentaires et d'essayer de s'intégrer.

Elle se leva. C'était à son tour de faire les cent pas. — Il faut qu'on ait une histoire, Bryan. De préférence une qui ne me fasse pas passer pour une pu... une femme aux mœurs légères. Après tout, je suis enseignante. J'ai une réputation à maintenir pour mon contrat.

— Je prendrai la responsabilité.

— Quoi ?

Il haussa les épaules, puis se leva en poussant sur ses cuisses. — Je dirai que c'était moi. Que tu es venue me voir pour me parler du bébé, mais que je n'ai pas cru qu'il était le mien. On s'est disputés et tu ne m'as plus jamais reparlé.

— Mais alors, c'est toi qui passes pour le crétin.

— On m'a déjà traité de pire.

C'était un geste si doux qu'elle passa sa main le long de son bras avant même d'y penser.

Et, non, ce n'était pas une bonne idée. Ses doigts voulaient rester là.

Elle récupéra ses petits doigts tentés et les glissa dans le creux de son bras.

— Ce n'est pas que ce ne soit pas gentil de ta part, mais Trevor ne peut pas grandir avec cette histoire. On doit en trouver une qui nous fasse paraître *tous les deux* sous le meilleur jour possible étant donné les circonstances. Souviens-toi, c'est ce qu'il saura de sa conception et ce qu'il pensera de nous.

— Alors on s'en tient le plus près possible de la vérité.

Jenna allait mettre un énorme veto là-dessus. Elle n'allait pas faire entrer Mindy dans l'équation.

Bryan passa une main sur sa bouche. — On dira qu'on s'est rencontrés à une fête, qu'on a passé un bon moment, mais qu'au moment où tu as réalisé que tu étais enceinte, c'était fini entre nous, j'étais parti, et tu ne savais pas comment me contacter.

Elle retourna vers le canapé. Tous ces mensonges lui donnaient mal à la tête. — Sauf qu'internet rend facile de retrouver presque n'importe qui.

— *Presque* étant le mot clé. Je ne suis sur aucun réseau social, le seul site web que j'ai est pour le club et je ne l'avais pas à l'époque, et mon portable est sur liste rouge. Je ne t'ai jamais dit d'où je venais, donc tu n'aurais pas pu me retrouver comme ça.

— Et les autres personnes à la fête ?

Bryan se laissa tomber dans le fauteuil en face d'elle. — Tu es venue avec une amie d'une amie et la fête était dans une maison de location. Pas de liste d'invités officielle ; on s'est tous les deux incrustés et on a fini par s'accrocher.

— Donc on a eu une aventure d'un soir qui a abouti à un bébé et on n'a jamais pu se retrouver ? Ce n'est pas la meilleure histoire, mais vu mon passé, c'est une que les gens croiront.

Malheureusement.

— On n'avait pas de raison de se retrouver.

— *Toi*, tu n'en avais pas. Moi, je me retrouvais avec un bébé.

Bryan tourna ses yeux violets vers elle et ils étaient saisissants — à la fois par leur intensité et par le fait qu'ils étaient exactement comme ceux de Trevor. — On parle toujours de notre couverture, n'est-ce pas ? Parce que tu as l'air un peu en colère pour quelque chose dont je n'avais aucune idée.

Elle se lécha les lèvres. — Non, tu as raison. Je suis désolée. J'aurais pu continuer à chercher, je suppose. C'est juste que c'était un tel choc.

Tout cela était vrai. La grossesse de Mindy, essayer de comprendre quoi faire et comment nourrir une bouche de plus, puis le diagnostic de cancer et sa naissance et seulement six mois avant que Mindy ne disparaisse. Il y avait eu l'avocat à voir, les funérailles à organiser, les vidéos de dernière minute que Mindy avait voulu faire pour son enfant et que Jenna avait rangées pour le jour où Trevor serait assez grand pour les voir... Il n'y avait pas eu le temps de retrouver les gars des fêtes et de déterminer lequel pourrait être le père de Trevor.

— As-tu déjà... c'est-à-dire, avais-tu déjà envisagé de t'en débarrasser ? De lui ?

— L'avortement ? Ce n'a jamais été une option. Mindy avait été catégorique à ce sujet et Jenna en avait été heureuse. Peu importe ce qu'impliquait le fait de l'élever seule, ayant perdu un enfant, Jenna était bénie de l'avoir dans sa vie.

— Alors quand est-ce qu'on le dit à Trevor ?

Et maintenant elle devait le partager.

Jenna prit une inspiration tremblante et peu profonde. — Est-ce qu'on est obligés ? Je veux dire, tout de suite ? On ne peut pas le laisser apprendre à te connaître, y aller en douceur ?

Bryan secoua la tête. — Jenna, Trevor est mon fils ; je serai dans sa vie. J'aimerais que les choses soient amicales entre toi et moi, avec ce qui est le mieux pour lui au centre de tout ce que nous faisons, mais je *serai* son père. Il *me* connaîtra.

Les mots qu'elle avait voulu que Carl dise. Qu'il ressente. Pas cet étranger qui venait soudainement de revendiquer tout ce qu'elle chérissait.

Et qui avait plus de droit à cette revendication qu'elle.

— D'accord. Mais donnons-nous quelques jours. Laissons-le s'habituer à te voir dans les parages, que les autres s'habituent à te voir ici.

— Combien de temps penses-tu que ça va durer ? Tu as entendu ce que j'avais dit sur toi en moins d'une heure. Combien de temps penses-tu que ça va prendre pour que cette nouvelle fasse le tour de la ville — et revienne à Trevor ? Son "pote" Michael va *se délecter* de partager ce petit détail.

Michael était un crétin comme ça. Tout comme ses parents. Le gamin le tenait naturellement.

Jenna souffla un coup, essayant de calmer les papillons dans son estomac. C'était ça, le pas irrévocable. Une fois qu'elle cédait, il n'y avait plus de retour en arrière.

Mais être parent, c'était faire ce qui était le mieux pour son enfant, même si cela signifiait quelque chose qui n'était pas bon pour soi. — D'accord, Bryan, on lui dira quand il rentrera tout à l'heure.

— Bien. C'est réglé. Il sortit l'argent de sa poche. — Maintenant, en ce qui concerne l'argent...

— Je t'ai dit que je ne le prendrais pas.

— Jenna, ce n'était jamais pour du sexe. Je n'allais jamais exiger ça de toi.

Adieu la suggestion de Cathy.

Jenna était consternée de découvrir qu'elle était déçue.

— Je voulais que tu l'aies pour que tu n'aies pas à, eh bien, faire ce que je pensais que tu faisais. Mais maintenant, je veux que tu le prennes. C'est le moins que je puisse faire pour aider. Tu as tout fait toute seule pendant quatre ans. Tu n'as plus à le faire.

Elle refusa de toucher l'argent et cela n'avait rien à voir avec ses supposi-tions erronées. Cela avait à voir avec elle. Qui elle était. — Mettons une chose au clair, Bryan. Je peux subvenir aux besoins de mon fils.

— Notre fils.

— D'accord. Notre fils. Mais *je* peux le faire. Si tu veux contribuer, mets l'argent de côté pour l'université.

— Beau geste, mais on le partage, Jenna. Cinquante-cinquante. Et ça inclut le coût de son éducation. Je mettrai les dix mille dollars dans un fonds pour l'université, mais à partir de maintenant, je paie la moitié de tout.

— Je ne suis pas à l'aise avec l'idée de prendre de l'argent de toi.

— Jenna...

— Non. Écoute. Je ne suis pas venue te réclamer de l'argent quand il est né et je n'en demande pas maintenant. On ne se marie pas, Bryan, on élève notre fils.

— Alors travaille pour moi. *Gagne* cet argent. Tu peux sûrement utiliser un peu d'argent supplémentaire.

L'argent supplémentaire serait bien, mais... — Tu veux que je me *désha-bille* pour toi ?

Heureusement qu'elle était assise parce que ses genoux devinrent plus que légèrement tremblants à cette image : elle et Bryan dans sa chambre, une musique séduisante jouant en arrière-plan, elle faisant glisser sensuellement son short le long de ses jambes, retirant son haut par-dessus sa tête-

Elle ne savait même pas comment se déshabiller de manière séduisante et le faire la démasquerait en une minute. Il n'y avait aucune chance qu'elle ait été engagée par une quelconque compagnie de danse.

— Danser ? Non. Mais il y a une montagne de paperasse au bureau que j'aimerais que tu mettes en ordre. Factures, bons de commande, paperasse pour les nouvelles embauches... Je peux danser, je peux gérer les danseurs et je peux attirer les clients ; ce que je ne veux pas faire, c'est comprendre les numéros de facture, la facturation nette, les comptes séquestres et ce genre de choses. Je te confierai volontiers tout cela pour que tu puisses gagner ton salaire. Travaille autour de l'emploi du temps de Trevor. Qu'en dis-tu ?

— Juste du travail de bureau ? De la paperasse et ce genre de choses ?

— Juste de la paperasse.

— Pas de danse ?

— Non. Même si elle le voulait. Les danseurs recevaient de bons pourboires, mais elle n'allait *pas* montrer son corps à qui que ce soit.

Sauf à lui.

Bryan voulait rire, mais ce n'était pas drôle. La seule façon dont il pourrait voir le corps de Jenna serait dans ses rêves.

Si seulement il pouvait se souvenir de cette nuit-là.

— Pourquoi ? Jenna le regardait fixement avec ses beaux yeux bleus. Ils avaient brillé à la lueur des bougies la nuit dernière et il était un peu tombé sous leur charme. Cela se reproduisait ici.

— Pourquoi ? Il détourna son regard du sien. Il devait garder ses esprits en ce moment ; ce qu'ils définiraient affecterait Trevor pour Dieu sait combien de temps. Le désir momentané n'avait pas sa place dans cette discussion.

Et puis elle inspira et sa poitrine bougea sous son t-shirt, deux douces collines qu'il avait manifestement eues dans ses mains et probablement dans sa bouche il y a quatre ans.

Merde. Il n'y avait *rien* de momentané dans ce qu'il ressentait pour elle.

— Oui, pourquoi ? Pourquoi es-tu si déterminé à ce que je travaille pour toi ? Tu ne me connais même pas.

Mais si, il la connaissait : au sens biblique. Peu importait s'il ne s'en souvenait pas ; Trevor en était la preuve. Ce n'était pas ce à quoi il s'attendait quand il était venu ici ce matin. Au plus, il s'était inquiété de changer sa description de poste. Maintenant, il devait la convaincre d'accepter le travail légitime qu'il lui offrait. — Tu es une mère célibataire. J'ai été donné en adoption par ma mère biologique ; je me suis toujours demandé si elle aurait pu me garder si elle avait eu de l'aide. Tu as besoin d'aide, je peux te la fournir. C'est une situation gagnant-gagnant pour nous deux.

— Pour nous trois, tu veux dire.

Ouais, pour eux *trois*.

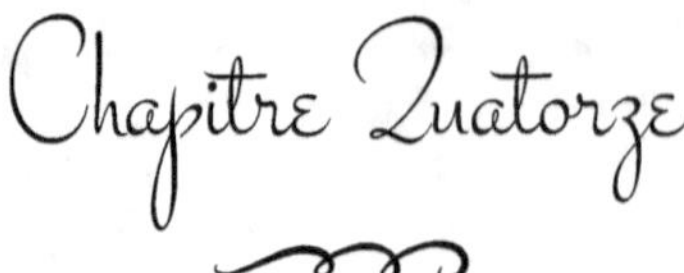

— Tu es sûr que le gamin est le tien ? demanda Gage en pointant du doigt l'un des spots de la scène qui avait été déréglé.

— C'est le mien, répondit Bryan en vérifiant le câblage et en ajustant la lumière. Il y avait toujours un client qui buvait un peu trop et se penchait dessus pour attraper les danseurs. Homme, femme, peu importait ; les ivrognes étaient des tripoteurs sans discrimination. Il allait devoir repenser la conception de l'éclairage avant que quelqu'un ne se blesse en étant tiré de la scène ou en se brûlant en touchant l'ampoule.

— Comment peux-tu en être sûr ? Je veux dire, tu ne te souviens même pas à quoi elle ressemblait. Tu es certain qu'elle n'en veut pas à ton argent ? À cet endroit ?

Oui, Gage avait le droit de s'inquiéter. Son avenir était lié à BeefCake, Inc. autant que celui de Bryan.

— Quand tu rencontreras Trevor, tu verras. Il n'y a aucun doute. Mais que fais-tu ici ? Je croyais que l'opération de Connor était aujourd'hui ?

Gage grimaça, une expression que Bryan ne connaissait que trop bien sur le visage de son partenaire. L'accident avec délit de fuite qui avait blessé Connor avait mis toute sa famille à terre et la pression reposait entièrement sur les épaules de Gage. Bryan n'avait jamais été aussi heureux pour son ami que lorsqu'il avait rencontré Lara. Pour la première fois depuis longtemps, il avait vu Gage vraiment heureux.

— Il s'est réveillé avec une sinusite. Ils ne veulent pas l'anesthésier tant que ça ne sera pas guéri, alors on a dû reporter.

— Ah, mec, Gage, je suis désolé. Je sais à quel point tu avais hâte d'en finir.

— Ouais, sept de faites, deux à venir. On veut juste que ce soit terminé.

Bryan pouvait comprendre à un niveau différent. Non, il ne faisait pas face à des opérations pour Trevor — du moins pas à sa connaissance ; il devrait se rappeler de demander à Jenna plus tard — mais l'inquiétude et l'amour et les pensées sur ce que serait l'avenir de l'enfant... Bryan comprenait soudain tout cela. Les sentiments parentaux s'étaient faufilés en lui depuis qu'il avait quitté la maison de Jenna. Que faisait son fils en ce moment ? Avec qui jouait-il ? Ou bien dessinait-il ? Faisait-il une sieste ? Michael lui racontait-il un tas de choses inappropriées... La plupart des gens avaient neuf mois pour s'adapter ; lui n'avait eu qu'environ neuf heures.

— Ils savent quand ?

Gage haussa les épaules et ajusta le centre de table. — Il a au moins deux semaines d'antibiotiques. Ils veulent s'assurer que c'est complètement éliminé avant qu'on y retourne.

— C'est logique. Ça n'aide pas ton niveau de stress, mais tu veux ce qu'il y a de mieux pour Connor.

Gage retourna une des chaises et s'y installa à califourchon. — Alors. Un fils. Tu as un fils.

Un sourire idiot apparut sur le visage de Bryan et il ne put l'effacer. Pas qu'il le voulait d'ailleurs. Il avait un fils. — Je sais, pas vrai ? J'ai l'impression que je devrais distribuer des cigares ou quelque chose comme ça. Acheter des trucs bleus.

— Quatre ans, c'est un peu vieux pour ce genre de choses.

Le sourire disparut. — Quatre ans. J'ai raté beaucoup de choses.

— Tu es en colère ?

Bryan dut y réfléchir. — Non, je ne peux pas dire que je le sois. Elle a dû prendre des décisions difficiles et je n'ai pas le droit de les remettre en question. Je n'étais pas là, je ne sais pas ce qu'elle a traversé ni quelle était sa situation. C'était juste une histoire d'un soir et elle a raison ; pour ce qu'elle en savait, j'aurais pu être marié et le bébé aurait pu être un problème. Elle ne me connais-sait pas.

— Et tu ne la connaissais pas non plus. Pourtant maintenant tu veux qu'elle travaille ici ?

— Je la paierai sur ma part.

— L'argent n'est pas le problème. Je m'inquiète pour toi. Tu ne sais rien de cette femme.

— C'est une prof d'anglais au lycée et elle vit ici depuis trois ans. Sarge pense qu'elle est géniale, tous ses élèves que j'ai rencontrés l'adorent, et Trevor semble être plutôt bien dans sa peau. Je pense qu'elle est digne de confiance.

— Mais les circonstances de votre rencontre...

— Attention, Gage. Tu parles de la mère de mon enfant. Bryan n'avait pas réalisé que cette attitude de l'homme des cavernes se cachait dans son psychisme, mais oui, elle était là. Peut-être que ce serait son costume la prochaine fois qu'il devrait remplacer l'un des danseurs au lieu de son personnage de flic. — Je ne gagnais certainement pas de prix de Citoyen Respectable cette nuit-là non plus. Je suis tout autant à blâmer qu'elle.

Des mots dont il devait se souvenir. Pas de double standard quand il s'agit de sexe occasionnel et de préservatifs cassés.

— D'accord, tant que tu sais ce que tu fais. Je ne veux pas que tu sois aveuglé par l'image de la clôture blanche et que tu ne voies pas les mauvaises herbes.

Il n'y avait pas de mauvaises herbes. C'était lui qui avait été la mauvaise herbe en faisant des suppositions à son sujet.

— Alors, quand est-ce que tu passes les rênes ? On a reçu quelques appels de fournisseurs qui cherchent leurs paiements. Je sais qu'on a l'argent dans les livres, donc je me suis dit que c'était juste une question de paperasserie.

— Ouais, tu me connais ; je préférerais faire n'importe quoi plutôt que de la paperasse. C'est pour ça que j'embauche Jenna.

Gage se leva et repositionna la chaise. — Bien. Maintenant, peut-être que toutes nos danseuses arrêteront de te faire les yeux doux.

— Tu es juste jaloux que ce ne soit pas toi — ce qui aurait été le cas si on les avait engagées avant que tu rencontres Lara.

— Ouais, mais comme les danseuses étaient l'idée de Lara, elles ne seraient pas là. Gage eut ce sourire idiot auquel Bryan s'était habitué depuis un an. Un an et tant de choses avaient changé pour son ami. — Et puis, je suis parfaitement heureux que seule Lara me fasse les yeux doux.

Encore quelques secondes de ce sourire idiot, mais ensuite Gage redevint sérieux. Comme Bryan savait qu'il le ferait. Ils étaient amis depuis toujours. Ils plaisantaient, se taquinaient, se chambrait, mais ils étaient là l'un pour l'autre.

— Donc à part l'embaucher, que vas-tu faire d'autre à propos de la mère de Trevor ? Y a-t-il autre chose entre vous ?

Bryan se posait la même question. Il s'approcha de la fenêtre et regarda le trafic de l'heure du déjeuner. Une jeune mère poussait un landau sur le trottoir vers un homme qui l'enveloppa dans une étreinte. Il lui donna un doux baiser sur la joue avant de prendre un hochet dans le landau et de le secouer pour le bébé. De petits bras et jambes potelés s'agitaient sous un flou rose.

Jenna avait-elle promené Trevor ? Quelqu'un l'avait-il enlacée ou joué avec un hochet pour Trevor ?

Il aurait aimé l'avoir fait. Il voulait le faire maintenant.

Peut-être dans le futur...

— Putain, Gage. Je n'en ai aucune idée. Il rassembla le livre et les factures et le reste de la paperasserie détestée. — Je dois y retourner. On va le dire à Trevor quand il se réveillera de sa sieste aujourd'hui.

— Tu ne crois pas que tu devrais mettre les choses au clair avant de l'impliquer ?

— Impossible. Les commérages dans cette ville sont incontrôlables. On ne veut pas qu'il l'apprenne de quelqu'un d'autre, et après que Jenna soit partie en trombe de chez Tosco hier soir, on est dans le collimateur des commères. C'est mieux s'il l'entend de nous.

— C'est toi qui décides, Bry. J'espère juste que tu sais ce que tu fais.

Ouais, ce serait bien, n'est-ce pas ?

Chapitre Quinze

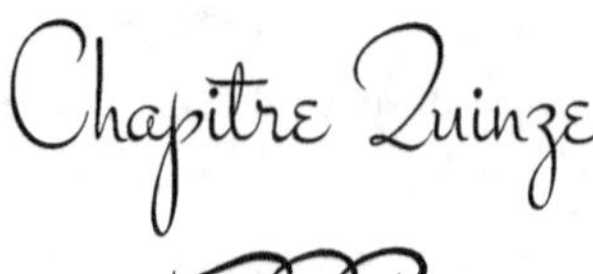

Jenna redressa le dernier magazine sur la table et tapota le dernier coussin du canapé. C'était ridicule. Bryan se fichait de l'apparence de sa maison. Trevor aussi. Tant qu'il avait de la place sur le tapis pour construire son stade de football — encore une fois —, il était heureux. Elle avait dû l'arracher à ses blocs pour qu'il fasse sa sieste, mais il la ferait. Il n'y avait jamais eu de moment plus important pour qu'il soit bien reposé, car une fois qu'ils lui auraient dit que Bryan était son père, Jenna avait le sentiment que Trevor ne fermerait plus jamais les yeux.

Bryan tapa doucement sur le panneau latéral de la porte d'entrée.

Elle ne put s'empêcher de sourire. Il agissait déjà comme un parent, limitant le bruit au minimum pour ne pas réveiller Trevor.

— Il dort encore, dit-elle en ouvrant la porte d'entrée.

— Bien. Ça nous donnera le temps d'examiner ceci.

Il brandit une pile de papiers, mais Jenna ne les regardait pas. Elle le regardait, lui. Ces yeux qui étaient le portrait craché de ceux de Trevor, ce sourire qui traversait des lèvres qu'elle aurait aimé embrasser il y a quatre ans, et plus bas, ce large torse couvert de ce t-shirt sexy en diable qu'elle aurait aimé enlever cette nuit-là...

Elle secoua la tête. La seule raison pour laquelle elle souhaitait avoir été celle-là cette nuit-là était pour que ses droits parentaux ne soient pas remis en question. Si elle était vraiment la mère biologique de Trevor, elle ne risquerait pas la famille, la stabilité et le bonheur de son fils en faisant revenir son père dans le tableau.

C'était un cercle vicieux : elle voulait que Trevor ait un père, elle ne voulait simplement pas que ce père ait une quelconque revendication qui puisse supplanter la sienne.

— Allons dans mon bureau.

Bryan s'arrêta sur le seuil.

— Pas étonnant que tu aies voulu me renvoyer mon argent à la figure.

La pièce était entourée d'affiches ressemblant à des tableaux d'optométrie, avec des lettres, des chiffres, des structures de phrases et des schémas. Quelques frises chronologiques de la guerre d'Indépendance étaient alignées sur le mur du fond. Son bureau était couvert de papier ligné, de règles, de crayons et de piles de cahiers où ses élèves s'exerçaient à l'écriture.

— Je pensais qu'il y aurait un lit somptueux ici. Des draps de soie, une cascade, de la musique sensuelle…

L'image commençant à l'affecter, Jenna prit place derrière son bureau. Normalement, elle s'asseyait à côté de ses clients à la table de conférence qu'elle avait poussée contre le mur pour économiser de l'espace, mais avec Bryan qui tissait inconsciemment de la séduction dans la pièce, elle avait besoin d'une barrière.

Bryan étala les papiers et lui tendit le registre.

— Tu n'utilises pas l'ordinateur ?

Il haussa les épaules.

— Ce n'était pas une priorité au début puisqu'on devait embaucher du personnel, trouver un local et le rénover. La méthode manuelle nous a bien servis.

Elle poussa la pile de factures impayées.

— Hum hum.

Une boucle noire tomba sur son front quand il baissa la tête.

— Bon, ça a marché un moment.

— D'accord, alors montre-moi ton système. Je vais peut-être devoir faire quelques ajustements.

— Tant que ce n'est pas pour détourner des fonds vers les îles Caïmans, fais-toi plaisir.

Elle posa son crayon.

— Écoute, Bryan, soit tu me fais confiance, soit tu ne me fais pas confiance, mais je n'étais pas la seule personne présente la nuit où Trevor a été conçu. Tu penses peut-être que je suis bon marché et vulgaire ou quelque chose comme ça — c'est ce que la plupart des gens pensent des stripteaseuses —, mais je suis honnête.

Les mots la narguaient. Elle était là, à clamer son honnêteté alors que le plus gros mensonge du monde venait de sortir de sa bouche.

Mais elle le faisait pour de bonnes raisons ; c'est ce dont elle devait se souvenir. L'histoire n'avait-elle pas traité Robin des Bois bien plus gentiment que le shérif de Nottingham ? Certes, ce qu'il faisait était illégal au sens strict de la loi, mais dans l'esprit, Robin des Bois faisait ce qui était juste.

Se comparait-elle vraiment à un conte de fées ?

— Jenna, c'était une blague. Je te fais confiance. Tu l'as prouvé en arrêtant la danse pour devenir enseignante, et par la façon dont tu as élevé Trevor. Je ne voulais rien insinuer.

— Oh.

Elle reprit son crayon, différentes factions s'affrontant en elle. Elle détestait mentir. Vraiment beaucoup. Elle n'avait jamais été douée pour ça et n'avait jamais voulu l'être. Et le fait qu'elle soit assez douée pour qu'il ne la remette pas en question — et lui fasse même confiance — était effrayant.

C'est tout pour Trevor.

Exact. Elle devait s'en souvenir.

— D'accord, alors montre-moi ce qui est à jour.

Ils travaillèrent sur les comptes, Jenna sortant son ordinateur portable pour charger un programme de comptabilité basique et saisir les données.

— Ce ne sera pas difficile, et ça ne me prendra pas beaucoup de temps. Je pourrai probablement le faire pendant sa sieste.

— Je veux plus faire de sieste.

Trevor se tenait dans l'encadrement de la porte de son bureau.

— Salut Bwyan. On peut jouer au football maintenant ?

— Salut, champion.

Bryan bondit de sa chaise et souleva Trevor dans ses bras avant que Jenna ne puisse sortir de derrière son bureau.

Et oui, elle était jalouse que Trevor ait ses bras enroulés autour du cou de Bryan et soit parfaitement à l'aise dans ses bras.

Elle était jalouse que Trevor soit dans ses bras.

— Trevor, un garçon en pleine croissance a besoin de ses siestes. C'est à ce moment-là qu'il grandit.

— Nan nan. Michael a dit que c'était des fawces. J'aime pas les cwocodiles. Mais ses histoires sont cool.

Tout était « cool » ces jours-ci pour Trevor. Sauf Bryan, qui était. Bryan avait été *génial*.

— Que dirais-tu de ça ? dit Bryan en s'asseyant et en installant Trevor sur son genou. Si tu fais une sieste pour ta maman, je t'emmènerai manger un cupcake après. Pas de sieste signifie pas de cupcake.

Elle allait devoir éduquer Bryan sur les mérites — et leur absence — de marchander avec un enfant. Surtout Trev. Il pouvait être aussi têtu que possible parfois.

— D'accord.

Elle fit un double-take. Était-ce bien son fils ?

— Je suis sérieux, cependant, dit Bryan. Ta maman me fera un rapport. Si tu lui donnes du fil à retordre, pas de cupcake.

— Je ne le ferai pas. J'aime Maman et elle ne veut que ce qu'il y a de mieux pour moi.

Jenna pourrait embrasser Cathy à l'instant ; ces mots avaient *Cathy Mayfield* écrit partout dessus.

— C'est vrai, ta mère le sait. Et tu sais quoi ? Moi aussi.

Trevor tapota le bras de Bryan. — Cool. Alors on peut jouer au football maintenant ? Et on peut avoir un cupcake aussi ?

Les voyant devant elle, tous deux de profil, le cœur de Jenna battait la chamade. Même nez, même menton, même expression joyeuse sur leurs visages, mêmes magnifiques yeux. Trevor était une version miniature de Bryan et lui montrait exactement ce que son fils deviendrait.

— Que dirais-tu d'un peu plus tard ? Pour l'instant, ta mère et moi avons quelque chose dont nous devons te parler.

Les lèvres de Trevor avaient cette moue tordue que Jenna avait si bien appris à connaître au fil des ans. Il ne l'utilisait que lorsqu'il voulait être adorable, et elle ne lui avait jamais dit que ça n'avait pas d'importance ; il était toujours adorable à ses yeux. Mais il n'était pas nécessaire de révéler ses signaux physiques ni sa compréhension de ceux-ci.

Et peut-être que ceux de Bryan étaient les mêmes. Qui sait ? Cette connaissance pourrait s'avérer utile un jour.

— Pourquoi vous pouvez pas me parler plus tard ? Je meurs de faim pour des cupcakes.

Bryan leva un sourcil vers elle. — Est-ce qu'il négocie toujours autant ?

Elle rit. — On dirait que c'est un trait héréditaire.

Bryan rit. — Touché. Il remit Trevor sur ses pieds. — Allez, Trev. Allons dans le salon pour discuter.

— Tu viens aussi, Maman ?

Cela réchauffa le cœur de Jenna d'entendre cette petite inquiétude dans la voix de Trevor. Il avait besoin d'elle. — Bien sûr, Trev. Je ne te laisse pas. Elle dit cela autant pour Bryan que pour Trevor.

Certes, les choses allaient bien entre eux pour l'instant, mais en serait-il toujours ainsi ? Bryan devait savoir qu'elle était là pour le long terme et s'il voulait l'être aussi, ils devaient travailler ensemble.

Elle sourit en suivant ses hommes vers la porte—

Ses hommes.

Elle s'arrêta. Mon Dieu, si seulement c'était vrai. Si seulement Trevor était vraiment le sien et si elle l'avait eu avec Bryan.

Elle déglutit. Inutile de pleurer sur des choses qui ne pouvaient pas être. La situation était ce qu'elle était et si elle voulait la garder, elle ferait mieux d'y aller. Trevor voulait peut-être un père, mais elle n'avait aucune idée de ce qui allait se passer quand il en aurait vraiment un.

Bryan jeta un coup d'œil à Jenna. Pourquoi mettait-elle autant de temps à parcourir les quatre mètres jusqu'au salon en cet après-midi le plus important de sa vie ?

— T'as vu mon stade, Bryan ? Trevor tapota le bloc du haut. — C'est pour le football.

— Oui, je l'ai vu, Trev. Tu as fait du bon travail. Bryan sourit juste assez pour cacher son rire derrière. Trevor avait le même accent de Boston qu'il avait eu enfant — et aucun d'eux n'était de Boston. La mère de Bryan avait dit que c'était la chose la plus mignonne, tous ses *r* avalés et ses *ah* ajoutés à la fin des mots qui avaient disparu quand il avait commencé la maternelle. Maintenant Trevor l'avait. Peut-être que cela signifiait que *son* père biologique avait eu le même trait.

Curieux comme le sentiment de vide qu'une pensée sur son père aurait normalement évoqué était atténué en voyant la même chose chez son fils.

Bryan s'assit sur le canapé et tapota le coussin à côté de lui. — Viens t'asseoir ici, Trev, et on va attendre que ta maman nous rejoigne.

Jenna leva les yeux à ces mots, semblant surprise, et entra finalement dans la pièce. — Désolée pour ça.

— Pas de problème.

Elle s'assit de l'autre côté de Trevor, mordillant sa lèvre.

Mon Dieu, ça l'affectait. *Il* voulait mordiller sa lèvre.

Son jean devint assez serré pour le faire se pencher en avant et poser son bras sur son entrejambe. — Alors, Trev. Il jeta un coup d'œil à Jenna. — Ta maman et moi avons quelque chose à te dire. Jenna ? Tu veux le faire ?

Il la vit déglutir. Ça devait être dur pour elle. Elle avait eu Trevor pour elle toute seule pendant si longtemps et, en réalité, elle ne le connaissait pas. Partager son enfant avec un quasi-inconnu devait être l'une des choses les plus difficiles pour elle. Heureusement, il était un homme intègre. Il prendrait soin de Trevor et d'elle si elle le laissait faire. Il voulait faire ce qui était juste pour eux tous.

— Trev, chéri. Je sais à quel point tu veux un père, et, eh bien... Elle le regarda. — Que dirais-tu si Bryan était ton papa ?

Bryan n'était pas sûr d'aimer toute l'incertitude et les *si* dans la façon dont elle l'avait dit à Trevor, mais le sourire qui illumina le visage de son fils dissipa tous les doutes.

— Vraiment ?

Pour la première fois de sa vie, Bryan vit la beauté dans des yeux violets. Sa gorge se serra devant l'émerveillement et le bonheur dans ce seul mot mal prononcé.

Il s'éclaircit la gorge. — Oui, Trev. Je suis ton papa.

Trevor tourna le même regard vers sa mère. — Pourquoi tu pleures, Maman ?

Elle passa une main tremblante dans les boucles de Trevor. — Parce que je suis tellement heureuse pour toi, Trevor. Chaque enfant devrait avoir deux parents, et maintenant tu en as.

La dernière phrase s'adressait plus à lui qu'à Trevor. Bryan posa sa main sur la sienne et ensemble ils caressèrent les cheveux de leur fils.

— C'est cool ! Trevor se leva d'un bond. — On peut jouer au ballon maintenant ? Je veux jouer avec mon papa. Il tira sur la main de Bryan. — Allez, papa. On y va !

Papa.

Il n'avait fallu que dix secondes à son fils pour l'accepter et l'appeler papa.

C'était le plus beau jour de la vie de Bryan.

Qui fut, bien sûr, suivi par la pire nuit de sa vie.

Bryan contemplait le cauchemar qui se déroulait devant lui.

Gage avait un spectacle hors site ; l'un d'eux accompagnait toujours les danseurs au cas où quelque chose arriverait, ce qui, plus souvent qu'autrement, se produisait, alors ils intervenaient pour danser si nécessaire ou prendre des décisions financières ou appeler une dépanneuse... enfin, ce genre de choses. C'était prévisible quand ils se déplaçaient pour un spectacle.

Mais *ici* ? Au club ? Les choses étaient censées fonctionner comme une horloge ici.

Des danseurs qui tombaient comme des mouches, ce n'était *pas* un fonctionnement d'horloge.

— Qu'est-ce qu'il y avait dans cette foutue pizza ? cria-t-il à Tanner alors que celui-ci se dirigeait vers les toilettes pour évacuer le dîner que l'équipe de ce soir avait commandé à l'extérieur.

Il ne comprenait pas ça ; ils avaient une cuisine entièrement fonctionnelle qui servait d'excellents plats ; pourquoi l'équipe avait-elle commandé ailleurs ? Bon sang, il leur faisait même une réduction.

— Comment je pourrais le savoir, bordel ? Ce n'est certainement pas moi qui l'ai commandée.

Tanner claqua la porte, mais pas assez vite pour que Bryan manque ce qui se passait à l'intérieur.

Pauvre gars. Ça craignait de se faire engueuler pendant que ses entrailles se rebellaient.

Tamra passa en courant devant lui pour entrer dans une autre salle de bains, ses plumes de queue de showgirl de Las Vegas lui fouettant le visage.

Ils devaient prévoir plus de toilettes dans la zone d'expansion.

Melanie passa en boitant devant lui. — Je ne pense pas pouvoir continuer, patron.

Considérant que sa peau était plus pâle que les ailes d'ange qu'elle portait, Bryan ne pouvait qu'être d'accord.

Markus sortit, l'air tout aussi blême. Et il était noir.

— Markus, rentre chez toi. Ou mieux encore, va t'allonger dans la salle de repos. Tu ne devrais probablement pas conduire.

— Je ne devrais définitivement pas m'éloigner des toilettes, marmonna-t-il en se dirigeant vers la salle de repos à l'arrière.

Bryan et Gage s'étaient assurés qu'il y avait suffisamment de canapés là-bas au cas où certains clients auraient besoin de cuver leur alcool et ne voudraient pas laisser leur voiture.

Il avait le sentiment que *ça* n'allait pas arriver ce soir. Pas de spectacle signifiait très peu d'alcool.

Il sortit son portable et commença à appeler les danseurs qui étaient de repos ce soir. Avec un peu de chance, suffisamment d'entre eux viendraient pour qu'ils puissent quand même avoir un spectacle.

Il regarda l'heure. Un spectacle beaucoup plus tard que d'habitude, mais il offrirait à tout le monde quelques verres. Mieux valait perdre un peu de revenus que le chiffre d'affaires d'une soirée entière s'il devait fermer.

Trois des danseurs de repos ont pu venir. Habituellement, ils avaient deux fois ce nombre, donc ces trois-là allaient danser à en perdre haleine. Littéralement. Mais il lui en fallait encore.

— Je m'en vais, Bry. Steve passa la tête par la porte du bureau. Son visage vert. — Je n'habite pas trop loin.

— Prends un seau ou quelque chose avec toi. Tu n'as pas l'air bien.

— Tu m'étonnes. Il attrapa la poubelle près de la porte de Bryan. — Merci. Je te la ramènerai demain.

— Garde-la. Je n'en veux plus.

Le sourire de Steve était blafard - soit à cause de la mauvaise pizza, soit à cause de la mauvaise blague.

Bryan passa le dernier appel. Il fallait que Dominic vienne.

— Vous êtes bien sur le répondeur de Dom. Je suis absent. Laissez un message.

Dom était généralement collé à son portable. Qu'il n'ait pas répondu n'augurait rien de bon pour Bryan.

Merde. Il allait devoir danser.

Il regarda à nouveau l'heure. L'équipe de remplacement serait là dans la demi-heure. Dom habitait à une bonne quarantaine de minutes. S'il ne rappelait pas dans les dix prochaines minutes, Bryan allait devoir sortir son propre costume des boules à mites.

Il prit la boîte de pizza nauséabonde et la jeta à la poubelle. Il devrait probablement la faire analyser puis accuser la pizzeria de tentative de meurtre par empoisonnement.

Il regarda le numéro de livraison sur le devant et appela l'endroit, espérant épargner à d'autres personnes le même cauchemar.

Ça ne le réconforta pas vraiment d'apprendre que d'autres personnes appelaient pour se plaindre de la même chose ; ses danseurs étaient toujours hors service.

— Tamra, va à l'arrière et dors un peu. Tu te sentiras mieux demain matin.

Elle avait l'air d'une showgirl qui avait vu bien trop de la vie nocturne de Las Vegas. Même ses plumes de queue pendaient tristement.

— Je n'arrive pas à enlever cette fichue queue. Ça te dérangerait, Bry ? Elle lui tourna le dos.

Ça faisait longtemps qu'il n'avait pas eu à défaire le costume d'une showgirl et les agrafes étaient cachées dans un nuage de plumes. Ça ne devait probablement pas avoir l'air génial d'avoir les mains sur les fesses de Tamra au milieu du couloir de service, mais elle était tellement malade que *rien* ne se passerait entre eux et à moins que quelqu'un n'ouvre la porte menant à la salle principale, personne ne verrait de toute façon.

Ce qui, bien sûr, est exactement ce qui s'est produit. Et qui se tenait de l'autre côté de cette porte ?

Jenna.

Adieu la confiance en Bryan.

Jenna le fixa du regard. Il avait les mains partout sur le derrière de cette fille. Là, dans le couloir. Où n'importe qui pouvait les voir.

Elle y compris.

Et elle s'inquiétait de ruiner *sa* réputation ? Bryan allait la ruiner pour elle.

— Jenna.

Ouais, il avait intérêt à avoir l'air coupable. Parce qu'il l'était. Le serpent.

— Jen, c'est... ? Cathy regarda par-dessus son épaule.

— Ouais. C'est ça. Elle poussa Cathy vers le chemin par lequel elles étaient venues. — Allez. On s'en va.

— Hé, attends une minute. Je veux voir le spectacle. Je croyais que toi aussi.

— J'en ai assez vu comme spectacle là-bas, mercibeaucoup.

— Hmm, on dirait que quelqu'un est jalouse.

Ça la fit s'arrêter. — Je ne suis pas jalouse.

— Alors pourquoi on part ? Si tu n'es pas jalouse, tu ne devrais pas te soucier que Bryan tripote une fille.

C'était bien Cathy de le formuler de la manière la plus crue. Mais ouais, tripoter une danseuse au milieu d'un couloir où n'importe qui pouvait voir était un peu cru.

Très cru.

— Allez, Jen, calme-toi. Je suis sûre qu'il y a une explication logique à ce qu'il faisait.

Jenna arqua un sourcil vers son amie. — Je croyais que tu disais savoir exactement comment tu t'étais retrouvée dans ta situation ?

— Ils ne faisaient pas l'amour là-bas. À moins qu'il ne soit un de ces gens déguisés en peluche.

Okay, ça la fit rire. L'idée de Bryan faisant l'amour avec une mascotte...

Non pas qu'il y ait quoi que ce soit de mal à cela si c'était son truc. C'est juste que ce n'était pas le sien et beurk, l'idée la rebutait un peu.

Ce qui pouvait être une bonne chose en fait. Elle s'était surprise à penser beaucoup trop à Bryan après l'après-midi qu'ils avaient passé ensemble.

C'est pour ça qu'elle était là ce soir. Cathy avait trouvé une baby-sitter pour Bobby puisque son mari était en déplacement et elle avait décidé qu'elles avaient besoin d'une soirée entre filles. Et l'endroit parfait pour ça, c'était Beef-Cake, Inc.

Jenna commençait à douter de cette décision. Surtout quand Bryan déboula de l'arrière-salle.

— Jenna, attends.

Il lui attrapa le bras et, oui, elle allait attendre. Cet homme savait exactement comment la toucher.

Il avait aussi touché Mindy.

Jalouse, peut-être ?

Oui. Elle l'était. Voilà. Elle l'admettait. Elle était jalouse. Elle voulait qu'il la touche. Qu'il la désire. Qu'il lui fasse l'amour comme il l'avait fait avec sa sœur.

Enfin, non, en fait, elle ne voulait pas qu'il lui fasse l'amour comme il l'avait fait à Mindy. Avec un peu de chance, si elle et Bryan en arrivaient là un jour, il n'y aurait ni tâtonnements d'ivrognes ni noms oubliés.

Son corps s'échauffa à cette pensée. Cela faisait bien trop longtemps qu'elle n'avait pas couché avec quelqu'un, et avec Bryan aussi séduisant qu'il l'était... ses phéromones étaient braquées sur lui comme des missiles à tête chercheuse.

En voilà une image !

— Jenna, ce n'était pas ce que tu crois.

— Ah bon ?

— Ouais, Tamra. Elle et moi n'étions pas... enfin, elle avait besoin que je l'aide à enlever son costume.

— Ça n'arrange pas ton cas.

— Oh. C'est vrai. Écoute, elle est tombée malade. Ils le sont tous. Les danseurs. Ils ont commandé des pizzas et le fromage était avarié ou quelque chose comme ça. Ils sont malades depuis une heure. J'ai dit à Tamra d'aller dormir, mais elle n'arrivait pas à enlever sa queue.

Il y avait quelque chose de vaguement sexuel dans cette déclaration, mais Jenna était prête à laisser passer parce qu'elle le croyait. Malgré ce qu'elle avait vu de ses propres yeux, son histoire était assez étrange pour être vraie.

— Je te jure. C'est tout ce qui s'est passé. Je courais partout pour essayer de trouver des danseurs de remplacement, garder les toilettes libres pour eux, et gérer le chaos général qui accompagne habituellement un spectacle. J'essayais juste de l'aider. C'est tout.

Elle posa une main sur son bras. Involontairement — bon, peut-être pas si involontairement — ses doigts se crispèrent sur les muscles puissants sous sa peau. — C'est bon, Bryan. Je comprends. Tu as eu de la chance ? Il y a quelque chose que je peux faire ?

— Oh mon Dieu, oui. C'était à son tour de lui saisir les bras. — Je déteste te demander ça, et je ne le ferais pas si je n'étais pas dans une situation aussi désespérée, mais oui, il y a quelque chose que tu peux faire. Tu sais danser ? Je sais que ça fait un moment, mais c'est comme le vélo. Les mouvements reviendront. Je vais danser aussi. Après tout, le spectacle doit continuer.

— Da... danser ? Jenna allait s'évanouir. Il voulait qu'elle danse ? Sur scène ? Devant des gens ?

Et qu'elle se déshabille ?

— Tu peux garder tous les pourboires.

Pour de l'argent ?

Oh mon Dieu...

— Euh, Bryan ? Cathy glissa sa tête entre eux. — Je ne pense pas que ce soit une bonne idée. Jenna manque de pratique. Probablement de forme aussi.

Jenna regarda Cathy. Hors de forme ? Elle n'était *pas* hors de forme.

— De plus, il y a son travail. Elle a une clause de moralité et je suis à peu près sûre que le strip-tease fait partie de la liste des choses qu'elle ne devrait pas faire.

— On a des perruques. Du maquillage de théâtre. Personne ne saura jamais que c'est elle. Pas même les autres danseurs. Ce sera notre secret. Il la regarda. — S'il te plaît. J'ai engagé cette compagnie pour laquelle tu travaillais avant sur recommandation, donc je sais que tu es douée. Tu me rendrais vraiment service.

Elle ne pouvait pas. Bien sûr qu'elle ne pouvait pas. Elle ne savait pas danser. Pas comme une stripteaseuse en tout cas. — Je ne connais pas les chorégraphies.

— On va improviser la plupart de toute façon parce que seuls quelques-uns de ces danseurs ont déjà travaillé ensemble. J'ai juste besoin de mettre des corps sur cette scène qui savent bouger. S'il te plaît ?

Des corps. C'est tout ce qu'elle était, juste un autre corps.

Ça en disait long sur la nuit où Trevor avait été conçu.

Le téléphone portable de Bryan sonna. Il répondit. — Connie ? Non, s'il te plaît, ne me dis pas ça. Tu es sûre ? Tu ne peux pas trouver quelqu'un pour te conduire ? Il expira et se pinça l'arête du nez. — Non. Tu as raison. Je comprends. Ouais, merci de m'avoir prévenu.

Il jura en appuyant sur le bouton pour terminer l'appel. — Il me manque deux femmes. S'il te plaît, Jenna. Je t'en supplie. Je dois donner à nos invités ce qu'ils veulent ou ça va nous coûter à tous. Moi, Gage, les danseurs qui sont en route, ceux qui vomissent leurs tripes, le personnel de service... S'il te plaît, dis que tu vas m'aider.

Mais elle ne *pouvait pas* l'aider. Elle voulait le crier à tue-tête. Elle ne savait *pas* comment faire ça.

Cathy lui donna un coup d'épaule. — Vas-y, Jen. Tu peux le faire.

Oh merci. Le soutien du poulailler qui allait probablement se fendre la poire pendant que Jenna se ridiculiserait en se trémoussant.

— Souviens-toi, il a des perruques et tout. Personne ne saura que c'est toi. Tu peux être qui tu veux. Canalise ta Marilyn intérieure.

C'était une blague entre elles quand elles étaient adolescentes. Elles se tenaient dans la chambre l'une de l'autre avec leurs brosses à cheveux en guise de microphones, chantant à tue-tête le dernier tube à la mode, jouant les séductrices comme seules des gamines de seize ans pensent être séduisantes, imitant la célèbre pose de Marilyn Monroe sur la bouche d'aération.

— Hé, on a un costume de Marilyn, dit Bryan, l'air beaucoup trop enjoué à cette idée.

Cathy sourit. — Tu vois ? C'est le destin.

— Ton prénom n'est pas Destin, marmonna Jenna en suivant Bryan. La vengeance est un plat qui se mange froid.

Cathy leva les sourcils. — Mon prénom n'est pas non plus Vengeance.

— Très drôle.

— Oh, je ne sais pas. Je pense que je vais beaucoup rire ce soir.

Jenna allait être aussi malade que les autres danseuses — et elle n'avait même pas mangé de pizza.

Elle ne pouvait pas faire ça. Elle se le répétait sans cesse, mais personne ne l'écoutait.

Le fait qu'elle ne le dise qu'à l'intérieur de sa tête y était peut-être pour quelque chose, mais quand même... elle ne pouvait pas se déshabiller devant des gens jusqu'aux pastilles qu'une fille nommée Desiree avait collées sur ses tétons et au minuscule string qui couvrait à peine la bande de poils qu'elle avait heureusement laissé Cathy la convaincre de garder quand le ventre de Cathy avait commencé à s'arrondir. Cathy avait voulu se sentir sexy et avait voulu que Jenna fasse de même.

Jenna ne se sentait pas sexy maintenant. Elle ne savait pas si elle se sentirait sexy à nouveau un jour. Les talons menaçaient de lui briser les chevilles, la perruque lui donnait mal à la tête, le maquillage pesait comme cinq kilos sur sa peau et lui tirait le visage, et la robe n'avait besoin que d'un petit coup de doigt pour s'envoler grâce à la bouche d'aération spécialement conçue au-dessus de laquelle elle devait se tenir à la fin du numéro.

Elle ne pouvait vraiment pas faire ça.

— Merde, Marlee, lui dit Desiree en utilisant le nom que Bryan lui avait donné lorsqu'on appela à monter sur scène.

Malheureusement, elle risquait bien de se casser quelque chose en titubant dans les escaliers.

Bryan lui saisit le bras. — Sérieusement, Jenna, je ne te remercierai jamais assez. J'apprécie vraiment.

Il n'apprécierait plus quand elle se ridiculiserait complètement.

Et puis il saurait qu'elle n'était pas Mindy.

Oh, mon Dieu. Elle n'avait pas pensé à ça. Mindy saurait comment faire. Mindy serait géniale. Mindy *savourerait* même ce moment sous les projecteurs.

Bon, peut-être que Jenna n'avait pas besoin de savourer, mais elle devait faire le show. Elle devait convaincre non seulement les clients, mais aussi *Bryan* qu'elle était une vraie stripteaseuse, sinon il commencerait à se demander comment diable elle avait pu travailler à cette soirée d'enterrement de vie de garçon.

La musique démarra et les gars entrèrent sur scène un par un. "It's Raining Men". Sérieusement ? Y avait-il une chanson plus ringarde pour un club de strip-tease ? Elle pensait que Bryan avait dit que c'était un endroit chic.

Et puis ce fut le tour de Bryan.

Oh là là.

Jenna oublia tout le côté ringard. Elle oublia même la musique parce que la vraie musique était le rythme dans son corps alors qu'il ondulait, secouait, virait, fléchissait et faisait toutes sortes de mouvements qui auraient pu être ringards mais qui, sur lui, ne l'étaient pas du tout.

Ses hanches roulaient au rythme de la musique et sa veste tombait de manière si suggestive qu'elle savait que chaque femme dans le public passait sa langue sur ses lèvres en imaginant le goût de ce torse dur, lisse et sculpté.

Elle rentra sa langue dans sa bouche.

Il taquinait le public en enlevant la veste à moitié, puis en la remontant, regardant par-dessus son épaule pendant qu'il le faisait, secouant son derrière en parfaite synchronisation avec le rythme, son pantalon noir le moulant comme ses mains la démangeaient de le faire.

Elle serra les doigts en un poing.

Puis ce fut le tour du suivant. Jenna le regarda un moment, mais elle ne pouvait ignorer Bryan à l'arrière de la scène, son pied gauche battant la mesure, ses mains sur ses hanches, son large torse, la veste lui donnant des aperçus furtifs d'une peau luisante.

Les suivants enchaînèrent, chacun talentueux, mais aucun ne lui faisait le même effet que Bryan. Ils travaillaient la scène, les muscles fléchis, les fesses tendues contre les pantalons serrés — d'autres parties tendues aussi... Mon Dieu, ils faisaient un sacré spectacle. Elle était contente que Cathy ait suggéré de venir ce soir — enfin, elle le serait quand ce serait fini.

Et puis ce fut le tour des femmes.

Oh, mon Dieu.

Desiree était la première. Cette femme savait bouger son derrière.

Le cœur de Jenna tomba dans ses orteils. Elle ne pouvait pas faire ça. Au mieux, elle ferait trembler sa cellulite.

Heureusement, la robe de Marilyn cacherait ça jusqu'à la fin, mais on lui avait assuré que les lumières s'éteindraient trois secondes après l'envol de sa robe. Elle pouvait être exposée aussi longtemps.

Peut-être.

Keisha était la suivante sur scène, toute habillée en costume de Jessica Rabbit. Elle ne secouait pas son derrière ; elle n'en avait pas besoin. Le sien ondulait sur la musique comme un serpent, lisse, sexy et sensuel. Elle mettait ses bras au-dessus de sa tête, les ondulant comme une danseuse de harem, rejetant sa tête en arrière pour que ses longs cheveux noirs — complètement faux, mais c'était une bonne perruque — frôlent le sol, et les mêmes mouvements qu'elle faisait avec son corps se répercutaient dans ses cheveux.

Ça, c'était du talent.

Et puis ce fut le tour de Jenna.

Elle refusa de regarder Bryan. Elle ne pouvait pas ou elle s'effondrerait — ce qu'elle ne pouvait pas faire. Elle *devait* être convaincante. Devait lui faire croire qu'elle savait ce qu'elle faisait.

Jenna prit une profonde inspiration et courba sa hanche gauche en avant tout en passant ses mains le long de ses cuisses. Elle avait vu assez de films de Marilyn Monroe pour maîtriser parfaitement la démarche. Ajoutez quelques frissons d'épaules, quelques glissements de doigts le long d'un bras, et suffisamment de *déhanché* pour assommer un cheval, et elle pouvait le faire.

Et puis elle le *faisait*. La chaleur des projecteurs la frappa, obscurcissant le public, et la musique monta jusqu'à ce que ce soit tout ce qu'elle puisse entendre, chaque temps fort, chaque bourdonnement, résonnant dans son corps comme un courant électrique.

Oh, *voilà* pourquoi ils utilisaient cette chanson. Elle était *faite* pour le strip-tease. Elle était faite pour le sexe. Oubliez les paroles, tout était dans la basse et le rythme en dessous.

Jenna se donna à fond. Elle balança ses hanches. Elle rejeta sa tête en arrière, ouvrant la bouche comme elle avait vu Marilyn le faire, avec ce petit coup de fesses en pliant les genoux. Elle secoua ses cheveux, reconnaissante que la perruque soit si serrée qu'elle *puisse* secouer la tête, puis se tourna lentement et regarda le public, faisant un clin d'œil au bon moment.

Puis les lumières s'éteignirent et le reste des danseurs défilèrent devant elle.

Bryan lui serra le bras. — Super boulot, chuchota-t-il en passant.

Maintenant, tout ce qu'elle avait à faire était de supporter cette dernière bouffée d'air.

Absorbant chaque once de sensualité qu'elle avait ressentie sous ces projecteurs en exécutant ces mouvements, Jenna canalisa Marilyn une fois de plus et se dirigea d'un pas chaloupé vers la bouche d'aération, chaque mouvement étant un pas mesuré avec juste ce qu'il fallait de balancement et de déhanchement — et un placement soigneux des pieds pour ne pas tomber la tête la première.

Les danseuses enlevaient maintenant leurs vêtements, et, effectivement, elle comprenait ce que Bryan voulait dire par élégant. La robe de Keisha glissait et si ce n'était pour le tissu vert laissant place à une peau brune, personne ne l'aurait remarqué tant c'était sans effort et sensuel. Là où la robe se terminait, sa peau commençait, et c'était un long mouvement continu.

Keisha fit ensuite glisser sa robe le long de sa jambe et la coinça dans le creux de son genou avant de la lancer hors scène dans un pur mouvement de chambre à coucher qui était de l'art à l'état pur.

Jenna pouvait entendre la moitié du public soupirer.

L'autre moitié grognait.

La version longue de la chanson touchait à sa fin alors que Desiree faisait son numéro, et Jenna monta sur la bouche d'aération.

Les projecteurs n'étaient plus sur elle et il y avait un rideau noir devant elle pour que personne ne sache où elle était allée. Elle écoutait les paroles, sachant que la fin approchait.

Comment devait-elle poser ? Personne ne lui avait donné de directives. Comment exactement la robe allait-elle s'enlever ? Était-elle censée avoir les bras levés ? Étirés ? Ou devait-elle poser avec les mains jointes sur un genou plié ?

Non, en fait, la robe ne pourrait pas faire ce qu'elle était censée faire si elle faisait ça.

— Prête dans trois, dit le technicien derrière elle.

Merde. Elle devait se décider maintenant.

Et puis le rideau tomba au sol, et le souffle d'air la frappa, et Jenna n'eut pas à décider. L'air monta tout droit, ses bras se levèrent tout droit, et la robe s'envola tout droit.

Et là se tenait « Mlle C. » dans toute sa gloire à pampilles et string.

Chapitre Dix-huit

Le reste du spectacle avait été beaucoup plus facile à gérer. Elles avaient fait un changement de costume rapide et elle avait choisi une autre tenue de Marilyn, sachant que cette fois, elle n'avait qu'à faire glisser la robe le long de son dos et sortir en la traînant derrière elle comme un boa en plumes. Elle pouvait faire tous les petits déhanchements, moues et haussements d'épaules directement inspirés de *Les hommes préfèrent les blondes*.

— C'est plus la suggestion de la sexualité que la nudité réelle, avait dit Bryan en lui remettant le premier costume avant le spectacle, alors elle s'en était tenue à ça.

Certes, son derrière s'était senti exposé là-bas dans ce bout de fil dentaire qu'ils appelaient un string, et elle s'était peut-être un peu plus couverte que ne l'aurait fait Desiree avec la robe en quittant la scène, mais dans l'ensemble, elle ne s'en était pas trop mal sortie. Pas assez en tout cas pour éveiller les soupçons de Bryan.

— Bon sang, ma belle ! s'exclama Cathy en l'attrapant dans les coulisses après le dernier numéro. Sérieusement, je crois que tu as raté ta vocation dans la vie. C'était *torride*.

Maintenant, l'embarras commençait à s'installer. Elle n'en avait pas ressenti une fois le choc initial de ce qu'elle faisait passé, mais maintenant, de retour dans la vraie vie, elle allait devoir affronter les gens. Dieu merci, seuls Cathy et Bryan savaient qui elle était vraiment.

Bryan.

Oh, mon Dieu, comment allait-elle l'affronter ? Certes, elle avait fait ça pour protéger Trevor, mais Bryan l'avait regardée. Avait-il pensé à leur prétendue nuit ensemble ? Se demandait-il s'il avait touché toutes les parties qu'elle avait révélées ? Et celles qu'elle n'avait pas montrées ?

Ou savait-il qu'il ne l'avait jamais fait ?

— Tu ne dois plus jamais mentionner ça, Cathy Mayfield. Tu m'entends ?

Cathy sourit d'un air narquois. — Ce sera notre petit secret. Mais, bon sang ma grande, je ne savais pas que tu avais une telle paire de nichons. Rien de petit là-dedans.

Jenna leva les yeux au ciel. — Retourne à ta place et attends-moi là-bas. Je ne peux pas te supporter maintenant.

— Mais tu me supporteras plus tard.

— Tu peux compter là-dessus.

Jenna se dirigea vers la loge. Elle voulait récupérer ses affaires et partir avant que quelqu'un ne la reconnaisse.

— Eh bien, mesdames, messieurs, nous y sommes arrivés, dit Bryan en leur tapant dans la main alors qu'ils entraient dans la loge. Je ne peux pas vous dire à quel point j'apprécie que chacun d'entre vous soit venu alors que vous n'étiez pas obligés et ayez fait un si bon travail sans répétition. Vous êtes de vrais professionnels. Et en signe de ma reconnaissance, il y aura une prime dans votre chèque cette semaine.

Des acclamations, d'autres tapes dans les mains, l'ambiance était festive alors que les gens commençaient à se changer pour remettre leurs vêtements de ville.

Oh oh. C'était une loge commune ; elle n'allait pas enlever son maquillage et sa perruque devant tout le monde. Et elle ne pouvait pas quitter le club dans cet état. Ce serait un indice flagrant dès qu'elle monterait dans sa voiture.

— Euh, Bryan ? chuchota-t-elle à son oreille. Y a-t-il un endroit où je pourrais, tu sais... Elle fit un geste vers sa robe puis hocha la tête en direction des autres danseurs.

— Oh, oui, bien sûr. Il sortit un trousseau de clés de sa poche. Tiens. Nous avons un appartement à l'étage pour quand Gage ou moi devons rester tard. Il y a aussi une douche. N'hésite pas à l'utiliser.

Elle monta les escaliers aussi vite que ces engins de torture le lui permettaient.

En fait, à mi-chemin, elle s'arrêta et les enleva, ses arches protestant contre la platitude du sol sous ses pieds.

Elle ignora la douleur. Si ses tétons avaient supporté d'avoir des cache-tétons collés dessus, et ses fesses le fil dentaire, ses pieds n'avaient pas leur mot à dire.

L'appartement était minimaliste au mieux. Un canapé, une télé, deux chaises, un grille-pain et un micro-ondes dans la cuisine étroite, et pas un seul tableau accroché aux murs. Ils avaient cependant dépensé de l'argent pour la chambre ; la couette semblait moelleuse et confortable et l'écran plat haute définition au mur criait *célibataire*.

Heureusement, ils avaient appliqué le même sens du luxe dans la salle de bain avec des serviettes épaisses, quelques shampoings et savons au choix, et une eau bien chaude sortant d'une pomme de douche pulsante avec la parfaite pression d'eau. Jenna ne pouvait pas se débarrasser assez vite du spectacle - et des pastilles.

Pourtant, elle devait l'admettre, ça avait été amusant. Jouer la comédie là-haut, sachant que les gens la regardaient, la voyant comme un fantasme, sachant que rien de tout cela n'était réel, c'était en fait excitant.

Elle fit glisser le savon le long de son corps, chaque terminaison nerveuse se dressant et réclamant de l'attention. Cela faisait longtemps qu'elle ne s'était pas sentie sexy. Longtemps que personne ne l'avait regardée de cette façon.

Elle rinça ses cheveux et éteignit la douche, s'enveloppant dans une des épaisses serviettes, puis fouilla dans le placard sous le lavabo à la recherche d'un sèche-cheveux.

Une demi-douzaine de boîtes de préservatifs, mais aucun sèche-cheveux en vue.

Pour quoi, exactement, Bryan et Gage restaient-ils tard ?

Une demi-douzaine de boîtes. Au moins, ils étaient prudents. Bien que cela n'ait pas bien servi Bryan il y a quatre ans.

Elle chassa de son esprit la pensée de ces préservatifs - et de Bryan et Mindy les utilisant - et frotta la serviette dans ses cheveux. Elle allait simplement rentrer chez elle ; elle n'avait pas besoin d'être toute pomponnée.

Quand même... Elle regarda l'armoire à pharmacie. Peut-être qu'ils avaient un produit là-dedans qu'elle pourrait mettre dans ses cheveux —

Bryan ? Un produit ? Il était aussi alpha que possible ; elle ne pouvait pas l'imaginer utilisant un produit.

Mais quand même, aux grands maux les grands remèdes...

Ou une excuse pour fouiner.

Elle fit taire sa conscience et ouvrit l'armoire à pharmacie.

Pas de produit. Juste du fil dentaire, de la mousse à raser, du dentifrice et des brosses à dents — quelques-unes encore emballées.

Jenna ferma l'armoire. Elle ne voulait pas penser à qui utiliserait ces brosses à dents neuves. Ce n'était pas ses affaires.

Sauf que ça l'était. S'il allait faire partie de la vie de Trevor, *lui* était son affaire.

Et que savait-elle vraiment de lui à part que cet homme faisait de beaux bébés et savait embrasser ?

Elle leva les yeux au ciel. *Sérieusement, Jenna, concentre-toi sur la situation présente et toutes ses ramifications possibles, pas à te demander ce qu'il fait avec des préservatifs. Mets les hormones sur* OFF.

Elle passa en revue mentalement ce qu'elle savait de lui. Ce n'était pas grand-chose. Il possédait cet endroit, travaillait comme électricien, et aimait tirer des conclusions hâtives. Et les stripteaseuses. Il aimait sauter les stripteaseuses.

Et elle en revenait à ces fichus préservatifs.

Elle s'habilla rapidement et accrocha la serviette sur le porte-serviette pour la faire sécher. Peu importait ce que Bryan faisait et avec qui. Il avait sa vie ; elle avait la sienne.

Mais ils avaient tous les deux celle de Trevor.

Sa main s'arrêta sur la poignée de la porte. Elle devait en effet prendre en compte ce que Bryan faisait de sa vie. Et s'il se mariait et demandait la garde exclusive ? Et si Jenna n'aimait pas celle qu'il épousait ? Et si cette femme essayait de lui voler l'affection de Trevor ?

Jenna s'affala sur le couvercle des toilettes. Oh, mon Dieu, et si Trevor voulait aller vivre avec Bryan et sa femme ? Et si Bryan avait des enfants ? Trevor adorerait avoir des frères et sœurs.

Elle commença à trembler. Qu'allait-elle faire ? Que pouvait-elle faire ?

— Jenna ? Bryan était juste devant la porte de la salle de bain. Tu vas bien ?

Non, elle n'allait pas bien. Et c'était entièrement sa faute.

Littéralement.

Tout. L'existence de Trevor et cette incroyable angoisse à l'idée de tout perdre.

— Jenna ?

— Bi... Elle s'éclaircit la gorge. Bien. Je... je sors tout de suite.

Avec des jambes flageolantes et un estomac barbouillé. Si les danseuses qui avaient mangé la pizza plus tôt s'étaient senties comme ça, elle comprenait pourquoi elles n'avaient pas été en état de faire leur numéro. Pourtant, elle devait le faire.

Elle ouvrit la porte. Mince. Il était juste là.

— Ça va ?

Sa voix grave résonna en elle, touchant chacun de ses points sensibles. Tout comme le rythme lorsqu'elle était sur scène.

— Oui, ça va. Elle glissa une mèche de cheveux derrière son oreille.

Elle ne resta pas en place. Elle ne restait jamais. Elle ne savait pas pourquoi elle faisait ça.

Bryan tendit la main et replaça la mèche.

Cette fois, elle resta en place.

— Je voulais vraiment te remercier pour ce soir. Tu as été géniale.

Elle glissa ses doigts et défit la mèche. Elle aimait avoir les cheveux qui lui tombaient sur le visage quand il la regardait avec autant d'intensité. — Eh bien, comme tu l'as dit, c'est comme le vélo, ça ne s'oublie pas.

Il en allait de même pour quelques autres choses, dont l'une qu'elle n'avait pas faite depuis plus de trois ans, et le fait qu'il se tienne si près lui rappelait ce fait avec tambours et trompettes et de grandes cymbales fracassantes.

— Donc, euh, merci de m'avoir laissée utiliser ta douche. Elle se faufila devant lui, ordonnant à toutes les parties de son corps et aux poils rebelles de ses bras de rester à distance. Il ne s'était pas douché et ses narines en étaient bien conscientes, tandis que le reste de ses sens lui disait que c'était une bonne chose.

— Tu l'as toujours, Jenna.

Oh oui, elle l'avait. Un sacré béguin pour le père de Trevor. Avec qui elle n'avait *pas* couché. Ni pour qui elle n'avait dansé.

— Tu as pensé à reprendre ce genre de travail ?

Cette fois, elle reçut une douche glacée de réalité. Elle ? Faire du strip-tease ?

Elle avait fait deux pas dans la pièce — sa *chambre* — puis avait fait volte-face, autant pour éviter de regarder son *lit* que pour lui rappeler un fait très important. — Je suis enseignante, Bryan. Si je dansais pour toi, je pourrais perdre mon travail.

Si elle dansait *avec* lui, elle pourrait perdre bien plus. Sa santé mentale, ses inhibitions, tout sens des convenances...

Sa solitude. Son célibat non imposé...

Ce dernier avait beaucoup à offrir. Mais et si — oh mon Dieu — et s'il suggérait cela pour qu'elle perde *effectivement* son travail ? Elle *devrait* alors travailler pour lui. Elle serait redevable envers lui et mûre pour être cueillie s'il voulait un jour la garde complète de Trevor.

— C'est vrai. J'avais oublié. Il se redressa de sa position nonchalante contre le chambranle de la porte dans cette pose quintessentielle du beau mec adossé qui lui fit se demander s'il n'y avait pas un photographe quelque part par ici, avant d'entrer dans la chambre.

Pourquoi la salle de bain ne donnait-elle pas sur le *couloir* plutôt que sur la seule pièce de cet endroit où elle ne voulait *pas* être avec lui ?

Parce que sa chance était partie en vacances depuis ce voyage impulsif à l'épicerie qu'elle regrettait maintenant d'avoir fait.

Le lit l'appelait tandis qu'elle passait devant. Surtout que Bryan se tenait juste à côté pour la laisser passer. Tout ce qu'elle aurait à faire serait de se jeter dans ses bras, les faisant tomber sur ce lit, et la Nature ferait le reste.

C'était si tentant qu'elle s'envola presque hors de la pièce.

Et trébucha sur ses stupides chaussures à plateforme.

Heureusement, Bryan la rattrapa avant qu'elle ne heurte le sol.

Il ne l'empêcha pas, cependant, de heurter le mur dur qu'était sa poitrine.

Avec ses paumes.

À plat contre lui.

Oh là là, qu'il était bon.

Surtout quand ses mains se resserrèrent sur sa taille et qu'elle se retrouva un peu plus blottie contre lui.

Il n'y avait *rien* de petit chez Bryan Lassiter.

— Jenna...

Ce n'était pas une question. Ce n'était pas un soupir. Ce n'était rien qu'elle n'avait jamais entendu auparavant, alors bien sûr, elle dut lever les yeux. Dut regarder sa bouche. Ses lèvres...

Qui descendaient vers les siennes.

Il devait l'embrasser. Juste une fois.

Une fois devint deux, puis quatre, et après cela, Bryan perdit le compte.

Bon sang, c'était plus chaud que l'autre fois. À quoi avait ressemblé leur tout premier baiser ? Le deuxième ? Le troisième ?

Et quand il était venu en elle...

Jésus, son sexe se durcit si vite que ça lui coupa le souffle. Ou peut-être était-ce Jenna. Mais comment diable pouvait-il ne pas se souvenir de son goût la nuit où ils s'étaient rencontrés ? Même dans son brouillard d'ivresse, il avait dû remarquer, dû réaliser à quel point elle était incroyablement chaude et douce et sexy et bonne et délectable et succulente et... il manquait de mots — ce qui allait de pair avec le manque de souffle qu'elle lui volait avec tout le feu à l'intérieur de ce corps souple et sexy avec lequel elle avait déambulé sur scène ce soir avec tant d'assurance.

Il ne s'y attendait pas. Avec ce qu'elle faisait maintenant dans la vie, il avait pensé qu'elle serait timide. Réservée. Une persona d'écolière dont certains hommes fantasment. Mais pas Jenna. Elle avait surpassé Marilyn en sensualité et ça avait été tout ce qu'il avait pu faire pour ne pas la soulever de cette scène et la porter ici, au diable le spectacle et les clients.

Si seulement il pouvait se souvenir à quel point ça avait été bon entre eux. Parce que ça *avait* été bon, Bryan n'en doutait pas. Mais il voulait découvrir *à quel point* c'était bon.

Il la fit reculer vers le lit.

Elle le suivit volontiers, s'agrippant aux bords de sa chemise si fort qu'il eut l'impression qu'elle allait faire sauter quelques boutons.

Il savait quels boutons il aimerait appuyer sur elle.

Ces maudits pompons s'étaient moqués de lui tout le temps où elle était restée là presque nue, et il savait que chaque homme dévorait ces seins des yeux, alors que lui avait eu la chance de le faire avec sa bouche, sa langue et ses mains, et pourquoi diable ne pouvait-il pas s'en souvenir ?

Il l'allongea sur le lit.

— Bryan ? Elle détacha ses lèvres des siennes, ses yeux bleus grands ouverts avec... oserait-il l'espérer... du désir ?

— J'ai envie de toi, Jenna. C'était vrai. Il ne pouvait pas le cacher et, bon sang, ils l'avaient déjà fait une fois. Ce n'était pas comme si c'était nouveau.

Mais ce serait comme la première fois pour lui, et Bryan aimait cette idée. Il avait le sentiment que *chaque* fois avec Jenna serait une nouvelle expérience.

— Bryan, je...

Il retint son souffle. Retint le sien aussi, à l'intérieur de lui, le goûtant, en voulant plus.

Ses yeux scrutaient les siens, cherchant... quelque chose. Il avait beaucoup de ce quelque chose en lui et priait Dieu de pouvoir lui donner ce qu'elle voulait. Ce dont elle avait besoin.

Puis elle déplia ses doigts contre sa poitrine et y pressa ses paumes.

Bryan expira leur souffle mêlé, en inspira un autre, et l'embrassa à nouveau.

Bon sang, elle avait bon goût. Incroyable. Fraîche et douce avec un peu d'épice comme si elle avait mangé une tarte aux pommes avant de venir ici ce soir — ou bu l'un de leurs appletinis. Il devrait lui en offrir un la prochaine fois qu'ils seraient en bas.

Si Dieu le voulait, ce ne serait pas avant des heures.

Il caressa sa langue à nouveau, poussant contre elle, son sexe faisant la même chose contre son pubis. Celui qui avait été à peine couvert par ce string doré à paillettes... il avait brillé sous les projecteurs, lui faisant pratiquement un clin d'œil.

Et puis il y avait eu ses fesses, bon Dieu ces fesses, se balançant avec juste ce qu'il fallait de rebond pour une femme, fermes et rondes et juste là, de la taille, de la forme et du contour parfaits, et lisses pour ses mains —

Il glissa une main sur sa hanche, voulant la prendre en coupe. Portait-elle encore le string ?

Bryan gémit dans sa bouche et serra. Il voulait le découvrir. Puis il voulait le lui enlever. Avec ses dents.

— Bryan.

Il lui fallut quelques secondes pour réaliser qu'elle avait arraché ses lèvres des siennes, elle avait prononcé son nom si doucement. Ou peut-être était-ce dû au sang qui battait dans ses oreilles.

— Jenna ? Sa voix était rauque. Enrouée. Éraillée. Comme chaque terminaison nerveuse de son corps. Il la désirait. Terriblement.

— Je... Elle se lécha les lèvres.

Il aurait été bien si elle ne s'était pas léché les lèvres. Il se serait arrêté. Vraiment. Il l'aurait fait. Mais ces lèvres et cette langue et ce regard dans ses yeux...

Elle ne voulait pas vraiment qu'il s'arrête, n'est-ce pas ?

Il l'embrassa, sans l'écraser contre lui comme il le voulait, mais en lui laissant une porte de sortie.

Une qu'elle ne prit pas.

Au lieu de cela, elle soupira dans sa bouche et puis, bon Dieu, tous les paris étaient ouverts.

Il roula sur le côté, l'attirant sur lui, et plongea une main dans cette masse rebelle de boucles qui réclamait l'attention, hurlant cheveux-sexy-ébouriffés-par-l'amour chaque fois qu'il la regardait.

L'autre main put enfin s'emparer de ses fesses, les pétrissant, remplissant sa paume de leur douceur, et son sexe se changea en pierre. Il devait l'avoir. Ici. Maintenant. Et puis encore.

Préservatif. Il devait prendre un préservatif. Cette pensée le narguait étant donné qu'ils avaient déjà un enfant ensemble, sans compter le fait qu'il ne voulait pas bouger pour en prendre un.

Il fit courir ses lèvres le long de sa mâchoire, jusqu'à sa gorge où le pouls battait tout aussi vite et fort que le sien. Elle le désirait aussi.

Il écarta le col en V de sa chemise et lécha sa gorge. Elle avait utilisé le gommage pomme-cannelle ; c'était ce qu'il avait goûté. Le meilleur investissement que lui et Gage aient jamais fait était d'acheter ces savons comestibles aromatisés.

Jenna était la première à avoir choisi pomme-cannelle et il retirait maintenant ce parfum pour toute autre femme.

Il ne voulait plus qu'aucune autre femme utilise ses savons.

C'était suffisant pour le faire s'arrêter.

— Bryan ? *Maintenant* il y avait une question dans sa voix, et bon Dieu, il y avait une question dans sa tête.

Il ne voulait aucune autre femme ? Avait-il perdu la tête ? Ce n'était pas parce que Jenna et lui avaient fait un bébé qu'ils s'étaient engagés. Ce n'était pas un conte de fées. Ils n'étaient même pas une famille. L'un d'eux — ou les deux — pourrait épouser quelqu'un d'autre.

Quelqu'un d'autre...

Jenna pourrait épouser quelqu'un d'autre et *cet* homme élèverait son fils ?

Bryan la regarda.

— Jenna, épouse-moi.

Chapitre Dix-neuf

Les mots avaient simplement jailli. Il n'y avait pas réfléchi avant de les prononcer, mais oui, pourquoi pas ? Cela avait du sens. Ils ne pouvaient pas garder leurs mains loin l'un de l'autre et ils avaient Trevor. De cette façon, ils n'auraient pas à le partager avec qui que ce soit et ils pourraient être une famille.

— Quoi ? Elle lâcha sa chemise et se redressa sur sa poitrine. Qu'est-ce que tu as dit ?

Il se lécha les lèvres, son sexe tressaillant lorsque son regard se posa sur sa bouche. — J'ai dit : « Épouse-moi. »

Cette fois, elle se dégagea rapidement. — Tu ne peux pas être sérieux.

Il roula sur le côté et s'appuya sur son coude. Il passa sa main le long de son bras. — Je n'ai jamais été aussi sérieux.

— Mais ça n'a aucun sens. On se connaît à peine.

Oh, ils se connaissaient *à peine*, en effet.

— Mais nous avons Trevor.

Cette fois, elle bondit hors du lit. — Mais ça ne veut pas dire qu'on doit se *marier*. Et si on n'avait rien en commun *à part* Trevor ?

Il leva les sourcils — et son sexe se mit au garde-à-vous aussi. — Nous avons plus que Trevor en commun, Jenna.

Elle savait de quoi il parlait et son regard se posa directement sur son entrejambe.

Il vit l'éclat d'intérêt dans ses yeux.

— Ce n'est que du sexe, Bryan, et si tu te souviens bien, c'est comme ça qu'on s'est mis dans ce pétrin en premier lieu.

Il soupira. Elle ne reviendrait pas au lit. Pas avec ce ton dans sa voix.

Il s'assit. — Tout d'abord, je ne considère pas Trevor comme un pétrin. Oui, ce n'est pas l'idéal de créer un bébé avec quelqu'un qu'on ne connaît pas — et qu'on ne peut pas contacter — mais nous l'*avons*, donc c'est un point discutable. Nous serons dans la vie l'un de l'autre pour au moins les quatorze prochaines années, sinon plus. Et puis il y a les petits-enfants.

Oh, mon Dieu, il n'avait pas pensé aux petits-enfants. Il serait grand-père un jour.

— Les petits-enfants ? Elle chercha la commode à tâtons et s'y appuya.

On dirait qu'elle n'y avait pas pensé non plus.

— Eh bien, oui. Après tout, nous venons juste de donner un petit-enfant à nos parents. Sa *mère*. Il devait parler de Trevor à sa mère. Elle serait aux anges.

— Tes parents sont toujours là ? demanda Jenna.

— Ma mère l'est. Mon père est mort quand j'étais plus jeune. Et toi ?

— Mon père est mort quand j'étais au lycée. Ma mère et moi... on ne s'entend pas vraiment.

— J'ai entendu dire que c'était souvent comme ça entre les filles et leur mère. Heureusement que Trev est un garçon, hein ?

Elle croisa les bras et fit une réponse évasive.

Bryan exhala. — Écoute, je sais que c'est peu orthodoxe. Toute cette situation l'est, mais je le pensais. Je crois que tu devrais m'épouser. C'est ce qu'il y a de mieux pour Trevor.

Mais était-ce le mieux pour elle ?

Jenna décroisa les bras et se redressa. Elle glissa ses cheveux derrière ses oreilles. Encore.

Ils ne restèrent pas en place. Encore.

— Bryan, c'est de la folie. Elle commença à faire les cent pas. On ne se connaît même pas. Je ne connaissais même pas ton nom de famille jusqu'à hier. Maintenant tu veux m'épouser ? Elle secoua la tête. Il était là, disant toutes les bonnes choses, toutes les choses qu'elle avait voulu que Carl dise, et pourtant elle hésitait.

Parce qu'elle devrait lui mentir tous les jours pour le reste de sa vie.

Elle ne savait pas si elle pouvait faire ça. Une fois que Trevor aurait dix-huit ans, ça n'aurait plus d'importance si Bryan connaissait la vérité — s'ils n'étaient pas mariés. Mais s'ils l'étaient, ça le tuerait. Ça détruirait leur mariage. Il se demanderait sur quoi d'autre elle avait menti.

Bryan lui prit la main. — Nous avons beaucoup plus en commun que beaucoup de gens.

Une chaleur remonta le long de son bras. — La chimie ne fait pas un bon mariage, Bryan.

— Elle n'en fait pas un mauvais non plus. Mais je parlais de vouloir ce qu'il y a de mieux pour Trevor. Je veux dire, c'est évident que tu le veux aussi puisque tu n'as pas nié que j'étais son père et que tu ne m'as pas fait passer par des tests de paternité. Tu veux ce qu'il y a de mieux pour lui ; moi aussi, et il adorerait nous voir ensemble. Nous sommes tous les deux célibataires, non ?

— Tu l'es ?

Il secoua la tête. — Eh bien, oui. Je ne t'aurais pas fait des avances si je ne l'étais pas.

— Oh, c'est vrai. Désolée.

Il exhala. — Je suppose que je mérite ça, vu ce dont je t'ai accusée.

— Je ne le faisais pas par représailles.

— Je sais.

— Comment ? Elle laissa retomber ses bras. C'était ridicule. Il ne pouvait pas simplement lui faire sa demande et s'attendre à ce qu'elle saute de joie par gratitude. *Comment* le sais-tu ? Tu ne sais vraiment rien de moi.

Il se frotta la nuque. C'était un geste vraiment sexy chez lui. — Je sais que tu es une mère attentionnée. Aimante. Une travailleuse acharnée. Tu as inspiré l'amour et la loyauté de tes élèves. Trevor est un enfant heureux, en bonne santé, amusant et extraverti. Le chef de la police t'apprécie. Tu as un emploi stable, une belle maison, et tu as été assez généreuse pour me donner une place dans la vie de mon fils. Et tout ça sans parler des apparences et de cette chimie insensée entre nous. Beaucoup de gens ont beaucoup moins quand ils se marient.

— Mais au moins ils se connaissent.

— D'accord. Alors apprenons à nous connaître.

— Hein ? Elle se dégagea de la commode et recommença à faire les cent pas, à la fois pour avoir quelque chose à faire *et* pour évacuer une partie de l'adrénaline qui lui restait de son petit numéro de danse plus tôt.

Et ce baiser —

— Apprenons à nous connaître, Jenna. Passons du temps ensemble. Jouons avec notre fils.

— Je croyais qu'on le faisait déjà.

— On le faisait — avec Trevor — mais je veux dire *nous*. En tant que couple. Sortir ensemble.

— Tu veux sortir avec moi ?

— C'est à l'envers, je sais, mais oui, j'aimerais sortir avec toi.

Bon sang, si ça ne provoquait pas un petit frisson dans son ventre. Bien sûr, ce ventre ne savait pas ce que c'était que d'avoir des vergetures après avoir porté son fils, alors il n'avait pas vraiment son mot à dire. — Je ne veux pas me marier juste pour mon fils, Bryan. Le mariage devrait être entre deux personnes qui s'aiment, parce qu'une fois que Trevor aura quitté la maison, il n'y aura plus que nous deux.

— Pas nécessairement.

— Hein ?

— Et si on avait d'autres enfants ?

— D'autres ? Elle était à mi-chemin de son deuxième tour dans ses cent pas quand ce commentaire la fit s'asseoir brusquement sur son lit. Faire *d'autres* enfants avec Bryan ? Eh bien, *d'autres* pour lui, le *premier* pour elle.

Et comment diable allait-elle lui cacher ça ? Elle était censée avoir déjà accouché. Assister au cours de préparation à l'accouchement de Mindy n'avait rien à voir avec le fait de donner naissance. Elle avait respiré pendant les contractions de sa sœur en tant que spectatrice, pas en tant que participante principale, et Mindy n'avait pas été suffisamment cohérente pour entrer dans les détails de l'expérience. Ça avait fait mal et c'était tout ce que Jenna avait eu besoin de savoir à l'époque.

— Tu veux d'autres enfants, n'est-ce pas ? Trevor ne peut pas être enfant unique.

Elle se frotta la tête. Elle avait mal. Pour un tas de raisons, et pas des moindres, l'image d'un autre bébé aux cheveux noirs et bouclés blotti dans ses bras.

— Je... je suppose.

Elle *voulait* d'autres enfants. Mais elle n'avait pas vraiment prévu Bryan comme père et elle n'était pas prête à aller jusque-là. À s'approcher de tout ça. Parce qu'avec le secret qu'elle portait, il y avait une très grande et très réelle possibilité que tout explose à la figure.

Mais comment allait-elle le convaincre que c'était une mauvaise idée sans lui dire la vérité ?

— Bryan, je suis désolée, mais je ne peux pas t'épouser.

Chapitre Vingt

C'était la première fois qu'il se faisait rembarrer, et il avait fallu que ce soit au moment où ça comptait le plus.

Bryan rejeta les couvertures du lit dans l'appartement. Il avait passé la nuit ici après l'avoir vue partir en trombe dans les escaliers vers l'arrière du club. Il avait voulu la suivre, mais elle avait insisté qu'elle n'avait pas besoin de lui parce qu'elle élevait Trevor toute seule depuis presque quatre ans et qu'elle s'en était très bien sortie sans son aide, *mercibeaucoup*, et qu'il pouvait prendre son idée de mariage et aller trouver une autre femme qui avait besoin d'un homme pour que sa vie soit complète.

Il y avait beaucoup de non-dits dans cette diatribe qu'il aurait voulu explorer, mais il avait pensé, vu le niveau de contrariété que sa suggestion avait provoqué, qu'il valait mieux attendre qu'elle se calme et qu'elle dorme dessus.

Alors il avait dormi ici. Du moins, c'était la théorie.

Il avait zappé de chaîne en chaîne pour essayer de se distraire, mais ça n'avait pas marché. Alors il avait finalement abandonné, était descendu fermer le club, puis était revenu s'allonger dans le noir, essayant de ne pas penser à ce qu'il venait de faire.

Ce qu'il avait *proposé* de faire.

Il n'avait jamais même approché l'idée du mariage. N'avait jamais pensé qu'il le ferait.

Bien sûr, il n'avait jamais non plus pensé qu'il serait père, donc ça montrait ce qu'il en savait.

Il se frotta le visage. Il avait besoin d'une douche. Il n'avait pas voulu y aller la nuit dernière après qu'elle y soit passée parce qu'il était sûr que son parfum y flottait encore. Au minimum, ce fichu savon à la cannelle et à la pomme serait là.

Il allait le jeter.

Il sortit du lit. Hmmm, il portait son boxer. Une décision consciente qu'il avait oubliée puisqu'il dormait habituellement nu, mais comme il n'avait pas voulu céder à la tentation de *s'occuper de ses affaires* avec l'image de Jenna dans ses pompons et son string et rien d'autre, il s'était donné une barrière pour se dissuader. Ça ne semblait tout simplement pas correct de se branler en pensant au corps sexy de la mère de son fils.

Il devrait être en train de faire l'amour au corps sexy de la mère de son fils.

Son sexe se réveilla.

Bryan secoua la tête et se dirigea vers la salle de bain. C'était un combat perdu d'avance ; il n'arrivait tout simplement pas à se sortir Jenna de la tête.

Et quand il sentit l'odeur de ce fichu savon, il réalisa qu'il n'arrivait pas non plus à la sortir de sa peau. Elle s'était enroulée autour de lui comme une grosse étreinte d'ours quand elle lui avait donné accès à son fils.

Il espérait de tout cœur ne pas l'avoir simplement effrayée.

Il alluma la douche et passa dessous. Bien. L'eau froide non seulement le réveillait, mais calmait aussi son sexe.

Il tendit la main vers le savon, avec la ferme intention de le jeter à la poubelle, mais la cannelle était quelque chose que personne ne pouvait ignorer.

Ça sentait comme Jenna.

Ou plutôt, elle sentait comme ça.

Oh bon sang, il ne savait pas qui sentait comme quoi et est-ce que ça importait vraiment ? Il était transporté directement à la nuit dernière et à ce baiser et à sa demande royalement ratée.

Elle avait raison, bien sûr. Ils ne se connaissaient pas ; se marier n'était probablement pas l'idée la plus intelligente. Du moins, pas encore. Mais pourquoi ne *pouvaient-ils pas* sortir ensemble ? Pourquoi ne *pouvaient-ils pas* apprendre à se connaître ? Ils avaient autant de chances que n'importe qui dans une nouvelle situation de rencontre de s'apprécier.

Bryan se frotta la nuque où un mal de tête commençait, et augmenta un peu la température de l'eau. Rester là à y penser ne les aiderait pas à se connaître. Une seule chose le ferait : passer réellement du temps ensemble. Et il *avait* promis du football à Trevor.

Bryan passa le savon sur son corps. C'était soyeux. Doux. Tout comme elle. Il le renifla, se rappelant le même parfum de cannelle quand il avait niché son nez dans son cou. Comment il l'avait mordillé.

Il leva les yeux au ciel et le reposa, attrapant maintenant son shampoing. Quelque chose de fort et masculin. Il garderait le savon dans l'espoir qu'il pourrait la convaincre d'apprendre à le connaître et peut-être, un jour, qu'elle prendrait à nouveau sa douche ici.

Bryan renifla. Ouais, c'était un pari risqué. Mais, quand même, il n'avait jamais abandonné dans un match de sa vie, pas même ce dernier avec sa jambe en morceaux. C'était l'entraîneur qui avait dit aux ambulanciers de l'attacher à la planche et de l'emmener à l'hôpital, alors il n'allait certainement pas abandonner maintenant même si elle l'avait déjà repoussé.

Sa seule grâce salvatrice était que personne à part lui et Jenna n'était au courant.

— Il t'a demandé en mariage ?

Cathy n'avait cessé de le répéter pendant tout le trajet de retour la nuit dernière et c'était la première chose qu'elle avait dite quand elle était arrivée chez Jenna ce matin.

— Ma réponse n'a pas changé depuis hier soir.

— Ta réponse à moi ou ta réponse à lui ? Parce que, sérieusement, Jen, tu devrais vraiment reconsidérer ça. Je veux dire, le mec est un vrai dieu côté physique, il *veut* faire partie de la vie de son enfant — tu sais à quel point c'est rare chez les pères biologiques ? — *et* il est plutôt aisé. Tu pourrais faire bien pire.

— On peut ne pas parler de ça maintenant ? Trevor va descendre d'une minute à l'autre.

— Non, il ne viendra pas. Bobby a apporté son nouveau livre sur les T-rex. On ne les verra pas avant des heures.

Jenna soupira. Cathy avait raison. Les seules choses plus captivantes que le football pour Trevor étaient les T-rex.

— Je ne serais pas surprise que tu aies acheté ce livre en venant ici. Elle tendit à Cathy une tasse de jus de pomme avec un nuage de crème fouettée flottant dessus et saupoudré de cannelle. Comme Cathy avait renoncé à ses lattes habituels pour la durée de sa grossesse, elle et Jenna étaient devenues inventives avec les jus de fruits.

Cathy leva son verre. — Tu penses vraiment que je suis si manipulatrice, Jen ?

Jenna haussa un sourcil. — Euh, n'est-ce pas ton mari qui ne voulait qu'un seul enfant et pourtant te voilà avec le deuxième en route, prévu exactement quatre ans après le premier dans le même cadre propice à la planification des frais de scolarité dont nous avions discuté *ad nauseam* au lycée ?

Cathy porta le verre à ses lèvres. — Les préservatifs ont été connus pour se déchirer. Tu devrais le savoir.

— Se déchirer est une chose. Les saboter délibérément en est une autre.

Cathy prit une gorgée et baissa son verre. Une moustache de crème fouettée se dessinait au-dessus de ses lèvres comme celle de Snidely Whiplash. — Je ne les ai pas sabotés intentionnellement. J'ai juste oublié de les sortir de la voiture.

— Pendant toute une année, alors qu'ils ont subi quatre saisons de températures extrêmes dans le puits de la roue de secours ?

Cathy fit tournoyer son verre. — Tu ne sais pas que c'est là qu'ils étaient.

— Maintenant, si.

Elle tira la langue. — Tu ne peux rien prouver. Et de toute façon, Mark est ravi du bébé.

Oui, il l'était. Il n'arrêtait pas d'appeler cette nouvelle arrivée leur bébé miracle parce qu'il n'avait jamais réussi à mettre quelqu'un enceinte en utilisant cette marque de préservatifs de confiance depuis l'université.

Jenna n'arrivait jamais à regarder Cathy quand cette discussion surgissait.

— Tu sais... Cathy se dandina jusqu'au frigo, mettant neuf mois de démarche de femme enceinte dans un corps de quatre mois de grossesse. — Si tu disais oui, vous pourriez commencer à travailler sur un frère ou une sœur pour Trevor, et toi et moi pourrions avoir des bébés ensemble. Elle sortit la bombe de crème fouettée et en aspergea une autre dose — ou trois — dans son verre. — Imagine comme ce serait amusant.

Jenna essayait justement de ne *pas* penser à quel point *faire* un bébé avec Bryan serait amusant.

— Tu es folle.

— Hé, ne te moque pas de la femme enceinte. On est connues pour pleurer pour un rien.

— Tu es aussi connue pour pleurer à la moindre dépense quand tu n'es pas enceinte, donc je n'y crois pas.

Cathy ouvrit la bouche pour dire quelque chose puis la referma. Elle tira une des chaises chromées et tapota le set de table à côté d'elle. — Allez, Jen. Assieds-toi.

— Je ne peux pas. Je dois, euh...

— C'est ça. Tu ne dois rien du tout. Allez, viens te reposer un peu et parlons de pourquoi tu es si catégorique à ne pas vouloir épouser Bryan.

Jenna prit place à contrecœur. Elle savait exactement pourquoi elle était réticente et Cathy devrait être capable de le comprendre aussi.

— Je ne peux pas lui mentir, Cath.

— Ma chérie, tu le fais déjà. Et normalement, je ne suis pas une grande partisane des mensonges.

Jenna haussa les sourcils et regarda le ventre de Cathy.

— Les mauvais mensonges, je veux dire. Je savais que Mark serait ravi. Mais on ne parle pas de moi —

— Commode, marmonna Jenna.

— On parle de toi. Et de Bryan. Et de Trevor. Et de Tabitha.

— Tabitha ?

— Oui. Ta petite fille.

— Je vais l'appeler Tabitha ?

— Oui. Parce que moi, j'appelle la mienne Samantha.

Jenna leva les yeux au ciel. Cathy aimait un peu trop les rediffusions sur TVLand.

— Enfin bref, pense juste à quel point ce serait génial pour Trevor d'avoir non seulement sa maman, mais aussi son papa *et* une petite sœur sous le même toit.

— Mais Tante Cathy oublie un tout petit détail. Je ne suis pas la maman de Trevor. Je suis la remplaçante.

— Il y a quelqu'un ?

La voix masculine à sa porte de derrière figea Jenna comme si le monde entier s'était glacé.

Si c'était Bryan, elle espérait vraiment que c'était le cas.

Combien en avait-il entendu ?

Cathy déglutit.

Ce n'était jamais bon signe quand Cathy déglutissait.

— Jenna ?

Oh, mon Dieu, c'était *bien* Bryan.

C'était maintenant à son tour de déglutir.

— Mesdames ? Tout va bien ?

Il secoua la porte moustiquaire et la seule raison pour laquelle il ne pouvait pas entrer était que Jenna la verrouillait habituellement pour que Trevor ne s'aventure pas dans le jardin sans qu'elle le sache. Pourquoi n'avait-elle pas fermé complètement la porte aujourd'hui ? Verrouillée avec des serrures ? Et des chaînes ?

Un joint hermétique ?

Et gardé sa grande bouche fermée ?

— Jenna ? Il secoua un peu plus fort.

— Euh, ouais. D'accord. Euh, bien. Elle força ses jambes en gelée à bouger et se leva.

Cathy lui serra la main.

Effaçant l'air malade qu'elle était certaine d'avoir sur le visage si celui de Cathy était une indication, Jenna essaya de plaquer un sourire tout aussi peu maladif par-dessus. — Je, euh, ne t'attendais pas.

— Manifestement. Il fit glisser un sac à dos de son épaule et le tint devant lui pendant qu'il attendait qu'elle ouvre la porte.

Un sac à dos ? Elle avait refusé le mariage et il en avait déduit qu'il pouvait simplement débarquer et emménager ?

Oh, mon Dieu. Et s'il le voulait ? S'il l'*exigeait* ?

Jenna prit son temps pour aller à la porte — principalement parce qu'elle devait rappeler à chaque groupe de muscles des jambes de bouger, mais aussi pour réfléchir à ce qu'elle allait faire, bon sang.

Combien en avait-il entendu ? Ce *manifestement* était-il en rapport avec le fait qu'elle ne l'attendait pas parce qu'elle n'aurait pas parlé si librement de la parentalité de Trevor ? Savait-il ?

Elle souffla un coup en atteignant le loquet.

— C'est bon de te voir, dit Bryan d'une voix tout chocolat fondu et crémeux — *pas* ce à quoi elle se serait attendue s'il avait su. Avait-elle évité une balle ?

Son cœur avait l'impression d'en avoir reçu une.

Chapitre Vingt et Un

— Je vais, euh, y aller.

Cathy fit une cambrure exagérée de femme enceinte pour se lever de sa chaise, les pieds écartés et une main sur la chaise et la table.

Jenna leva les yeux au ciel.

— Oh, attends, laisse-moi t'aider.

Bryan la contourna, déposa le sac de sport sur l'étagère près de la porte et courut aux côtés de Cathy, soutenant son faux dos douloureux d'une de ses grandes mains.

Il avait vraiment de belles mains.

— Merci, Bryan. Tu es un vrai gentleman, dit Cathy en faisant un étrange mouvement de tête et de grimace par-dessus son épaule à l'intention de Jenna. Je n'arrive pas à croire qu'une femme ne t'ait pas encore mis le grappin dessus.

C'était au tour de Jenna de faire une drôle de grimace, mais c'était plutôt pour retenir le petit-déjeuner qui menaçait de faire une réapparition.

— Merci, Cathy, mais je n'ai jamais été sur le marché.

— Ce n'est pas ce que j'ai entendu...

Son charme du Sud si doux — et Jenna savait pertinemment que la seule fois où Cathy avait mis les pieds au sud de la ligne Mason-Dixon, c'était lors du voyage de classe des terminales à Orlando — disparut en un instant.

Bryan regarda entre les deux femmes. Était-ce une rougeur qui lui montait aux joues ? — Tu lui as dit.

Ce n'était pas une question, alors Jenna n'avait pas vraiment besoin de répondre, n'est-ce pas ?

— Oh, c'était censé être un secret ?

Cathy fit même le geste de porter les doigts à sa poitrine. Il ne lui manquait plus qu'un éventail pour ressembler à Scarlett avec les frères Tarleton, mais si elle disait « fiddle dee dee », Jenna allait lui asperger de la crème chantilly partout.

— C'est ma meilleure amie, Bryan. On se dit tout.

Elle lança un regard noir à Cathy pour qu'elle tienne sa grande gueule fermée.

Il grogna. — Ouais, je suppose. Je veux dire, Gage est mon meilleur ami, mais je ne lui ai rien dit.

Jenna s'approcha de la table et prit le verre de Cathy. — Mais est-ce que Gage était chez toi ce matin à une heure ridiculement matinale pour avoir tous les détails ?

— Hé, je me sens offensée.

Jenna lui fourra le verre dans les mains. — Merci d'être passée, Cath. À demain.

Cathy but une grande gorgée. — D'accord.

Elle reposa le verre. — Je vais aller chercher les garçons pour que vous puissiez parler tous les deux.

— Si ça ne te dérange pas, tu peux laisser Trev ici ? demanda Bryan. Je n'ai pas eu l'occasion de le voir hier et, eh bien, je lui ai promis que je lancerais quelques passes avec lui.

Ah, c'était donc ça le sac à dos. Il portait ses balles-

Jenna essaya de ne pas glousser. Vraiment.

— Jen ? Ça te va ?

Jenna se mordit la lèvre. D'accord. Trev. Ici.

Hé, il n'avait pas le droit d'appeler Trev Trev. C'était *son* surnom pour lui. — Euh, ouais, bien sûr. Ça me va. Je veux dire, je sais que Trev*or* — elle insista sur la dernière syllabe — aimerait ça.

— D'accord. Très bien. Comme vous voulez.

Cathy sortit de la pièce en se dandinant.

— C'était comme ça pour toi ? Bryan la surprit en posant une main sur son coude.

— Quoi ?

Il fit un signe de tête vers la porte par laquelle Cathy venait de sortir. — Ça. Marcher. On dirait que c'est douloureux.

Cathy était aussi bonne actrice que Jenna était stripteaseuse. Qu'est-ce que ça disait d'elles ?

Jenna préférait ne pas savoir. — Cathy est, euh, plus petite que moi. La grossesse est plus difficile pour elle.

Techniquement, elle ne lui avait pas menti, bien qu'elle ne comprenne pas pourquoi elle ressentait le besoin de faire cette distinction alors qu'elle lui racontait le plus gros mensonge de tous.

— Bwwwwyyyyaaannn !

Trevor dévala les escaliers et s'accrocha au chambranle de la porte pour freiner sa course. — Tu es là !

Il se jeta sur les jambes de Bryan, les enlaçant comme si *elles* étaient sa vie.

Comme si *Bryan* était sa vie.

Jenna tira une chaise et s'assit. Ça allait devenir de plus en plus compliqué.

— Salut, Trev.

Bryan détacha les petits bras de ses jambes, mais ne le lâcha pas, s'accroupissant plutôt pour être à sa hauteur. — J'ai apporté mon ballon de foot. Tu veux faire quelques passes ?

— Et comment !

Puis Trevor fit la seule chose capable de déchirer le cœur de Jenna en mille morceaux.

Il enlaça Bryan, un gros câlin serré autour du cou, et Jenna dut détourner le regard avant de pleurer.

Mais pas avant d'avoir vu les yeux de Bryan s'embuer.

— Hé. Il s'éclaircit la gorge. Hé, Trev, merci.

Jenna jeta un coup d'œil. Les grandes mains de Bryan étaient collées au petit dos de Trevor comme s'il ne voulait jamais le lâcher.

Il ne le ferait pas. Elle comprenait ça. Bryan faisait désormais partie de la vie de Trevor.

Ce qui signifiait qu'il ferait aussi partie de la sienne tout aussi longtemps.

* * *

Bryan et Trevor avaient fait quelques passes dans le jardin pendant que Jenna essayait désespérément de se ressaisir. C'était une bonne chose. Trevor avait besoin d'une figure paternelle et Bryan voulait en être une. Cathy avait raison ; il y avait plein de « papas » qui ne voulaient rien avoir à faire avec les enfants qu'ils avaient conçus. Elle devrait être ravie que Bryan veuille s'impliquer.

Et elle l'était. Vraiment.

Elle était juste terriblement inquiète de faire un faux pas. De lui donner un indice sur Mindy.

Et évidemment, elle ne pouvait pas cacher l'existence de Mindy. Sa demi-sœur avait grandi dans cette ville, et quand Bryan finirait par rencontrer sa mère, Mindy et sa mère « traînée », comme Ellen North l'appelait, seraient certainement mentionnées — elles étaient toujours un sujet de conversation.

Sa mère. Oh, mon Dieu. Sa mère allait rencontrer Bryan et s'il y avait bien une chose sur laquelle cette femme n'était pas discrète, c'était le passé « honteux » de Jenna. Surtout depuis qu'elle pensait que Jenna avait recommencé la même chose.

— Hé, Maman ! s'écria une petite tornade de trente-cinq kilos en déboulant par la porte. Bwyan veut nous emmener à une fête foraine ! On peut y aller ? S'il te plaît ? S'il te plaît ?

Bryan haussa les épaules en suivant Trevor dans la cuisine.

— C'est au profit du service pédiatrique de l'hôpital général et BeefCake, Inc. tient un stand. J'ai dit que je passerais donner un coup de main. Alors si vous n'avez rien de prévu et que ça vous intéresse, je me suis dit que ça pourrait être sympa.

Il l'avait payée pour qu'elle n'ait rien à faire.

En fait, non. Et même s'il l'avait fait, il aurait été trop tôt pour annuler ses cours. Heureusement qu'elle n'en avait aucun de prévu aujourd'hui.

Une partie d'elle voulait dire non à Bryan. Non seulement il n'aurait pas dû en parler à Trevor sans la consulter d'abord — la faisant passer pour la méchante si elle devait refuser —, mais il ne devrait pas non plus passer autant de temps avec leur fils, s'immisçant dans sa vie comme s'il avait toujours été là.

L'autre partie d'elle-même, cependant, ne pouvait pas lui dire non. Ce ne serait pas juste pour Trevor. Les circonstances de sa naissance n'étaient pas de sa faute — elles n'étaient même pas de celle de Jenna. Elles étaient celle de

Bryan, mais ce n'était pas comme s'il avait été au courant. Il ne l'avait certainement pas prévu, vu la collection de préservatifs dans cet appartement.

— Bien sûr, Trev. On peut aller à la fête foraine.

Elle avait de toute façon prévu de l'y emmener.

Bryan lui serra le bras et articula silencieusement « merci » par-dessus la tête de Trevor.

L'un de ces gestes — ou les deux — provoqua des étincelles qui la traversèrent.

Oh, bon sang, oublie-le. Oublie tout ça. Il pouvait être aussi séduisant qu'il le voulait, ça ne changeait rien au fait qu'elle devait garder ses distances. Il l'avait déjà demandée en mariage, que voulait-elle de plus ?

Le conte de fées.

Cette pensée la hanta pour le reste de la journée.

Surtout quand elle vit le stand où Bryan était censé travailler.

Chapitre Vingt-deux

Bien *sûr* que le stand de BeefCake serait un stand de baisers. Elle s'était demandé comment un club de strip-tease pouvait sponsoriser un stand lors d'un événement familial, mais des beaux gosses en costume vendant des chastes baisers sur la joue étaient la couverture parfaite.

C'était aussi le moyen parfait de gagner de l'argent. Les femmes faisaient la queue sur deux rangs pour avoir la chance de s'approcher du bellâtre du jour.

Dont Bryan allait maintenant faire partie.

Il enfila une veste qu'un des gars lui tendit, ajusta un nœud papillon autour de son cou, et fixa le pantalon à scratch par-dessus son short, l'air terriblement séduisant. Comme d'habitude.

— Eh, Trev. Pourquoi toi et ta maman n'iriez-vous pas voir les poneys pendant que je travaille un peu ? Je vous rejoindrai quand j'aurai fini.

— Tu *travailles* ici ? Cool !

Non, en fait, c'était chaud.

— Je *peux* monter un poney, Maman ?

Encore une chose dont elle et Bryan allaient devoir parler. Il devait obtenir son accord avant de faire des propositions à Trevor.

Elle embrassa le haut des boucles de Trevor et regarda son père. — Bien sûr que tu peux, mon chéri.

— Tout va bien ? demanda Bryan, en faisant glisser ses doigts le long de son bras.

Bryan était tactile ; elle le comprenait. Elle comprenait aussi que sa peau aimait quand il la touchait.

C'était une autre chose dont ils devraient discuter.

— Combien de temps seras-tu occupé ? demanda-t-elle, ne voulant pas entamer la discussion sur les droits parentaux devant la moitié de la ville. La moitié *féminine*. — Il va vouloir commencer à faire des manèges et jouer à des jeux et tout ce genre de choses amusantes dès que le tour de poney sera terminé.

— Une heure maximum. Il sortit son téléphone portable. — Quel est ton numéro ? Je t'appellerai quand j'aurai fini et je vous rejoindrai.

Son numéro. Maintenant, il aurait accès à elle - à Trevor - vingt-quatre heures sur vingt-quatre et sept jours sur sept.

Jenna prit une profonde inspiration et le lui donna. Ce n'était pas comme si elle pouvait le lui refuser maintenant. — J'attendrai ton appel.

Elle se retourna pour partir, mais Bryan lui saisit à nouveau le bras. — Tu n'oublies pas quelque chose ? Ses yeux violets la transperçaient.

Elle aurait *aimé* oublier quelque chose... — Je ne crois pas.

— Tu ne vas pas, tu sais, soutenir l'œuvre caritative ? Il fit un signe de tête vers sa gauche. Vers le stand.

Puis il l'attira près de lui. — Je te laisserai même passer devant tout le monde.

Il sentait bon. Vraiment bon. Il était encore meilleur au toucher, surtout ce torse dur et sculpté contre lequel son épaule était blottie - contre lequel *elle* s'était blottie.

— Allez, Jenna. C'est pour une bonne cause. Je ferai même le don pour toi.

Elle n'aurait pas dû lever les yeux vers lui. Pas quand ils étaient si proches. Pas quand elle avait rêvé de faire l'amour avec lui toute la nuit. Pas quand son corps se souvenait de chaque partie de ce rêve et réclamait une reconstitution dans la vraie vie.

Mais elle le fit.

Et il l'embrassa.

Encore.

Oh, c'était différent cette fois. Tout public. Enfin, peut-être pour *adoles-*

cents. Mais c'était toujours brûlant et elle répondait toujours et elle le voulait toujours. Voulait ça.

— Beurk, beurk !

C'était bien Trevor pour remettre la situation en perspective.

Ils se séparèrent en riant, bien que le regard de Bryan scrutât le sien. Elle se déroba. Elle ne pouvait pas le regarder. Ne voulait pas le regarder. Ne voulait pas qu'il la regarde parce qu'elle avait vu le désir là. Assez difficile à manquer puisqu'elle avait été si proche et personnelle avec lui dans cet appartement - dans ce lit - et pouvait se rappeler chaque nuance de ces quelques minutes dans ses bras.

— Allez, Maman ! Je veux monter le poney !

Elle voulait monter autre chose.

— D'accord, Trev. Allons-y.

Elle s'arracha à Bryan autant pour son propre bien que pour celui de Trev.

Ce fut l'une des plus longues demi-heures de sa vie.

Heure.

Heure et quart.

Jenna vérifiait constamment son téléphone. À la fois pour l'heure et pour s'assurer qu'elle n'avait pas manqué son appel.

Combien de femmes embrassait-il de toute façon ?

Elle essaya de ne pas y penser. Essaya de ne pas se demander ce que ces autres femmes ressentaient quand Bryan posait ses lèvres sur leur joue. Quand elles s'approchaient assez pour sentir sa chaleur. Se demanderaient-elles ce que c'était que de faire l'amour avec lui ? Fantasmeraient-elles sur lui ce soir dans *leurs* rêves ?

L'une d'entre elles s'était-elle demandé qui elle était ?

S'en soucieraient-elles ?

Lui s'en soucierait-il ?

Elle fit un signe à Trevor alors qu'il faisait son cinquième tour sur le poney. Il n'y avait que cinq poneys sur ce manège, alors Bryan ferait mieux de se dépêcher car quand ce tour de piste serait terminé, Trevor chercherait quelque chose de nouveau à faire.

— Je t'ai manqué ? murmura à son oreille quelqu'un de grand, brun et magnifique, lui envoyant des frissons le long de la colonne vertébrale.

— Tu as manqué à Trevor. Jenna était très fière d'avoir répondu de manière cohérente et de ne pas avoir babillé dans une flaque de phéromones.

— Et toi ? Je t'ai manqué ?

C'était assez difficile de ne pas le regarder quand il mettait son doigt sous son menton et tournait son visage vers le sien.

Ses lèvres étaient juste là. Assez près pour les embrasser.

— Combien as-tu gagné pour la cause ? Elle devait demander. Devait détourner son esprit de ses lèvres.

Bien sûr, elle les regarda former sa réponse. — Environ mille dollars.

À deux dollars le baiser, il avait -

— Tu as embrassé cinq cents femmes ?

— Jalouse ? Il haussa les sourcils d'un air malicieux.

Oui. — Bien sûr que non. C'est... c'est juste... Je m'inquiète. Pour les microbes. D'accord, c'était nul, mais c'était le mieux qu'elle puisse trouver. — Je veux dire, tu pourrais attraper quelque chose. Et en traînant avec Trevor, tu pourrais le lui transmettre. Il n'a pas besoin de tomber malade.

— Et puis il y a toi aussi. Bryan tournait autour d'elle comme un prédateur observant sa proie, et, oui, elle se sentait un peu chassée.

— Moi ?

— Oui. Toi. Si je suis malade, je ne peux pas vraiment continuer à t'embrasser, n'est-ce pas ?

D'accord, ils allaient devoir avoir cette discussion maintenant. — Bryan, je ne pense pas que ce soit une très bonne idée que tu continues à m'embrasser.

— D'accord, alors tu peux m'embrasser. Je ne suis pas du genre à laisser la galanterie faire obstacle aux baisers d'une femme.

— Ce n'est pas ce que je voulais dire.

— Ah bon ? Alors que voulais-tu dire, parce que tu ne peux certainement pas me dire que tu n'as pas envie de m'embrasser.

— Je ne-

— N'essaie même pas. J'étais là, tu te souviens ? Dans l'appartement et quand nous... — Il fit un signe de tête vers Trevor. — À ce moment-là. Évidemment, on s'est embrassés. On a fait bien plus, même si je ne pense pas qu'on soit prêts pour ça tout de suite.

Peut-être que *lui* ne l'était pas, mais ses hormones à elle faisaient la danse de la joie rien qu'à l'évocation.

— Je ne pense pas que ce soit une bonne idée de s'embrasser devant Trevor. Il pourrait se faire de fausses idées.

— Je serai ravi de t'embrasser loin de Trevor. Quand et où ? Je serai là.

Il avait l'air tellement mignon avec cette expression pleine d'espoir qu'elle ne put s'empêcher de rire. — Ça marche vraiment pour toi, ça ?

Il haussa les épaules. — Je ne sais pas. Pourquoi ne me le dis-tu pas ?

Oui, ça marchait. Et non, elle n'allait pas le lui dire.

— Écoute, Bryan. Il y a évidemment de l'alchimie entre nous. — Une alchimie explosive, mortelle, du genre à illuminer le ciel, mais elle avait trop à perdre pour quelques nuits de passion débridée.

Bien que la passion débridée ait beaucoup pour se recommander.

— Mais nous devons voir les choses dans une perspective à long terme. Trevor n'a même pas quatre ans. Nous avons au moins quatorze ans, sinon plus, à devoir gérer l'un l'autre. Ce n'est pas une bonne idée de commencer quelque chose qui pourrait causer des problèmes plus tard. Nous devons rester amis. Co-parents. Travailler ensemble. Sans complications supplémentaires.

— Tu as beaucoup réfléchi à tout ça, n'est-ce pas ?

— Pas toi ?

Il sourit et une fossette apparut sur sa joue. Exactement comme celle de Trevor.

Mon Dieu, elle était tellement foutue.

Non, tu veux être baisée.

Son subconscient n'aidait *pas* du tout.

— J'y *ai* réfléchi, Jenna. Depuis que j'ai lâché cette demande en mariage.

La femme derrière lui se retourna.

Merde, il avait parlé trop fort. Jenna l'entraîna loin des oreilles indiscrètes. — Bryan, s'il te plaît. Baisse la voix. On n'a pas besoin de plus de ragots qui circulent.

— Quoi, quelqu'un t'a dit quelque chose à propos de cette histoire de prostitution ? Qui était-ce ? Je vais aller leur remettre les idées en place.

Elle n'avait jamais été fan des tactiques d'homme des cavernes, mais elle devait admettre qu'elle aimait qu'il soit indigné pour elle et qu'il veuille résoudre le problème à sa place. Pendant si longtemps, elle avait dû régler ses propres problèmes.

— Non, rien de tel. Mais Trevor n'a pas besoin qu'on parle de ses parents. Ce sera déjà assez difficile quand on saura que tu es son père.

— Qui les gens *pensent*-ils être son père ?

Ouais, ce n'était pas un sujet qu'elle voulait aborder avec lui. — Je n'ai jamais vraiment dit. J'ai juste changé de sujet à chaque fois que ça venait sur le tapis.

— Comme tu as essayé de faire avec moi.

— Euh, ouais.

— Il faut vraiment qu'on trouve une histoire pour m'expliquer, Jenna. Quelque chose que les gens croiront. — Il l'attira plus près. — Et pour aider à lancer la balle, je pense que je *devrais* t'embrasser. Laisser les gens voir qu'on est ensemble. Ça adoucira le choc quand la vérité éclatera.

Rien n'adoucirait *ce* choc, mais il ne parlait pas de *sa* vérité à elle. Quelle ironie qu'ils allaient mentir sur *son* implication dans la parentalité de Trevor alors que c'était le sien, de mensonge, le vrai.

— Alors, tu es avec moi ?

— Avec toi ? — Elle n'avait aucune idée de ce dont il parlait, son esprit tournoyait avec toutes les implications de cette situation.

Et puis son esprit se mit à tournoyer pour une toute autre raison.

Il l'embrassait. Encore.

Heureusement, il garda ça tout public. Ses bras l'entourèrent, ses lèvres trouvèrent les siennes et il glissa sa langue à l'intérieur avec juste la parfaite quantité de glissement pour que personne ne sache où était sa langue, sauf elle.

Et elle savait. Oh là là, qu'elle savait. Ses terminaisons nerveuses s'allumèrent comme s'il avait appuyé sur un interrupteur, son rythme cardiaque passa en mode rumba, et ses hormones dansaient à nouveau de joie.

— Maman ? Pourquoi Bwyan t'embrasse ?

Exactement la question qu'elle voulait poser.

Elle se dégagea de l'étreinte de Bryan, remit ses cheveux derrière ses oreilles, et dut s'empêcher de se lécher les lèvres parce qu'il avait *si* bon goût.

— Je la remerciais, Trev. — Bryan, maudit soit-il, avait l'air tout calme et composé alors qu'elle était un paquet de nerfs surexcités.

— Pour quoi ?

Il souleva Trevor du poney et le mit sur son épaule. — Pour m'avoir permis d'être ton nouvel ami.

— Oh. D'accord. — Trevor tapota le haut de la tête de Bryan. — Je peux monter ici tout le temps ?

— Eh bien, je ne sais pas pour tout le temps, mais tu peux pour l'instant.

— Cool !

Bryan haussa un sourcil vers elle. — Cool ? Où a-t-il appris ça ?

Jenna leva les yeux au ciel et cette légèreté était exactement ce dont elle avait besoin pour reprendre le contrôle de ses hormones. — Le tout-puissant Michael.

— Ah.

— Ouais, ah.

— Je peux jouer à un jeu ? Je veux gagner un nounours. M. Singe veut un nouveau copain, aussi.

— Où vois-tu un nounours ? demanda Bryan.

— Là-bas. — Trevor pointa du doigt une rangée de jeux forains. — Il est bweu. M. Singe adowe le bweu.

— C'est parce qu'il est tombé dans un verre de punch, chuchota Jenna à Bryan. Elle avait dû réfléchir vite pour empêcher Trevor de pleurer sur son ami "ruiné". Mais quand il avait appris que M. Singe "adorait le punch", c'était devenu sa boisson préférée à lui aussi. Elle espérait que M. Singe ferait bientôt la transition vers le jus d'orange. Ça ne laissait pas tout à fait la même moustache que le punch, donc elle n'aurait pas à se battre autant pour la nettoyer.

Il fallut à Bryan plus de soixante dollars en tickets - et divers autres prix qu'il avait gagnés entre-temps - pour finalement gagner l'ours en peluche de la taille de Trevor, mais ça valait chaque centime pour voir le sourire sur le visage de leur fils et l'adoration dans ses yeux. Bryan semblait ne rien pouvoir faire de mal.

Puis Bryan se pencha pour ramasser un sabre laser qu'il avait fait tomber et - ouais, pratiquement tout chez Bryan était sacrément parfait.

Jenna exhala et regarda autour d'elle. N'importe où sauf ce magnifique fessier qui tendait un short en nylon.

Autre chose était un peu tendu...

— Je peux aller sur le manège maintenant ? Je veux monter un tigwe. — Trevor balança ses jambes et rebondit sur l'épaule de Bryan.

Bryan grimaça et attrapa les pieds de Trev. — Ouais, mais tu ne veux pas le frapper comme tu viens de me le faire. Ça fait mal.

— Oh. Je suis désolé.

— Je sais que tu l'es. Alors, quel animal devrais-je monter ?

— L'éléfant. Il est gros comme toi.

Jenna rougit rien qu'en pensant à quel point Bryan était « gros ». La mère et le fils n'étaient vraiment pas sur la même longueur d'onde.

Bryan, cependant, était sur la sienne et son sourire narquois le confirmait.

— Un éléphant, hein ? C'est à cause de ma longue trompe ?

Il ne regardait vraiment pas Trevor en disant cela.

Et elle n'allait *vraiment* pas le regarder.

— Qu'est-ce que *tu* veux monter, Jenna ? Bryan recommença avec ses attouchements, ses doigts glissant le long de son bras dans ce qui aurait pu être considéré comme un geste innocent, mais ne l'était pas.

Elle n'allait *pas* dignifier cela d'une réponse. Principalement parce qu'elle doutait de pouvoir lui répondre de manière digne.

— Maman peut monter le caniche. Elle aime les caniches, pas vrai, Maman ?

— Euh, oui. C'est vrai. Les caniches sont sympas. Elle tendit la main pour ébouriffer les cheveux de Trevor. Ils étaient bouclés comme ceux d'un caniche.

Comme ceux de son père, dans lesquels elle avait passé ses doigts.

Dieu merci, le carrousel était juste devant. Quelques tours sur un caniche stationnaire seraient exactement ce qu'il fallait pour maîtriser sa libido et son imagination.

Le bavardage de Trevor alors qu'ils marchaient sous les mini triangles rouges, blancs et bleus qui s'étendaient sur des cordes attachées entre les manèges et les stands dans un mélange festif en forme de pergola, y contribuait aussi. De la mer de familles aux stands de jeux, en passant par les stations de maquillage, les diseurs de bonne aventure, les lecteurs de tarot, les échassiers, les jongleurs et les clowns, Trevor devait commenter chacun d'entre eux. Il devait aussi goûter à tous les produits alimentaires entre là et le carrousel, et Jenna ne pouvait qu'imaginer un mal de ventre tardif dans la nuit.

Mais elle n'avait pas pu dire non plus que Bryan ne l'avait pu.

Trevor maintenait un dialogue constant sur les animaux du carrousel, ce qu'ils mangeaient, où ils vivaient, la surprenant par tout ce qu'il avait retenu des vidéos sur les animaux qu'elle lui avait achetées à Noël, alors qu'il ne les avait pas regardées depuis des mois maintenant que les camions de pompiers, le football et les T-rex étaient ses favoris.

— J'aime les caniches, mais les boxers sont mieux. Il tendit à Bryan la glace à l'eau à moitié mangée pour pouvoir courir vers la clôture entourant le manège, Bryan étant aujourd'hui le dépositaire de tout ce qui concernait Trevor, et Jenna essaya de ne pas s'en formaliser. Trevor avait voulu un père et maintenant il en avait un.

Qui lui avait demandé de l'épouser.

— Un penny pour tes pensées. Bryan lui donna un coup d'épaule avec l'énorme ours en peluche.

Elle n'avait aucune idée d'où elle allait mettre ce truc dans sa maison. La chambre de Trevor n'était pas assez grande pour la collection qu'il avait déjà, sans parler d'un autre.

— Je me demande où on va mettre l'ours.

— Je pourrais le garder chez moi si tu veux.

— Dans cet appartement ? Avec tous ces préservatifs ?

Un sourire narquois glissa sur son visage. — Tu les as vus, hein ?

Elle leva les yeux au ciel. — Arrête. Tu ne vas pas mettre le jouet de mon fils dans ce... ce... cet antre d'iniquité.

Bryan la regarda pendant environ une seconde avant de commencer à rire. Et il rit encore plus. Il rit si fort qu'il dut se pencher pour reprendre son souffle et l'ours en peluche avait maintenant une grande tache bleue humide sur le nez après avoir heurté le sol juste là où un enfant avait renversé son cornet de glace pilée.

Tout comme M. Singe. Ces deux-là s'entendraient à merveille.

— Qu'est-ce qui est si drôle ? demanda Trevor en toute innocence en revenant de la clôture en courant.

— Rien. Elle tourna sa tête vers le carrousel. Peut-être que s'ils ignoraient Bryan, il s'en irait. Comment cet homme pouvait-il la faire se sentir excitée et agacée en même temps ?

— Alors pourquoi Bwyan rit ? Il ressemblait même à son père quand son front était tout plissé.

— Ta maman a dit quelque chose de drôle, dit Bryan, reprenant le contrôle de son rire.

— Oh. C'était à propos d'un laitier et d'une showgirl ?

— Quoi ? Ils l'avaient dit en même temps.

— Où as-tu entendu parler d'une showgirl ? Elle regarda Bryan avec panique. Quelqu'un était-il au courant de la nuit dernière ? Quelqu'un l'avait-il reconnue ? Allait-elle perdre son travail ?

Elle ne pouvait pas perdre son travail. Elle ne pouvait pas. D'accord, elle avait un peu d'argent de côté, mais pas assez pour faire face au chômage.

Elle n'aurait jamais dû danser la nuit dernière. Elle aurait dû lui dire non. Lui dire qu'elle ne pouvait pas. Expliquer *pourquoi* elle ne pouvait pas.

Ouais, comme si c'était la solution. Au lieu d'être ici à une fête foraine avec de la barbe à papa collée à son débardeur et beaucoup trop de tickets de manège dans ses poches, elle pourrait être devant un juge, expliquant pourquoi elle avait caché la vérité à Bryan, et plaidant pour des droits de visite.

Elle était vraiment dans le pétrin. Et pas dans le bon sens.

— Trevor. Bryan s'accroupit au niveau de Trevor et Jenna s'en fichait si le visage entier de l'ours en peluche était couvert d'eau sucrée bleue. — Où as-tu entendu cette blague ?

— C'est Michael qui me l'a racontée.

Bien sûr que c'était lui. Michael était maintenant le pourvoyeur de grossiè-retés préscolaires en plus d'être un tyran, une brute et un problème disci-plinaire.

— Qu'est-ce que Michael t'a dit exactement ?

— Vous êtes fâchés ?

Le cœur de Jenna se serra en voyant ce petit regard effrayé sur le visage de Trevor. — Non, chéri, on n'est pas fâchés. On est juste curieux. On n'a jamais entendu cette blague alors on voulait savoir comment tu l'as apprise.

— Eh bien, ce n'est pas vraiment drôle.

— Ce n'est pas vraiment drôle ? Elle traduisit pour Bryan qui l'avait regardée avec confusion. Ayant été là chaque jour depuis que Trevor avait dit son premier mot à l'âge de deux ans, elle le comprenait.

Trev secoua la tête, ses boucles noires rebondissant. — Non. Ça m'a juste donné soif parce que l'homme voulait boire le lait.

Jenna ferma les yeux. Elle devait avoir une conversation sérieuse avec ses enseignants. Et avec les parents de Michael.

— Tu t'occupes de l'école et je m'occupe du père ? Bryan l'aida à se relever.

— Marché conclu. Elle tendit la main pour serrer la sienne. C'était agréable qu'ils soient sur la même longueur d'onde à ce sujet. C'était agréable d'avoir quelqu'un avec qui partager cela.

C'était agréable d'avoir *Bryan* avec qui partager cela.

Chapitre-Vingt-trois

Le tour de manège déclencha un torrent de commentaires de la part de Trevor, en particulier à propos du Saint-Bernard en bois sur lequel il était monté et du concours canin dans l'allée d'à côté.

Ils s'y dirigèrent une fois que le carrousel eut perdu de son attrait — après trois tours — et virent des chiens sauter à travers des cerceaux, marcher sur leurs pattes arrière, sur leurs pattes *avant*, certains sautillant, et d'autres sautant à la corde. L'un d'eux pouvait même faire des saltos arrière.

— Le monsieur a dit qu'il dwessait les chiots quand ils étaient bébés, dit Trevor en s'accrochant à la clôture en plastique que le dresseur avait installée autour des chiens qui faisaient leur numéro. Il a dit qu'il faut le faire twès twès tôt sinon ils n'y arriveront pas.

Il pointa du doigt l'un des chiens, un vieux croisé de berger dont la tâche principale semblait être de mordiller les petits qui s'approchaient trop près de la clôture. Un chien de garde pour les chiens.

— Celui-là a tweize ans. Le monsieur l'a dit. Est-ce que je vais avoir tweize ans un jour ? Est-ce que je peux avoir un chiot pour mon annivewsaire ? Je veux lui appwendre à faire comme eux. Je peux le nouwwir et l'aimer et il peut dormir dans mon lit. Hein maman ?

Ces yeux violets se tournèrent vers elle avec assez de ferveur pour faire fondre son cœur. Tout comme son père —

Jenna secoua la tête. Non, elle ne pensait à rien qui fondait quand il s'agissait de Bryan.

— Oh, s'il te plaît maman ! Je m'en occuperai, c'est pwomis !

— Trev, ce n'est pas vraiment l'end—

— Ta maman et moi allons en parler, d'accord, Trev ? Pourquoi n'irais-tu pas regarder ce chiot marcher sur le ballon ?

— Oh, trop cool !

Bryan, une fois de plus, à la rescousse. Ça devenait vraiment agaçant.

Elle voulait lui dire qu'elle était parfaitement capable de répondre elle-même à son enfant, mais la dernière chose dont ils avaient besoin — dont *elle* avait besoin — était qu'ils soient des factions en guerre devant Trevor. Elle connaissait beaucoup de gens qui avaient dressé leurs conjoints l'un contre l'autre pendant un divorce, sa propre mère incluse. Cela n'avait fait que renforcer la détermination de Jenna à ne pas faire cela avec Trevor.

— Tu t'adaptes assez rapidement à ce truc de parent. C'était la façon parfaite de le faire arrêter d'en parler.

Elle devait reconnaître les mérites de Bryan là où ils étaient dus.

— Merci. C'est gentil à toi de dire ça.

C'était un moment de tendresse dont elle n'avait pas besoin non plus entre eux. Elle ne *pouvait pas* baisser sa garde avec Bryan ; ce serait trop facile à faire, et qui sait ce qu'elle lui dirait alors ?

— Mais il n'aura quand même pas de chiot.

— Pourquoi pas ? Il en veut un.

— Mais *moi* je n'en veux pas.

— Allez, qu'as-tu contre les chiots ? Tu n'aimes pas les petits animaux à fourrure mignons ?

Il lui frotta la joue avec le grand museau couvert de barbe à papa de l'ours en peluche.

Elle essuya le résidu gluant sur sa joue.

— J'adore les petits animaux à fourrure mignons. Ceux des autres. L'école va bientôt commencer. Les chiots prennent du temps et demandent du travail. Ils ont besoin d'être dressés et promenés, ils hurlent la nuit, et puis il y a la patrouille caca dans le jardin et —

— Tu as dit caca.

Elle leva les yeux vers lui.

— Quoi ?

Il lui fit ce sourire qui transformait ses entrailles en bouillie de barbe à papa.

— Tu as dit caca.

— Ben oui. Comment suis-je censée appeler ça ? C'est ce que font les chiots. Ils font caca. Partout. Et je viens juste de mettre une nouvelle moquette dans la salle familiale.

— Je ne suis jamais sorti avec quelqu'un qui disait caca avant.

— Vraiment ? Elles *éliminaient* peut-être ? Ou elles ne le faisaient pas du tout ?

Il rit.

— Je ne sais pas ce qu'elles faisaient. Ça n'est jamais venu dans la conversation.

Il pouvait avoir des relations sexuelles avec elles, échanger des fluides corporels avec elles, mais personne n'avait jamais évoqué *cette* fonction corporelle particulière ? Était-il sorti avec des ex-femmes Stepford ou quoi ?

OK, elle ne voulait pas penser à avec qui il était sorti. Elle ne voulait penser à rien de tout ça. Y compris le caca.

— Pas de chiot.

— Rabat-joie.

— Ouais, eh bien si tu veux venir nettoyer le jardin — et les chaussures de Trevor quand il marche dedans, sans parler des sorties pipi de minuit, et des tonnes de poils à nettoyer. Les chiots ont l'air géniaux en théorie, mais la seule fois où on devrait offrir un chiot à un enfant, c'est pour lui apprendre la responsabilité. Comme ça le parent n'a pas à tout faire, et Trevor n'est pas prêt pour cette responsabilité.

— Bon sang, qui est mort et t'a nommée Scrooge ?

Mindy, voilà qui.

Cette pensée frappa Jenna en plein ventre. Ça devrait être la conversation de *Mindy* avec Bryan, pas la sienne, bien que Mindy aurait probablement dit oui à un chiot parce qu'elle n'avait jamais été autorisée à en avoir un.

— Jenna ? Ça va ?

Bryan écarta quelques boucles de son visage, son expression inquiète et sérieuse.

Ça ne pouvait pas continuer. Elle ne pouvait pas le laisser se demander à quoi elle pensait — à *qui* elle pensait.

— Oui, ça va. Mais pouvons-nous abandonner l'idée d'un chiot devant Trevor, s'il te plaît ? Je ne veux pas avoir à jouer le rôle du méchant flic.

— Ah, ma chérie, il nous reste des années avant d'atteindre le stade du bon flic/mauvais flic.

— Vraiment ? Il me semble que je l'ai atteint très tôt.

— Toi ? Je n'arrive pas à croire que tu aies jamais été à ce stade. Je pensais que tu étais la gentille enfant. La fille parfaite.

Jusqu'à ce qu'elle ait dix-sept ans et qu'elle ramène un petit *cadeau* de ces vacances à la plage où sa mère l'avait finalement laissée aller avec la famille de Dave.

Sa mère n'avait plus jamais parlé à la mère de Dave depuis. Et elles vivaient juste derrière l'une l'autre.

— Juste... pas de chiot, d'accord ? C'est trop de travail en ce moment. Peut-être quand il sera plus grand. Alors tu pourras être le héros.

Il lui lança un regard étrange et ouvrit la bouche pour dire quelque chose quand Trevor partit en courant.

Loin d'eux.

— Oh, wegawde ! Des poissons !

Jenna passa en mode panique totale. Elle détestait quand il s'excitait tellement qu'il partait en courant comme ça.

Elle et Bryan partirent à sa poursuite. C'était incroyable à quelle vitesse de petites jambes de trois ans et demi pouvaient aller.

— Eh, Trev, lança Bryan qui le rattrapa en premier, l'attrapant sous les bras de sa main libre. Mon grand, tu ne *peux pas* partir en courant comme ça. Tu as fait peur à ta maman et à moi.

Trev leva les yeux vers elle, les siens grands ouverts et embués de larmes. — Je suis désolé, Maman.

Elle prit son visage dans ses mains et embrassa son nez, respirant cette douce odeur qui s'était gravée dans sa mémoire depuis le premier instant où elle l'avait tenu dans ses bras à l'hôpital après que Mindy l'avait mis au monde. Elle ne *pouvait pas* le perdre.

— Je sais, mon bébé. Mais tu te souviens de ce que je t'ai dit dans le supermarché ? Tu ne peux pas courir comme ça. Je ne veux pas que quelqu'un t'emmène.

Bryan grimaça quand elle dit cela et reposa Trev. — Tu ne veux peut-être pas lui dire ça comme ça ? Le rendre un peu moins effrayant ? chuchota-t-il.

Elle chuchota en retour. — Je *veux* qu'il ait peur. Je *veux* qu'il soit terrifié à l'idée que quelqu'un puisse l'emmener pour qu'il arrête de faire ça. Et s'il avait couru dans la rue ? Je préfère qu'il soit effrayé et vivant plutôt que sans peur et mort. Elle tremblait tellement elle était... en colère ? Effrayée ? Les deux ?

— Je peux aller voir les poissons maintenant ? Trevor leva ses grands yeux pleins d'espoir vers eux.

Jenna était cuite. — Oui, Trev, tu peux. Et Bryan et moi serons juste là. À deux pas derrière lui. Sans personne devant eux. Dans une ligne de vue parfaite et ininterrompue.

— Je n'aurais pas dû lui donner la barbe à papa, hein ? dit Bryan quand leur respiration fut redevenue normale.

Jenna n'était pas sûre que son rythme cardiaque redeviendrait un jour normal. — Ni le hot-dog, ni le sundae au chocolat chaud, ni le cornet de glace pilée. Mais c'est une fête foraine. Au moins, il dormira bien ce soir.

Elle, en revanche, probablement pas. Tout comme la nuit dernière, mais pour des raisons complètement différentes.

— Maman ! Papa ! Trev se retourna et leur fit signe. Venez ici !

Papa. Il avait appelé Bryan *Papa*. Cette situation devenait de plus en plus compliquée à chaque minute que Bryan passait avec eux.

Bryan ne la regarda pas, mais elle, elle le regarda certainement. Il déglutit. Lentement.

— Ah. Il s'éclaircit la gorge et s'approcha de Trev, puis tapota le bord du chapeau que Bryan avait gagné pour lui. Qu'est-ce qu'il y a ?

— Si je ne peux pas avoir un chiot, je veux un poisson rouge. Trevor pointa du doigt les centaines de petits bocaux à poissons rouges sur la plate-forme derrière le comptoir. Tu peux lancer la balle dans l'un d'eux puisque tu es le meilleur lanceur de tous les temps ? L'adoration brillait dans ses yeux.

Des larmes brillaient dans ceux de Bryan.

Ce qui les fit jaillir dans les siens. Jenna dut détourner le regard.

— Euh, ouais, Trev. Bien sûr. La voix de Bryan était un peu rauque – non, *très* rauque. Il s'éclaircit à nouveau la gorge. Où est la balle ?

— Ici. Trevor tendit une balle de ping-pong qu'il avait prise sur le comptoir, puis sourit à Jenna de son grand sourire rayonnant. Regarde, Maman. Papa va me gagner un poisson.

Bryan lui tendit l'ours en peluche, le sabre laser, le canard en caoutchouc et la boîte de pop-corn à moitié mangée avec le cône en papier de la barbe à papa qui en dépassait, ses yeux humides en disaient long.

Elle hocha la tête vers lui, sa gorge trop serrée pour parler aussi.

Mais ensuite, il se composa un visage de joueur, prit la balle et lança.

La balle rebondit sur une succession de bords comme dans un flipper, puis vola dans la gouttière.

— Oh non ! Trevor frappa le comptoir. Je veux un poisson !

Jenna jonglait avec les prix dans ses bras pour libérer une main et ébouriffer ses boucles. — Trev, ces jeux ne sont pas vraiment conçus pour gagner. Ils sont plutôt conçus pour prendre l'argent des gens...

— Jenna ? Si ça ne te dérange pas ? Bryan l'interrompit en faisant signe à l'employé du stand de venir.

— Salut, Mme C. C'était Rocco, son élève redoublant en anglais 101 qu'elle ne serait pas surprise d'avoir comme client l'été prochain. Sinon plus tôt. Rocco donna un léger coup de menton à Trevor. Salut, mon grand.

Normalement, cela aurait fait briller Trev comme un sapin de Noël, mais pas maintenant que ses rêves de possession de poisson partaient en fumée – là où le poisson finirait de toute façon.

Bryan sortit un billet de dix de son portefeuille. — Je vais prendre autant de balles que ça peut acheter.

Rocco le prit, leva les sourcils et haussa les épaules. — C'est ton argent, mec. Il posa ensuite un seau de machine à sous en plastique rempli de balles de ping-pong sur le comptoir. Bonne chance.

— Allez, Papa, je sais que tu peux le faire. Tu vas me gagner un poisson.

Elle vit la pomme d'Adam de Bryan frémir à nouveau. Toute cette pression. Meilleur lanceur, *Papa*... Trevor avait beaucoup d'attentes envers Bryan, et Bryan les ressentait toutes.

Les cinq premières suivirent le chemin de la précédente dans la gouttière. La suivante, cependant, oscilla un peu plus près de réellement atterrir dans un bocal, et s'il y avait eu deux rangées de plus, il l'aurait probablement mise dans l'un d'eux.

La suivante ne fit pas aussi bien, se coinçant *entre* les bocaux.

— Oh non ! Je veux un poisson !

Maintenant Bryan repoussa des manches imaginaires, prit la posture d'un lanceur de baseball, et lança la balle.

Elle fit un rebond sur un bord et s'envola vers le soleil couchant.

Trevor frappa à nouveau le comptoir. — Allez, Papa, tu peux le faire !

Bryan ressentait la pression. Trois balles de plus disparurent dans la gouttière.

Il ne devait pas en rester beaucoup.

— Et si on laissait ta maman essayer, Trev ? Bryan tendit une balle. C'était une rose.

— Le grand dur ne peut pas lancer une balle rose ? le taquina-t-elle, calant l'ours en peluche sous son bras, prête pour le défi.

— Le grand dur *peut* lancer une balle rose. Mais si elle n'atterrit pas où elle est censée, il ne s'en remettra jamais.

Elle prit le ballon. — Je ne comprendrai jamais les hommes.

— Allez, on n'est pas compliqués. Le football, les voitures, la bouffe et les fe... euh, les femmes. On n'a pas besoin de grand-chose d'autre.

Le problème, c'est qu'il avait tort. Il y avait beaucoup plus chez Bryan Lassiter et il venait de le prouver en lui donnant la chance d'être l'héroïne aux yeux de leur fils.

Elle lança le ballon.

— Oh, maman !

Chapitre Vingt-quatre

La balle de Jenna atterrit dans le bol du milieu avec un splash et Trevor devint fou, criant et sautant de haut en bas, frappant le comptoir de ses poings.
— J'ai un poisson ! J'ai un poisson !

Rocco riait en récupérant la balle rose du bol, puis versa leur nouvel animal de compagnie dans un sac en plastique pour le trajet de retour. — Tu veux la balle, Trevor ? Ton poisson pourrait aimer l'avoir comme souvenir.

— C'est quoi un souveniv ?

— C'est quelque chose qui t'aide à te rappeler d'un événement spécial.

— Oh, comme mon nouveau nounours ? Je vais l'appeler Bwyan.

Bryan commença à tousser et dut se retourner. Il toussait tellement que ses épaules se mirent à trembler. Il toussait tellement qu'il avait des larmes au coin des yeux.

— Alors, comment vas-tu appeler le poisson, Trev ? demanda Jenna, prenant pitié de Bryan et recentrant l'attention de Trevor sur le poisson. Elle s'occuperait de l'ours en peluche plus tard.

Elle s'occuperait aussi de Bryan plus tard.

— Mon poisson s'appelle Wocco.

Jenna rit et cala l'ours en peluche incriminé sous son bras. — Je suis sûre que Rocco sera honoré.

Bryan toussa une dernière fois puis reprit les prix. — Tu devrais nommer le poisson d'après ta mère puisque c'est elle qui l'a gagné pour toi.

— C'est bête. On ne peut pas appeler un poisson Maman. Trevor laissa tomber son bras et traîna le sac derrière lui.

— Hé, champion, laisse-moi porter ça pour toi. Bryan tendit sa main libre avant qu'ils ne se retrouvent avec un poisson déshydraté dans le sac. — Je pense qu'on doit lui trouver un bocal et de la nourriture assez rapidement. On devrait peut-être penser à rentrer.

— Oh, mais je veux un cupcake. Tu as dit qu'on pouvait en avoir un et Wocco aimera un cupcake.

Bryan jonglait habilement avec les prix et le sac contenant le pauvre poisson qui aurait de la chance de survivre les vingt prochaines minutes, sans parler de l'heure ou plus qu'il leur faudrait pour acheter son bocal, sa nourriture et satisfaire l'envie de cupcake.

— Tu lui as promis, Bryan, dit-elle en riant. Je t'ai entendu.

— Eh bien, c'est une bonne chose que je connaisse justement l'endroit parfait, n'est-ce pas ?

— Ils ont des fwaises ?

— Je pense. Ils en ont de toutes sortes différentes.

— Et des snozzbewwies ? Ils en ont ?

Bryan la regarda avec un air ahuri. — Tu veux bien m'aider là, Jenna ?

— Sérieusement ? Tu ne connais pas les snozzberries ?

— Jamais entendu parler.

— Vraiment ? Charlie et la Chocolaterie ? Un des films *classiques* ?

— Non...

— Trev ? Tu veux raconter le film à Bryan ? C'était l'un de ses préférés, surtout quand elle récitait les dialogues avec les personnages. Trevor l'avait regardée comme si elle était la personne la plus intelligente du monde et Jenna avait été plus que disposée à le laisser le croire. L'adolescence arriverait bien assez tôt.

Ils avaient fini par regarder le film plusieurs fois d'affilée jusqu'à ce qu'il connaisse une partie des dialogues, et ils le regardaient encore au moins une fois par mois ensemble, leur petit « truc ».

— Wegarde-moi, Bwyan ! Je suis un *Oompa Loompa* !

Trev maîtrisait parfaitement la chanson et la démarche. La démarche n'était pas difficile puisqu'il marchait de la même façon quand il était en couches ; il n'avait qu'à se rappeler ces jours-là.

— Tu devrais le regarder avec nous un jour. Les papas regardent des films avec leurs enfants, hein, Maman ?

La vérité sort de la bouche des enfants...

— S'il le veut, Trev.

— Bien sûr que je le veux. Quel père ne le voudrait pas ?

— Youpi ! Trevor tourna sur lui-même comme un *Oompa Loompa*, ce qui ressemblait beaucoup à Charlie Chaplin avec son pantalon pendant autour de ses genoux. — Alors, ils en ont ? Des cupcakes aux snozzbewwies ?

— Eh bien, Trev, je ne sais pas vraiment. Je suppose qu'on va devoir le découvrir. Tu es prêt à y aller ?

— Je suis toujours prêt pour des cupcakes.

Bryan jeta un coup d'œil sur le siège arrière tandis que Jenna attachait la ceinture de sécurité autour du siège rehausseur de Trevor. L'énorme ours en peluche - Bryan - était attaché à côté de lui. Trevor avait insisté, et Jenna, en mère formidable qu'elle était, avait accepté. Bryan aurait aimé en avoir gagné un autre pour pouvoir l'attacher de *ce* côté de la cabine, les airbags parfaits en cas d'accident.

C'était incroyable comme ses priorités avaient changé en vingt-quatre heures depuis qu'il était officiellement devenu père. Trois ans et demi trop tard, mais ce n'était la faute de personne. Ce qui serait de sa faute serait de laisser passer encore plus de temps.

Malheureusement, il devait retourner au travail sur lequel il était. Les Viston devaient revenir de leurs vacances dans deux semaines et il avait promis que l'extension serait câblée et prête pour les plaquistes d'ici le week-end prochain. Prendre du temps pour être avec Trevor allait rendre le planning serré. De plus, il avait quelques quarts à couvrir pour Gage cette semaine au club, ce qui allait rendre encore plus difficile de dégager du temps pour Trevor.

C'était une bonne chose que Jenna ait refusé sa proposition impromptue. Il n'avait pas le temps de la courtiser, d'apprendre à la connaître, de tomber amoureux d'elle. Le travail devait être sa priorité pour pouvoir subvenir aux besoins de son fils.

Il se gara sur le parking de la pâtisserie de la fiancée de Gage. Au cours de l'année depuis que Gage et Lara étaient ensemble, l'entreprise de Lara et de sa cousine Cara, Cavallo's Cups & Cakes, avait tellement grandi que Gage passait tout *son* temps libre à construire une extension de la cuisine et à agrandir la façade du bâtiment pour inclure une boutique où les gens pouvaient acheter les produits qu'ils fabriquaient sur place. Les affaires avaient décollé après le pique-nique communautaire du 4 juillet de l'année dernière et Gage se plaignait de ne plus avoir de temps libre. Comme il en avait à peine avant cela, cela voulait dire quelque chose, et c'était la raison pour laquelle Bryan avait aidé à couvrir ses quarts quand c'était possible. Avec l'opération de son neveu, Gage avait beaucoup à gérer et Bryan avait pu l'aider.

Mais maintenant, voulant que tout *son* temps libre soit consacré à Trevor - et à la mère de Trevor - les choses allaient devenir serrées sur tous les plans.

Son cœur souffrait pour le temps qu'il avait déjà perdu avec son fils. Pour ce qu'il avait manqué. Pour savoir comment Trevor s'était senti dans ses bras quand il était bébé. Comment il sentait. Comment il pleurait et gazouillait et quand il avait commencé à faire ses nuits. S'il y avait des aliments auxquels il était allergique, ou quelque chose qui lui faisait peur ou ce qu'il aimait manger... Tout. Il voulait tout savoir sur Trevor et il voulait faire partie de chaque moment de sa vie à partir de maintenant.

Devrait-il demander la garde ?

Bryan arrêta brusquement la voiture. *La garde.* Le mot venait de surgir dans son esprit, mais maintenant qu'il était là, il ne pouvait plus s'empêcher d'y penser. C'était son droit, après tout.

Mais était-ce le mieux pour Trevor ?

Il sortit de la cabine et ouvrit la porte arrière pour détacher la ceinture de Trevor. Les choses se passaient bien avec Jenna. Une discussion sur la garde risquerait-elle de perturber cet équilibre ? Était-il sage de prendre ce risque ? Et si elle refusait et engageait un avocat ? Elle était la mère de Trevor et une bonne mère ; aucun juge ne lui retirerait l'enfant et cela pourrait limiter *son* accès à lui.

Bryan aida Trev à descendre. Non, il attendrait. Pour l'instant en tout cas.

— Tu vas prendre quel cupcake, Bwyan ? Trev sautillait encore.

— Je ne sais pas encore. Et si tu choisissais une fois qu'on aura vu quelles sortes ils ont ?

— D'accord. Il se pencha et regarda sous la voiture. — Dépêche-toi, Maman ! Je te fais la course !

Bryan dut faire une rapide fente pour attraper l'enfant avant qu'il ne traverse le parking en courant. Jenna avait raison. Mieux valait lui faire peur que de le voir se faire renverser. Gage et sa famille vivaient déjà ce cauchemar.

— Trevor, si tu t'enfuis en courant, pas de cupcakes.

Cela arrêta net le petit monstre qui gigotait. — Pas de cupcakes ?

— Ta maman a raison. S'enfuir en courant est dangereux. Tu es dans un parking. Les gens ne peuvent pas te voir depuis leurs voitures. Ils pourraient te renverser.

— Et m'écwaser comme un insecte ?

Bryan grimaça à cette image. Ça venait probablement de ce Michael, mais dans ce cas, Bryan était reconnaissant du trop-plein d'informations de Michael.

— Oui, et alors tu n'aurais jamais de cupcake.

— Oh. Trev mit son pouce dans sa bouche et tritura ses cheveux avec l'autre main. — D'accord. Je peux te tenir la main ?

Bryan ne put que hocher la tête.

Lara, la fiancée de Gage, était derrière le comptoir quand ils entrèrent.

— Salut, Lar.

— Salut, Bryan. Et qui avons-nous là ? Lara jeta un coup d'œil à Jenna avec un sourire, mais c'était Trevor qui avait toute son attention.

— Je m'appelle Twevor. Vous avez des cupcakes aux mûwes ?

Lara se tapota la lèvre. — Tu sais, je crois que je viens de vendre ma dernière mûre. Tu aimes d'autres parfums ?

Trevor fronça le visage. — Oh. Et des dinosauwes ? J'aime bien les T-wex.

— J'ai effectivement des dinosaures. Elle pointa du doigt la vitrine en verre. — Pourquoi ne regarderais-tu pas autour pendant que je vais voir à l'arrière s'il ne resterait pas une mûre qui traîne ? Ça te semble une bonne idée ?

— Oui, s'il vous plaît.

Lara leva les sourcils vers Jenna et Bryan. — Poli. Très bien.

C'était *vraiment* bien. Tout comme le petit pincement au cœur de Bryan face au compliment fait à son enfant, même s'il savait qu'il n'y avait pas droit puisque c'étaient les compétences parentales de Jenna qui avaient fait de Trevor ce qu'il était aujourd'hui.

D'accord, il ne soulèverait pas la question de la garde. Pas encore en tout cas. Elle faisait du bon travail et il ne voulait pas tout gâcher.

— Wegarde, Maman ! Elle a un T-wex ! Et un diplodocus.

— Je vois, Trev. Tu en veux un de ceux-là ?

— Je sais pas. Il glissa ses paumes collantes sur le verre en regardant le reste des cupcakes.

— Il n'arrive pas à dire T-rex mais il peut dire diplodocus ? chuchota Bryan à Jenna avant de passer derrière le comptoir pour prendre des serviettes en papier.

Elle haussa les épaules. — Pas de *r* ni de *tr*. Tu devrais l'entendre dire *camion*. C'est assez gênant.

Il lui fallut quelques secondes, mais il comprit. Il rit tout bas en allant devant la vitrine avec le spray au vinaigre de Lara pour essuyer les traces de mains de Trevor.

— Oh, wegarde, Maman ! Ils ont un camion de pom-

— *Pompiers*. Ils ont un camion de *pompiers*. Oui, je le vois, Trevor. Elle leva les sourcils vers Bryan.

Oui, définitivement gênant.

— Hé, regarde ce que j'ai trouvé ! Lara sortit de l'arrière-boutique avec un sourire aux lèvres et un cupcake à la main.

Un cupcake rouge. Avec une fraise bizarrement formée sur le dessus.

— Qu'est-ce que c'est ? demanda Bryan.

— Une mûre, répondirent Jenna et Lara en même temps. Elles se regardèrent et éclatèrent de rire.

— Vous avez twouvé une mûwe ? Vwaiment ? Les yeux de Trevor s'illuminèrent et sa voix monta d'une octave.

Ah. Le secret d'un bon parent. Mentir à l'enfant. Bryan aimait ça.

— Oui, Trevor. C'est le dernier cupcake à la mûre de toute la boutique et comme les mûres ne sont plus de saison, on n'en aura probablement plus avant un moment. Mais tu peux avoir celui-ci si tu veux.

Trevor tendit ses petits bras potelés. — Oui, s'il vous plaît. J'ai toujours voulu goûter une mûwe.

Trevor retira le papier du cupcake comme s'il déballait un cadeau, avec tout l'émerveillement et le bonheur qu'un enfant pouvait rassembler.

— Alors, qu'en penses-tu ? Jenna passa une main dans ses boucles. Elle faisait ça souvent. Comme si elle avait *besoin* de le toucher.

Bryan comprenait totalement. Cette histoire de parentalité était-

— Génial !

Ouais, ça résumait bien.

— Alors Bryan, comment va tout le monde ? Gage m'a raconté ce qui s'est passé. Dieu merci, ces autres danseurs ont pu les remplacer.

— Hé, Trev, dit Jenna. Et si on allait regarder les dinosaures encore une fois ? On pourrait peut-être en ramener un pour plus tard. Jenna dirigea Trevor vers le bout du comptoir tout en faisant un signe de tête vers l'autre extrémité.

Bryan comprit l'allusion et se dirigea de ce côté, Lara le suivant. — J'ai parlé à tout le monde. Ils ressentent encore quelques douleurs résiduelles à l'estomac à cause des crampes, mais ils vont bien. La meilleure chose qu'on ait jamais faite, c'est d'avoir une plus grande équipe et de les faire tourner. Bien sûr, l'équipe de ce soir en sera à sa deuxième nuit consécutive, mais je doute que beaucoup de clients viennent deux soirs de suite.

— J'ai entendu dire qu'il y avait une nouvelle danseuse. Elle a fait le numéro de Marilyn Monroe.

Bryan se frotta la nuque. Il détestait les situations délicates et celle-ci allait devenir plus collante que son glaçage au beurre.

— Euh, ouais. Elle postulait pour le boulot, et comme elle était là, je me suis dit que ce serait l'audition parfaite.

— Plutôt culotté. Et si elle avait été nulle ?

Il résista à l'envie de regarder Jenna. — J'avais le sentiment qu'elle ne le serait pas.

— Tu avais un sentiment ? Moi qui étudie les feuilles de coûts, les inventaires et les besoins en personnel, et tout ce qu'il me faut, c'est un *sentiment* pour prendre des décisions commerciales ? Lara mit le dos de sa main sur son front. — Oh là là. J'ai tout fait de travers.

— D'accord, d'accord, j'ai compris. Mais ça n'a pas d'importance ; elle a décidé qu'elle ne voulait pas travailler au club. Mais elle a aidé et elle l'a bien fait.

— Wow. Ça semble... contre-productif. Et capricieux aussi. Lara lui caressa le haut du bras. — Heureusement que tu ne l'as pas embauchée. Tu as eu assez de femmes capricieuses dans ta vie.

C'était vrai. La plupart à cause du boulot de nuit. Gage avait eu le même problème. Pendant un temps, les femmes aimaient l'idée qu'il connaisse ces mouvements sensuels. Le sexe n'avait jamais été un problème dans ses relations. La jalousie, en revanche... Il fallait une femme sûre d'elle et confiante pour être avec un danseur.

— Alors, quelle est l'histoire ? Lara fit un signe de tête vers l'endroit où Jenna et Trevor étaient blottis ensemble, regardant les articles dans la vitrine. — C'est elle ?

— Gage te l'a dit.

Elle hocha la tête, ce qui n'était pas une surprise. Une nouvelle comme celle-ci ne resterait pas secrète longtemps, bien qu'il ne s'attendait pas à ce que Gage la lui cache.

— Alors tu sais que c'est mon fils.

— Je sais. Comment vas-tu ? Elle lui caressa le bras.

— Ça va. C'était un choc, évidemment.

Ses doigts se resserrèrent. — Elle aurait dû te le dire.

Il couvrit sa main avec la sienne et la retira doucement. — Elle ne savait pas comment me contacter. C'est ma faute. Ce n'était la faute de personne, mais la société étant ce qu'elle était, ce serait mieux pour Jenna s'il prenait le blâme. Ça ne le dérangeait pas. — Mais elle accepte que je fasse partie de sa vie. Ça se passe bien.

— Jusqu'à présent. Tu vas lui demander un arrangement de garde formel ?

C'était à son tour de mettre *sa* main sur *son* bras. Il la serra. — Merci de t'en soucier, Lara, mais pour l'instant, ça nous convient. Je verrai ça quand j'en aurai besoin.

— Je ne veux pas que tu sois blessé, Bry.

— Je ne le serai pas. Pas dans cette situation. Trevor est génial, et Jenna aussi. Tout ira bien. Tu verras.

— Hé, Bwyan ! Trevor lui fonça à nouveau dans les jambes. — Je vais prendre plein de cupcakes. Tu en veux ?

— Bien sûr, Trev. Qu'est-ce que tu prends ?

Jenna s'approcha d'eux. — Il a décidé de prendre deux dinosaures, un camion de pompiers et trois ballons de football. Elle regarda Bryan. — Un pour chacun d'entre nous pour le dessert. Après le dîner ce soir. Si ça t'intéresse, bien sûr.

Il jeta un coup d'œil à Lara. La preuve était faite que tout se passait bien.

— S'il te plaît, Bwayn ! S'il te plaît, viens dîner chez nous. Maman va faire des paghettis. J'adowe les paghettis.

Bryan rit. Il les appelait de la même façon avant. — Bien sûr que je viendrai, Trev. J'adore les spaghettis aussi.

Bon sang, il mangerait n'importe quoi si cela signifiait qu'il pouvait le partager avec son fils.

Et la mère de son fils.

Chapitre Vingt-cinq

— Wocco aime sa nouvelle maison.

Trevor fixait le bocal en verre qu'il avait *insisté* pour faire participer au dîner. Il avait même mis un couvert pour le poisson afin que Rocco ne se sente pas exclu.

— Maintenant, il a une vwaie famille aussi ! dit-il, faisant fondre le cœur de Bryan. Il avait manifestement manqué d'avoir une « vraie » famille, et Bryan était tellement heureux de pouvoir la lui offrir. Que *Jenna et lui* puissent la lui offrir.

Il débarrassa les assiettes pendant que Jenna servait la glace pour le dessert. — Merci d'être venue aujourd'hui, dit-il en raclant le reste des « paghettis » de Trevor dans la poubelle et en mettant l'assiette dans l'évier pour la faire tremper. J'ai passé un très bon moment et je pense que Trevor aussi.

— Merci à *toi* de l'avoir suggéré. Elle plongea une cuillère dans le pot de glace vanille-chocolat. J'avais vraiment envie de l'emmener cette année. L'année dernière, les clowns lui ont fait peur avant même qu'on ne dépasse la billetterie. J'avais peur qu'il en soit traumatisé à vie. Elle laissa tomber la boule de glace dans le bol de Trevor.

Bryan déballa le cupcake en forme de ballon de football que Trevor avait réclamé. — Je n'ai jamais aimé les clowns non plus. J'ai toujours trouvé que leurs grandes chaussures rouges étaient effrayantes.

Elle gloussa et servit de la glace dans un autre bol. — Il a dit la même chose. La génétique est une chose incroyable.

— Je sais. Il déballa un autre cupcake, le rose que Trevor avait dit être pour Jenna. J'aimerais voir ses photos de bébé un jour. Les comparer aux miennes.

La cuillère à glace claqua sur le comptoir et Jenna s'embrouilla en essayant d'attraper la glace avant qu'elle ne tombe par terre.

Bryan posa le dernier cupcake déballé et ouvrit le robinet quand elle laissa tomber la boule de glace dans l'évier, puis lui tendit un torchon quand elle eut fini de se laver les mains.

— Ses photos de bébé. Elle s'essuya les mains et eut une drôle d'expression. Je, euh... J'ai rangé son album de bébé à l'étage. Tu sais, avec les doigts collants des enfants. Je ne voulais pas qu'il tache les photos. Je peux te les montrer une autre fois ?

— Bien sûr, pas de problème. Mais tu dois bien avoir des photos quelque part ? Accrochées au mur ou autre ?

— Euh, oui. J'en ai. Je vais en chercher quelques-unes quand on aura fini le dessert, si ça te va ? Elle agita ses doigts. Même les adultes peuvent avoir les doigts collants.

— Ça me va. Il prit deux des bols et retourna à table. Tiens, bonhomme. Le ballon de football bleu et blanc, comme tu le voulais.

Les yeux de Trevor s'illuminèrent. Bryan ne se lasserait jamais de faire sourire son fils. C'était tellement précieux. Tellement doux.

— Merci, Bwyan. Je veux dire, Papa. J'aime avoir un papa.

Bryan aimait en être un.

— Le papa de Michael vit avec lui. Tu vas vivre avec moi ?

La cuillère de Jenna claqua sur la table et elle eut une drôle d'expression — mais pas dans le genre *amusant*. — Trevor...

— J'ai ma propre maison, Trev. Bryan intervint autant pour Jenna que pour Trevor. Il venait juste de débarquer dans leur vie et, aussi bien que Jenna gérait la situation, elle devait être perturbée à l'idée de devoir partager leur fils. Elle devait se demander où tout cela allait les mener. Bryan aussi, mais il devait la rassurer. Autant qu'il voulait faire partie de la vie de Trevor, ils devaient y aller doucement. Que tout ne pouvait pas changer soudainement. — En fait, Trev, j'ai déjà une maison.

— C'est vrai ?

— Oui. Et tu es le bienvenu quand tu veux. On pourra même t'aménager une chambre si tu veux.

Le regard de Jenna croisa le sien et elle n'avait pas l'air plus rassurée qu'au moment où Trevor avait demandé s'il allait emménager ici. Peut-être aurait-il dû lui en parler avant de lancer cette invitation.

— Je peux avoir une autre chambre ? Cool ! Tu as une cabane dans les arbres ? Michael en a une, mais Maman dit qu'aucun de nos arbres n'est assez solide.

— Désolé, non, je n'ai pas de cabane dans les arbres. Mais peut-être qu'on pourra en construire une quand tu seras plus grand. Cette dernière phrase était autant une question à Jenna qu'une tactique pour gagner du temps avec Trevor.

— Je vais avoir quatre ans bientôt, hein, Maman ?

Le sourire de Jenna n'atteignait pas ses yeux. — C'est vrai, Trev. Dans quelques mois.

— Quel jour ? Bryan réalisa soudain qu'il ne le savait pas. Le jour le plus important de sa vie et il ne connaissait pas la date. Au début de l'année, étant donné que l'enterrement de vie de garçon de Brad avait eu lieu en avril.

— Le trois janvier. Les mots étaient brefs, secs, et elle gardait les yeux fixés sur son cupcake.

Il voulait garder les yeux sur *ses* cupcakes à elle...

Il secoua la tête. Il devrait avoir honte de lui-même, de convoiter la mère de son fils...

Bien que cela se contredise en soi, non ? Comment aurait-elle pu être la mère de son fils s'il ne l'avait pas convoitée à un moment donné ? Et en quoi était-ce mal de le faire maintenant ?

Le fait est que ce *n'était pas* mal. Cela ouvrait aussi la porte à beaucoup de possibilités. Des possibilités qu'il avait vraiment envie d'explorer.

Cette proposition n'était pas sortie de nulle part. Même s'il n'y avait peut-être pas pensé *consciemment*, il y avait manifestement pensé *in*consciemment.

— Je peux emmener Wocco dans ma chambre, Maman ? M. Singe veut le rencontrer.

— Et si je le portais pour toi ? Bryan se leva de table. Pas besoin de rester assis ici avec la tentation en face de lui, l'air absolument délectable avec une trace de glaçage sur sa lèvre supérieure. Convoiter la mère de son fils avec ce fils assis juste là n'était pas l'aspect de la paternité que Bryan voulait que son fils voie. — Comme ça, l'eau ne débordera pas.

— Je peux le porter, Bwyan. J'aide Maman tout le temps dans le jardin et je porte plein de seaux d'eau. Pas vrai, Maman ?

Jenna leva les yeux. — Oui, c'est vrai. Tu es un très grand aide, Trevor. Elle l'aida à sortir de son siège rehausseur, puis prit le bocal du poisson. Mais pourquoi ne laisserais-tu pas Bryan porter Rocco quand même et tu pourrais lui montrer ta chambre. Je suis sûre que M. Singe aimerait le rencontrer aussi.

— D'accord. Trevor fit le tour de la table vers Bryan et tira sur sa main. Tu veux voir ma chambre ?

— Bien sûr. Il prit le bocal du poisson des mains de Jenna. Je redescendrai dans quelques minutes pour t'aider avec la vaisselle.

— Non, ne t'inquiète pas. Profite de Trevor.

— Tu es sûre ? Vraiment, ça ne me dérange pas d'aider.

— Mais *Trevor* pourrait être déçu si tu pars avant qu'il te montre sa collection de petites voitures. Je peux gérer la corvée de vaisselle.

Il lui effleura le menton. — Tu as dit *corvée*.

Elle repoussa sa main avec un sourire — celui qu'il essayait de faire réapparaître sur son visage. — Allez, vas-y ! Le petit n'aura pas trois ans et demi éternellement. Profites-en tant que ça dure.

— À vos ordres, capitaine. Il claqua des talons et fit un salut militaire, ce qui déclencha un fou rire chez Trevor.

— Elle s'appelle Maman, pas capitaine, Bwyan !

— N'en sois pas si sûr, Trev, dit Bryan en suivant son fils dans les escaliers. Cette femme était définitivement le capitaine du navire sur lequel *il* naviguait ces jours-ci.

Jenna poussa un soupir dès qu'ils eurent quitté la cuisine. L'album de bébé de Trevor. Il fallait qu'elle fasse quelque chose à ce sujet, et vite.

Les photos de Mindy étaient partout dans cet album, c'était pour ça qu'elle ne le laissait pas traîner. Trevor ne savait rien de Mindy et Jenna voulait que cela reste ainsi jusqu'à ce qu'il soit assez grand pour comprendre. Et, comme elle en avait discuté avec Cathy, pour l'empêcher de le révéler au cas improbable où son père réapparaîtrait.

Et puisque l'improbable s'était produit, Jenna était contente d'avoir gardé ce secret. Maintenant, il fallait *continuer* à le garder...

Elle allait devoir fabriquer un faux album de bébé.

Elle regarda l'horloge rétro rouge et blanche accrochée au-dessus de la porte. Trop tard pour aller dans un magasin ce soir. Elle aurait dû acheter un album de bébé quand ils y étaient plus tôt, mais cela aurait soulevé des questions auxquelles elle n'était pas prête à répondre.

Elle finit de nettoyer la cuisine et commença à s'occuper du salon, tout en écoutant les bavardages qui venaient de l'étage. Elle n'entendait pas tout, juste un murmure de voix, et bien qu'elle aurait dû être heureuse qu'ils créent des liens, qu'elle aurait dû se sentir bien à ce sujet, ce n'était pas le cas.

Elle se sentait mise à l'écart.

Ça allait être difficile de s'adapter à la présence de quelqu'un d'autre dans la vie de Trevor, quelqu'un d'aussi important pour lui qu'elle l'était.

Jenna prit une profonde inspiration. Elle pouvait y arriver. Elle *pouvait*. Elle le devait. Et elle devait faire en sorte que ça fonctionne pour que Bryan ne devienne pas curieux et ne commence pas à fouiller dans des domaines qu'elle préférait qu'il laisse tranquilles.

Ce qui rendait l'album de bébé encore plus important.

Chapitre Vingt-six

Elle était rentrée chez elle à neuf heures le lendemain matin, après avoir déposé Trevor chez Cathy pendant qu'elle terminait l'Opération Faux Livre de Bébé.

Les photos étaient difficiles à regarder. Mindy à chaque étape de sa grossesse, les échographies, la copie de son acte de naissance original, les empreintes de pieds à l'encre à côté de sa photo de naissance...

Sa sœur lui manquait. Elle souffrait qu'elle soit morte si jeune et ait manqué la vie de Trevor. Il était un cadeau, vraiment un cadeau, et un que Jenna chérirait pour toujours.

Elle scanna des copies des photos et les colla dans le livre. Elle ajouta certaines des notes que Mindy avait écrites, les décorant avec des points d'exclamation et des cœurs comme Mindy l'avait fait pour montrer à quel point elle avait été heureuse pendant qu'il grandissait en elle.

Les mêmes informations sur sa naissance venaient ensuite, les mêmes commentaires sur les nausées matinales et les inquiétudes concernant les vergetures et l'accouchement, suivis de son programme d'alimentation et du moment où il s'était retourné, avait souri, gazouillé et dit son premier mot. Fait son premier pas. L'avait appelée Maman.

Ces derniers souvenirs étaient les *siens*, pas ceux de Mindy.

Elle aimait ce petit garçon de tout son être. Elle ne pourrait pas l'aimer plus s'il *avait* été en elle — et elle le savait parce qu'elle avait porté un enfant. Certes, ça n'avait été que pour trois courts mois et elle avait été terrifiée tout du long, mais elle aimait Trevor aussi farouchement qu'elle avait aimé cet autre enfant. Et elle pleurerait sa perte tout autant si elle devait en arriver là.

Mais ça ne pouvait pas arriver. Trevor était à elle et elle ferait tout ce qu'il faudrait pour que ça reste ainsi.

Elle appela Bryan quand elle eut terminé.

— Salut, Jenna, qu'est-ce qui se passe ? Trevor va bien ?

Elle ne put s'empêcher de sourire à cette question ; c'est la même qu'elle lui poserait s'il l'appelait. — Je me demandais si tu étais libre pour déjeuner. J'ai ces photos que tu demandais.

— Super. Tu peux me retrouver au Mick's Deli dans, disons, une demi-heure ? Je devrais pouvoir me libérer.

— D'accord. À tout à l'heure.

Elle vérifia son maquillage dans le miroir du hall, puis rentra son chemisier dans son short, et s'assura qu'elle portait deux chaussettes assorties. Non pas que Bryan regarderait, mais quand elle sortait en public, elle essayait toujours d'avoir l'air professionnelle au cas où elle rencontrerait des élèves ou leurs parents.

Avec un peu de chance, aucun d'entre eux n'avait été dans le club l'autre soir.

Oh, mon Dieu, l'autre soir. À quoi avait-elle pensé ? Pourquoi diable avait-elle accepté ? Elle aurait pu lui dire non. Être enseignante était une excuse valable, pourtant elle avait choisi d'être nue sur une scène.

D'accord, elle avait eu des pompons et un string, mais elle aurait tout aussi bien pu être nue.

Elle n'avait pas réfléchi. C'était tout ce qu'il y avait à dire. Elle avait été tellement inquiète de perdre Trevor qu'elle avait été prête à faire n'importe quoi.

Ce n'avait pas été si terrible.

Elle se regarda fixement. Ce n'était pas *terrible* ? Était-elle folle ? Elle aurait pu perdre son travail. Le respect de ses élèves si cela venait à se savoir.

Celui de Bryan ?

Non. Bien sûr que non. Il lui avait *demandé* de le faire. Bon sang, *il* avait dansé aussi.

Oui, il l'avait fait.

Et puis il l'avait embrassée.

Et demandée en mariage.

Pourquoi diable l'avait-il demandée en mariage ? D'où cela venait-il ? Ils se connaissaient à peine et se marier pour le bien d'un enfant n'était *pas* une raison de se marier et elle pouvait tout simplement oublier le rêve de la nuit dernière.

Le rêve.

Oh, mince. Le rêve. Celui qui l'avait réveillée avec une douleur entre les cuisses et les draps entortillés autour d'elle.

Il avait été huilé et musclé dans ce rêve, ne portant rien de plus que ce qu'il avait à peine sur scène, avec des mouvements conçus pour faire démarrer la libido de n'importe quelle femme, sans parler de quelqu'un qui n'avait pas eu de relations sexuelles depuis plus de trois ans.

Bien sûr qu'elle rêverait de lui. Il serait digne d'un rêve même si elle ne l'avait pas vu danser au club.

Il avait dansé dans son rêve aussi. Cette fois juste pour elle.

Et elle avait fait de même pour lui.

Elle plaça ses cheveux derrière ses oreilles. *Reprends-toi, Jenna. Pas de liaison avec le père biologique de ton enfant.* C'était déjà assez inquiétant de s'inquiéter de révéler la vérité sur la naissance de Trevor, mais que se passerait-il si quelque chose *commençait* vraiment entre eux pour ensuite mal tourner ? Cela ouvrirait une boîte de Pandore qu'elle ne pourrait jamais refermer.

Elle et Bryan étaient co-parents. C'est tout. Ils devaient bien s'entendre pour le bien de Trevor, mais R.I.E.N. de plus. Jamais.

Ouais, tout ça c'était bien en théorie, mais quand elle arriva chez Mick's, et que Bryan l'attendait là près de la porte dans son jean moulant, ses bottes de travail, et un t-shirt qui aurait pu être peint sur lui, son rêve surgit comme un raz-de-marée et s'abattit sur elle, la noyant dans le désir et le besoin et une solitude douloureuse et désespérée qu'elle n'avait jamais vraiment reconnue auparavant. Mais elle devait le faire maintenant parce qu'avec lui debout là, la regardant comme il le faisait... elle souffrait.

— C'est bon de te voir, dit Bryan en lui tenant la porte.

— Toi aussi. Parce que c'était vraiment le cas.

Elle n'arrivait pas à se débarrasser de ce rêve. Ou du souvenir de quand il l'avait embrassée. Avec Trevor dans les parages, ç'avait été un peu plus facile de chasser ce genre de pensées de sa tête, mais quand ils n'étaient que tous les deux... Difficile. Très difficile.

Elle garda les yeux droit devant elle en entrant. Il n'était pas question de regarder autour pour voir quoi que ce soit de *dur* chez lui.

Son biceps se contracta quand elle passa devant lui.

D'accord, elle pouvait regarder ça.

Et en saliver.

Elle plaqua un sourire sur son visage quand elle vit Johnny, un de ses élèves, derrière le comptoir, espérant avoir l'air correcte. Amicale. Pas frustrée et en manque de sexe.

Elle n'aurait vraiment pas dû arrêter de sortir avec des hommes. C'était ça le problème. Juste une accumulation de frustration que Bryan avait libérée en l'embrassant. Et parce qu'il l'avait si bien fait. Puis il y avait le fait qu'elle l'avait vu presque nu sur scène —

En fait, ses fesses *avaient* été nues.

Elle s'approcha de la vitrine et arracha presque un ticket du distributeur en regardant le menu accroché au mur qui aurait tout aussi bien pu être en grec tant elle n'y voyait pas clair en ce moment. Ça allait être quatorze ans et demi très longs jusqu'à ce que Trevor ait dix-huit ans.

Bryan posa ses mains sur ses épaules. — Tu as trouvé quelque chose qui te plaît ?

Oui. Elle l'avait fait. Et ses mains étaient sur ses épaules.

— Euh... Rosbif sur pain blanc. Mayonnaise. Fromage suisse. Laitue.

Une fourchette pour décoller sa langue du palais.

— Numéro vingt-sept, cria Johnny, changeant le numéro électronique sur le comptoir.

Personne ne le réclama.

— Numéro vingt-sept ! répéta-t-il un peu plus fort.

— Jenna ? Bryan tendit le bras par-dessus son épaule et lui prit le ticket des mains. C'est nous.

Nous. Pas *elle*, mais *nous.* Il se incluait déjà avec elle dans des domaines qui ne concernaient pas Trevor.

Ce n'était pas bon.

Bryan passa leur commande, puis la conduisit à une table. Jenna fut plus que ravie de s'y glisser car ses jambes étaient légèrement tremblantes.

— Tu as apporté des photos ? demanda-t-il.

Maintenant, ses doigts se mettaient aussi à trembler. Son estomac aussi.

— Oui. Elle baissa la tête, reconnaissante pour une fois que ses cheveux ne restent pas derrière ses oreilles, lui donnant quelques secondes pour reprendre sa contenance, et sortit l'album de bébé de son sac. C'était le moment. Une fois qu'elle aurait fait cela, il n'y aurait plus de retour en arrière possible.

Bryan prit l'album comme s'il était fait de verre, l'expression sur son visage ne faisant qu'ajouter à sa culpabilité.

Pense à l'objectif final.

Exact. Trevor. La garde.

Bryan ouvrit la première page. C'était l'échographie.

— Je ne le vois pas. Bryan tourna le livre vers elle. Tu peux me le montrer ?

— Bien sûr. Elle essaya d'injecter de la chaleur dans sa voix. Essaya de garder son doigt stable en montrant les traits de Trevor. Il suçait déjà son pouce dans l'utérus.

— Je faisais ça aussi, tu sais. Bryan imita le même mouvement que Trevor.

— Je me suis dit que tu devais le faire parce que M-je n'ai jamais sucé mon pouce. Qu'est-ce qui t'a fait arrêter ? J'ai pensé à faire quelque chose, mais tous les livres que j'ai lus ont des opinions différentes. Certains disent de le laisser tranquille, qu'il arrêtera tout seul, d'autres disent d'y mettre fin avant que ça ne devienne une habitude à vie.

— Combien d'adultes connais-tu qui sucent leur pouce ?

— Bon point. En plus, ça l'aide à se calmer et parfois j'ai besoin qu'il le fasse.

— Oui, il semble avoir beaucoup d'énergie. Tous ces sauts qu'il fait.

— C'est un petit garçon. Crapauds, escargots et queues de chiens, tu sais.

— Il me semble me souvenir de quelque chose comme ça. Il tourna la page. Quel âge avait-il sur celle-ci ?

Jenna pencha la tête et sourit. Elle se souvenait de ce moment comme si c'était hier. — Environ une heure.

— Qui l'a prise ? Ta mère ?

Oh, zut. Voici que venaient les mensonges. — Non. Ma mère et moi... Comme je l'ai dit, nous ne sommes pas d'accord sur beaucoup de choses.

— Mais c'est son petit-fils.

— Trevor est l'une de ces choses. Jenna se mordit la lèvre. Je ne lui ai pas parlé de lui avant sa naissance. Elle a un problème avec sa... parenté.

— Tu veux dire la façon dont il a été conçu.

Elle hocha la tête, retenant ses larmes. Elle ne voulait pas avoir à lui parler de l'autre bébé, la raison de la soi-disant honte de sa mère.

Il laissa tomber le livre sur la table et s'adossa, soufflant un grand coup. — Bon sang, Jenna. Tu as traversé tout ça toute seule ? Tu as dû être terrifiée.

— Eh bien, pas complètement seule. Ma sœur... ma demi-sœur était avec moi. Quand on ment, il vaut toujours mieux rester aussi près que possible de la vérité. Dans ce cas, elle avait juste changé d'utérus. Uteri ? Quel était le pluriel d'utérus ?

— ... est-elle maintenant ?

Exact. Concentre-toi sur la conversation.

Jenna prit une profonde inspiration, cette partie de la conversation étant aussi difficile que l'autre.

— Elle est... partie. Cancer.

Un cancer dont elle avait connaissance pendant sa grossesse et pour lequel elle n'avait rien fait parce qu'elle ne voulait pas mettre en danger la santé de son enfant.

Pourtant, la propre mère de Jenna nierait son existence et rejetterait sa propre fille pour l'avoir « déshonorée ». La biologie ne faisait pas de quelqu'un un parent.

— Et ensuite tu t'es retrouvée seule ?

— C'est à ce moment-là que je suis revenue ici. J'ai déménagé, espérant que ma mère voudrait connaître son petit-fils et serait capable de passer outre les circonstances de sa naissance, mais elle ne pouvait pas. Elle ne le pouvait toujours pas.

— Donc Trevor ne connaît pas sa grand-mère ?

Jenna secoua la tête. C'était son seul regret concernant les mensonges qu'elle avait dû dire. Mais la vérité était que si elle avait dit à sa mère qui était *vraiment* la mère de Trevor, non seulement Ellen ne voudrait plus jamais s'occuper de Trevor, mais elle répandrait encore plus de venin et de vitriol sur le fait que la fille de *la traînée* était autant une traînée que sa mère l'avait été. Trevor n'avait pas besoin de grandir avec de telles rumeurs sur sa mère.

Non, c'était mieux pour tout le monde que Trevor soit le sien.

— Eh bien, *ma* mère va être ravie, dit Bryan. Elle adore ses petits-enfants.

Jenna leva les yeux. Elle n'avait pas pensé à ça. En gagnant un père, Trevor gagnait aussi des grands-parents. Et des cousins. Un oncle.

— Elle vit dans le coin ?

— Oui, à Oaks. Pas très loin. J'aimerais vous les présenter si ça ne te dérange pas.

Ça n'aurait pas d'importance même si c'était le cas. Trevor méritait une grand-mère qui l'aime. — Tu lui en as parlé ?

— Pas encore. Je voulais en discuter avec toi d'abord. C'est une grande étape et je sais que tu es habituée à l'avoir pour toi toute seule. Me laisser entrer dans sa vie doit déjà être difficile. Je veux que tu t'habitues à moi avant de te présenter ma mère. Elle va vouloir l'étouffer d'affection.

— Il mérite ça. C'est un si bon petit garçon avec tant d'amour en lui.

— Un amour que tu lui as donné, Jenna. Bryan prit ses mains et entremêla leurs doigts. Évidemment, ce n'est pas la façon la plus opportune de faire venir un enfant au monde et pas vraiment celle que j'aurais choisie, mais je suis content de l'avoir eu avec toi. Tu es une mère formidable, Jenna. Merci. D'avoir aimé notre fils autant que tu l'as fait et d'avoir mis ses désirs et ses besoins en premier. Ça n'a pas dû être facile. C'est pourquoi je veux aider à alléger le fardeau. Pas parce que je veux te l'enlever, mais parce que je veux qu'il — et toi — puissiez profiter d'être ensemble.

— Mais c'est ce que nous faisons.

— Je sais, mais c'est comme avec Jason l'autre jour. Trevor ne voulait pas faire la sieste, mais il a dû parce que tu devais travailler. Prends les dix mille dollars. Utilise-les pour te détendre un peu. Concentre-toi sur Trevor. Passe du temps avec lui. Avec moi. Avec nous en tant que famille. Je sais que ce n'est pas le modèle traditionnel, mais qu'est-ce qui l'est encore aujourd'hui ? Nous voulons tous les deux ce qu'il y a de mieux pour lui et qui sait, peut-être que nous découvrirons que ma demande en mariage n'était pas si précipitée.

Pourquoi devait-il être si gentil ? Si parfait ? Peut-être qu'alors elle ne se sentirait pas si coupable de lui mentir et *pourrait* explorer ce qu'il y avait entre eux.

Peut-être même l'épouser.

Pendant un instant — juste un tout petit instant — elle se laissa aller à y penser. Elle se vit se réveiller à côté de lui chaque matin. Elle le vit entrer dans la chambre de Trevor et l'aider à s'habiller pendant qu'elle préparait des gaufres dans la cuisine.

Elle vit Bryan installer Trevor dans son siège auto dans le pick-up et l'emmener à l'école avec son sac à dos T-rex et sa boîte à déjeuner en forme de camion de pompier.

Peut-être même ramener un chiot à la maison pour l'anniversaire de Trevor.

Il adorerait avoir un chiot pour son anniversaire.

— Jenna ?

Le pouce de Bryan caressait sa main, laissant dans son sillage des étincelles de désir et de besoin — et pas seulement d'ordre sexuel.

Elle voulait être avec quelqu'un. Elle en avait *besoin*. Cela faisait trois ans depuis Carl et même à l'époque, Carl n'avait pas été *avec* elle comme Bryan l'était en ce moment précis. L'amour qu'ils portaient à leur fils les unissait.

Était-ce suffisant ? Cela pouvait-il suffire ?

Le désirait-elle assez ?

Oui. Et c'était là le problème. Si elle le voulait assez fort et qu'elle s'autorisait — et les autorisait — à l'avoir, elle devrait mentir à Bryan pour le reste de leur vie.

Chapitre Vingt-sept

Jenna réussit à éviter le sujet de l'argent — et de sa demande en mariage — avec Bryan pour le reste de leur déjeuner, mais cela ne signifiait pas qu'elle n'y pensait pas.

Elle y pensait. Beaucoup.

— Cette photo est mignonne. D'où vient-elle ?

Bryan avait eu besoin d'explications sur chaque photo qu'elle avait mise dans le livre : quand elle avait été prise, quel âge avait Trevor, quelles étaient les circonstances, qui était présent, qui avait pris la photo. Cette partie était devenue plus facile après la mort de Mindy, car c'était elle qui avait pris la plupart des photos de Trevor. Les rares avec elle dedans avaient été prises par Cathy.

— Oh, c'était son premier jour à la maternelle. Il était tellement excité et avait insisté pour que M. Singe soit dans son sac à dos. Les enseignants avaient dit que c'était bien d'apporter ses jouets préférés. C'était courant que les enfants aient de l'anxiété de séparation et les jouets les aidaient à faire la transition. M. Singe a commencé à rester à la maison dès la deuxième semaine, donc ça a marché.

— Il aime vraiment cette chose moche, n'est-ce pas ?

— Oui. Il l'aime. Mindy l'avait acheté quand elle avait appris sa maladie.

Elle voulait qu'il ait quelque chose d'elle qu'il puisse câliner, chérir et emporter partout avec lui. Elle avait encore son M. Singe de son enfance — leur père en avait donné un à chacune d'elles. Celui de Jenna était rangé dans son placard, un souvenir de son père qu'elle avait sorti la nuit où Mindy et elle avaient ramené Trevor à la maison... et la nuit où Mindy était morte.

— Ma chérie ?

Jenna leva les yeux. Une femme plus âgée s'approchait de leur table.

— Maman ? Salut. Bryan se leva.

La mère de Bryan ?

Jenna se figea. C'était la grand-mère de Trevor.

— Maman, je te présente Jenna Corrigan. Jenna, ma mère, Tabitha Lassiter.

— Tabitha ? Cathy devait être médium.

— Un peu démodé, je sais, bien que j'étais assez populaire quand cette émission passait dans les années soixante.

— Enchantée de vous rencontrer.

— Moi de même. Eh bien, ne me laissez pas vous interrompre — oh, est-ce un album de bébé ? Mme Lassiter pencha la tête. Il est adorable. Il me semble familier. Nous sommes-nous déjà rencontrés...

C'était la photo d'école de Trevor. Le portrait.

Avec ses yeux au centre de l'attention.

— Qui est-ce ? La voix de Mme Lassiter devint rauque et elle posa sa main sur la table. De quel enfant s'agit-il ? Elle regarda Bryan, son visage perdant sa couleur.

Comme Jenna était sûre que le sien l'avait fait.

Bryan prit le bras de sa mère. — Maman, assieds-toi.

Jenna déglutit. Il n'y avait pas moyen de cacher ces yeux.

— Bryan ? Sa mère s'appuya sur la table avec ses paumes puis s'effondra sur le siège. Que se passe-t-il ?

Bryan passa une main sur sa bouche. — J'ai une... bonne nouvelle, Maman.

— Bonne ? Elle regarda de Bryan à Jenna.

Jenna essaya d'afficher un sourire sur son visage. Essaya, parce qu'elle n'avait aucune idée de ce que cela allait signifier pour eux tous.

— Oui, Maman. Bonne. Ce sera un choc, mais un bon. Tu verras.

— Bryan, que me dis-tu ?

Bryan sourit, puis il se mordit la lèvre, puis il passa à nouveau sa main sur sa bouche et tambourina des doigts de l'autre main sur la table. — C'est mon fils, Maman.

— Oh Seigneur. Mme Lassiter s'affaissa contre le vinyle rembourré. Comment ? Quand ? Pourquoi ?

Il lui tapota l'épaule et jeta un coup d'œil à Jenna.

Elle essaya de l'encourager, mais, en réalité, elle ne savait pas quoi dire. Une partie d'elle voulait cela pour Trevor et l'autre partie était terrifiée pour elle-même.

— Eh bien, le *comment* est assez évident. Je veux dire, on sait tous comment on fait les bébés.

— Ne sois pas désinvolte avec moi, Bryan.

— Désolé. Il s'éclaircit la gorge. Disons simplement que ce n'était pas prévu.

Intéressant qu'il n'ait pas dit que Trevor était un accident. Parce qu'il ne l'était pas. Même s'il n'avait pas été prévu, Jenna ne l'appellerait jamais un accident. Une bénédiction, un cadeau, une surprise... mais jamais un accident.

— Quant au *quand* et au *pourquoi*... Disons simplement que Jenna et moi nous connaissions il y a quelques années et nous nous sommes perdus de vue.

Mme Lassiter se souvint enfin qu'il y avait quelqu'un d'autre à table et se redressa, transperçant Jenna de ses yeux plissés. — Vous n'avez pas dit à mon fils qu'il allait être père ?

Jenna grimaça. Ça n'allait pas bien se passer, peu importe comment Bryan essayerait de le présenter.

— Je...

— Maman, écoute, je ne suis pas fier de moi. Nous n'étions pas... ensemble depuis longtemps et je ne lui ai pas dit comment me contacter. Elle a essayé, mais n'a pas pu me trouver.

D'accord, peut-être que cette présentation avait fait l'affaire car Mme Lassiter tourna son incrédulité vers son fils. — Tu ne lui as pas donné ton *numéro de téléphone* ? Ton *nom de famille* ? Est-ce ainsi que nous t'avons élevé ? Tu veux dire que tu as laissé cette pauvre fille élever ton fils sans aucune aide de ta part ?

Elle se retourna vers Jenna. — Je vous prie de me pardonner, ma chère. Je m'excuse pour le comportement... irresponsable de mon fils. Bien sûr, nous allons vous aider maintenant. Si vous nous le permettez. Je peux comprendre si vous ne voulez rien avoir à faire avec les Lassiter, mais j'espère que vous y réfléchirez un moment. Un enfant devrait connaître sa famille. Elle tira l'album de bébé vers elle et regarda la photo. Comment s'appelle-t-il ? Quel âge a-t-il ? Est-il ici ?

Bryan couvrit sa main et la serra. — Il s'appelle Trevor et il a trois ans et demi, et non, il n'est pas ici. Jenna et moi avons beaucoup de choses à discuter et il n'a pas besoin d'en faire partie. Il est avec un de ses amis.

— Puis-je le rencontrer ? Cela, elle le demanda à Jenna, de femme à femme. De mère à mère.

— Bien sûr. Jenna regarda Bryan. Mais... cela vous dérangerait-il d'attendre un jour ou deux ? Il commence tout juste à s'habituer à avoir Bryan dans sa vie et je ne veux pas le submerger avec une famille qu'il n'a jamais connue auparavant.

— Bien sûr. Je comprends. Mme Lassiter caressa la photo du doigt. Il te ressemble vraiment, Bryan. Il a tes yeux. *Ses* yeux se remplissaient de larmes et elle tourna la page. Ça ne vous dérange pas si je regarde ça ?

Jenna secoua la tête, essayant de retenir ses propres larmes. Une réaction si différente de celle de sa propre mère à la nouvelle. Celle-ci avait été pleine de reproches, de « tout est à propos de moi » et les larmes n'avaient pas été de joie.

Celles de Mme Lassiter coulaient sur ses joues tandis que son fils lui expliquait chaque photo, qu'ils lisaient son emploi du temps et ses premiers mots.

— Oh, regarde, Bryan. Son premier mot était aussi *vache*.

— J'ai dit ça ?

— Oui. Nous étions à la ferme des Mackerley. Nous y étions allés de nombreuses fois avec toi et tu connaissais tous les cris d'animaux, mais pour une raison quelconque, le jour où nous sommes arrivés, tu t'es mis à crier : « Vache ! Vache ! » Elle lui tapota le bras. — Bien sûr, nous n'avons pas eu le cœur de te dire que c'était un taureau alors que tu étais si fier de toi. Après ça, on ne pouvait plus t'arrêter.

— Tiens donc. Qui aurait cru que même ça était génétique ? Bryan se rassit et se gratta la joue. — Et qu'est-ce que Trevor fait que tu faisais, Jenna ?

— Oh, euh, eh bien... Jenna déglutit, étouffant le gros mensonge qui l'étranglait. — J'aimais, euh, colorier. Trevor le fait très bien.

— Oh, et il construit des choses, maman. Avec des blocs.

— Comme tu le faisais.

— Ouais. Et il aime lancer le ballon de football.

Sa mère sourit et cela réchauffa et brisa à la fois le cœur de Jenna. Pourquoi sa propre mère n'avait-elle pas été aussi ravie d'apprendre l'existence de son petit-fils ? Elle pouvait déjà voir l'amour que la mère de Bryan avait pour Trevor.

— Peut-être aimeriez-vous venir dîner demain soir, Mme Lassiter ?

L'invitation lui avait échappé, mais au moment où Jenna l'avait prononcée, elle savait que c'était la bonne chose à faire. Trevor ne devrait pas être privé un jour de plus de tout cet amour.

— Tu es sûre, ma chérie ? Je ne veux pas le submerger. Ni toi non plus. Ça ne doit pas être facile pour toi de renoncer à ton temps personnel avec lui pour le partager avec ce qui doit te sembler être un groupe d'étrangers. Elle donna un coup de poing dans le biceps de Bryan. — Je ne te pardonnerai jamais de ne pas être resté en contact avec elle. Combien d'autres petits-enfants pourrais-je avoir qui flottent quelque part, issus d'anciennes petites amies ?

Bryan grimaça. À juste titre. Mon Dieu, Jenna n'y avait même pas pensé. Et s'il avait d'autres enfants ? Les préservatifs n'étaient pas efficaces à cent pour cent, qu'on y fasse un trou avec une épingle ou non.

— Contrairement à la piètre opinion que tu as de moi, maman, je n'ai pas l'habitude de laisser mon ADN derrière moi avec des femmes au hasard. Jenna était... Disons simplement que cette nuit-là n'était pas la norme pour moi.

— Cette nuit-là ? Les sourcils parfaitement arqués de Mme Lassiter atteignirent presque la racine de ses cheveux. — Je ne veux pas savoir. C'est à vous deux de gérer ça. Je veux juste m'assurer que vous avez tous les deux appris votre leçon et que vous pratiquez au moins le sexe sans risque. Ce n'est pas parce que vous avez eu un bébé ensemble que vous devez en avoir d'autres. Du moins pas avant d'être mariés. Vous *allez* vous marier, n'est-ce pas ?

— Maman, doucement. Une chose à la fois. Je viens d'apprendre son existence il y a quatre jours.

— Bryan m'a fait sa demande, Mme Lassiter. J'ai refusé. Elle devait au moins ça à Bryan puisqu'il avait endossé la responsabilité de leur supposée nuit de débauche.

— Tu as refusé ? Mais pourquoi, ma chérie ? Ça ne doit pas être facile d'élever un enfant toute seule.

— Maman, vraiment, je ne pense pas...

— C'est bon, Bryan. Jenna tapota la table devant lui. Avec tous les mensonges qu'elle allait devoir dire pendant les quatorze prochaines années ou plus, elle pouvait lui donner la vérité maintenant. — J'ai dit non parce que Bryan et moi ne nous connaissons pas très bien, et nous devrions si nous voulons nous engager à passer notre vie ensemble. Pour l'instant, nous devons être amis et nous concentrer sur ce qui est le mieux pour Trevor. C'est déjà un gros ajustement. Le mariage et tout ce que cela implique ne ferait que brouiller les pistes.

Mme Lassiter pinça les lèvres et les regarda tour à tour. — Tu as raison, bien sûr. Pas besoin de précipiter les choses. L'important est que vous soyez là pour ce petit garçon. Elle jeta un dernier coup d'œil à la photo d'école de Trevor et secoua la tête. — Il a tes yeux. Eh bien...

Elle renifla puis fit signe à Bryan de sortir du box. — Je vais vous laisser reprendre vos arrangements. Et merci, Jenna, je serais ravie de venir dîner demain. J'obtiendrai tous les détails de Bryan. Elle lui caressa la joue et l'embrassa sur l'autre. — Au revoir, mon chéri. Je t'aime.

— Au revoir, maman.

Il la regarda s'éloigner puis lui fit signe quand elle fut devant la charcuterie.

— Vous avez une belle relation.

— Oui, c'est vrai. Je savais qu'elle serait ravie. Depuis que papa est mort, elle étouffe pratiquement les filles de Kyle.

— Maintenant elle aura quelqu'un d'autre à étouffer.

— Tu es sûre que ça ne te dérange pas de l'avoir demain soir ? Tu n'étais pas obligée de faire ça.

Jenna prit une bouchée de son sandwich plus pour s'occuper que par faim. Parce qu'elle n'avait pas faim. Toutes les ramifications de la situation commençaient à la frapper. La mère de Bryan venait dîner. Trevor avait une grand-mère — une vraie qui voulait le connaître et qui voudrait probablement l'emmener à la ferme des Mackerley pour lui montrer les vaches.

— Est-ce qu'elle fait de la pâtisserie ? La mère de Jenna faisait les meilleurs cookies aux pépites de chocolat — jusqu'à ce que sa fille la déçoive.

— Elle fait de la pâtisserie, cuisine, coud, peut organiser une fête avec rien de plus qu'une poêle à frire et un gril — ne demande pas. Ma mère a adoré être mère et tout ce qu'elle a toujours voulu, c'est avoir une demi-douzaine de petits-enfants.

— On dirait qu'elle a eu ce qu'elle voulait.

— Eh bien, la moitié. Pour l'instant, il n'y en a que trois, ce qui laisse trois places libres. J'aimerais les remplir un jour. Ses doigts traversèrent la table et s'enroulèrent autour des siens.

Génial. Encore quelque chose d'autre dont elle pouvait rêver.

Chapitre Vingt-huit

— Alors comme ça, tu répands encore ta honte, à ce que j'entends.

Comme d'habitude, la mère de Jenna ne se donnait pas la peine de frapper, faisant irruption dans sa maison comme si c'était elle qui payait l'hypothèque, sans se soucier de baisser la voix pour que Trevor n'entende rien de tout cela.

Heureusement, il avait passé la nuit chez Cathy et n'était pas encore rentré. Jenna avait voulu s'assurer que sa maison était impeccable pour le dîner avec Mme Lassiter et Bryan — dans deux heures ! — et avait nettoyé la maison de fond en comble.

Si seulement elle pouvait aussi facilement balayer sa mère sous le tapis. — Ellen, je ne sais pas de quoi tu parles.

Maman avait insisté pour qu'on l'appelle *Ellen* une fois que la liaison de Papa avait été révélée. Elle ne voulait plus du titre de *maman* — disait que ça jouait contre elle sur le marché des rencontres et comme Jenna était sur le point de devenir mère elle-même à ce moment-là, elle ne voulait surtout pas être connue comme *Mamie*.

C'était tout aussi bien. Ellen avait prouvé qu'elle n'avait plus vraiment le gène maternel — comme le démontrait sa phrase suivante.

— Il y a une vieille bonne femme miteuse qui se balade en racontant à tout le monde que Trevor est son petit-fils.

C'était bien sa mère de tout réduire à sa plus simple expression. Ellen avait toujours eu tendance à voir le verre à moitié vide, mais la liaison de Papa l'avait poussée au-delà des limites de la négativité.

Bien sûr, cela aurait pu être la raison de la liaison de Papa, mais Jenna avait choisi de rester en dehors des batailles conjugales de ses parents.

— Elle s'appelle Tabitha Lassiter et elle *est* la grand-mère de Trevor.

— Moi aussi.

Si seulement elle agissait comme telle. Jenna réarrangea les magazines sur la table basse. — Je n'ai pas dit que tu ne l'étais pas.

— Alors qu'est-ce qu'elle veut ?

— De quoi tu parles ?

Ellen réarrangea un peu plus les magazines. — Eh bien, elle n'arrêtait pas de parler à la poste de pouvoir le voir et elle veut l'emmener faire du shopping pour des vêtements pour l'école et des jouets pour Noël. Et elle veut l'avoir chez elle pour Thanksgiving. Comment se fait-il que je ne puisse rien faire de tout ça avec lui ?

Jenna dut se retenir de ne pas aller remettre ces magazines en place. À la place, elle redressa les cadres photos sur la cheminée. — Parce que tu n'en as jamais voulu. Il me semble me souvenir que tu m'as dit de garder "le petit bâtard" loin de toi pour que les gens ne te regardent pas de travers. Ces mots l'avaient blessée la première fois qu'elle les avait entendus et à chaque fois depuis. Ils étaient particulièrement douloureux maintenant que la mère de Bryan avait si facilement accepté l'existence de Trevor simplement parce qu'elle était ravie d'avoir un autre petit-enfant.

— Je n'ai jamais dit ça, Jenna Marie.

— D'accord, très bien. Tu ne l'as pas dit. Jenna céda. Elle ne gagnerait jamais de toute façon et, hé, si c'était ce qu'il fallait pour que sa mère ait le moindre intérêt pour Trevor, elle prendrait ce qu'elle pouvait. Pour lui.

— Tu es insolente ?

— Écoute, Ellen, j'ai dit d'accord. Tu peux l'emmener faire du shopping si tu veux. Mais là, j'essaie de nettoyer la maison avant qu'ils n'arrivent, alors si ça ne te dérange pas, je n'ai pas le temps d'avoir cette discussion. Noël est dans six mois. Et d'ici là, Ellen aurait probablement oublié son indignation.

Et son petit-fils.

— Avant que *qui* n'arrive ?

C'était bien sa mère de se focaliser sur la seule chose que Jenna ne voulait pas. — Je reçois des gens à dîner.

— Qui ?

— Des gens.

Ellen traversa la pièce et pointa son doigt vers le visage de Jenna plus vite que Jenna ne l'avait jamais vue bouger — sauf quand elle avait jeté les affaires de Papa par la fenêtre.

— Tu reçois cette femme, n'est-ce pas ? Si c'était Cathy et son mari, tu me l'aurais dit, mais tu ne l'as pas fait. La seule raison pour laquelle tu ne veux pas me le dire, c'est que ça doit être *elle*. Le père de Trevor vient aussi ?

Jenna mit sa main tenant le chiffon à poussière sur sa hanche et refusa de reculer. C'était sa maison, bon sang. Elle pouvait inviter qui elle voulait à dîner. — Très bien. Si tu veux tout savoir, oui, Bryan et sa mère viennent dîner. Elle veut rencontrer Trevor. Alors, si ça ne te dérange pas, j'ai beaucoup à faire pour me préparer.

— Ça ne me dérange pas. Ellen déplaça deux des cadres. — Mais je reste.

— Quoi ? Non, tu ne restes pas. C'est un dîner pour que Bryan et sa mère passent du temps à apprendre à connaître Trevor.

— Je pourrais aussi profiter de ce temps pour apprendre à le connaître.

— C'est toi qui as choisi de ne pas le connaître jusqu'à présent.

— Un choix qui a été grossièrement mal avisé. Ellen fit un tour sur elle-même, se dandina jusqu'au canapé, y planta ses fesses, enleva ses talons et croisa ses chevilles sur la table basse. — J'aimerais rectifier cette situation.

— Seulement parce que tu ne veux pas que Mme Lassiter te surpasse sur l'échelle des grands-mères.

Ellen examina ses ongles. — Voyons, quel genre de grand-mère serais-je si c'était la vérité, ma chérie ? Au moins, *moi*, j'ai un petit-enfant, contrairement à cette traînée insipide avec qui ton père a dû s'accoquiner.

Jenna retint la vérité derrière ses lèvres. Personne ne gagnerait si elle la révélait maintenant.

— Et si tu venais demain soir ? Comme ça, tu pourrais avoir Trevor rien que pour toi.

— Tu as honte de moi ? Ellen tapota sa toute nouvelle coupe de cheveux dont elle avait pris soin de laisser entendre qu'elle avait coûté plus de deux cents dollars. Elle s'était délectée de dépenser l'argent de l'assurance-vie de son mari, d'où la coupe et la couleur, l'abonnement à la salle de sport et les nombreuses séances avec le coach personnel pour garder la forme.

Si seulement elle travaillait autant sur l'intérieur.

— Je n'ai pas honte de toi. Pour ce qui est de l'apparence, non. Mais pour la façon dont elle l'avait soutenue et avait été là en tant que mère ? Oui, c'était embarrassant. Mais blesser sa mère ne changerait pas le passé et Jenna n'était pas ce genre de personne.

— Bien. Alors il n'y a aucune raison pour que je ne puisse pas venir dîner ce soir et les rencontrer.

— Je ne pense pas que ce soit une bonne idée.

— Tu *as* honte de moi. Je le savais.

Était-ce des larmes dans les yeux de sa mère ? Impossible. Ellen North ravalait sa déception et l'avalait pour que personne ne le sache jamais.

Jenna s'assit à l'autre bout du canapé et jeta le chiffon à poussière sur la table. — Maman, qu'est-ce qui se passe ?

Ellen cligna des yeux. — J'essaie, Jenna. Vraiment. Tout le monde sait ce que tu as fait. D'abord tu es tombée enceinte adolescente, et ensuite tu refais la même chose à l'âge adulte. Et maintenant, soudainement, le père réapparaît et sa mère est aux anges — sa voix monta d'un octave — de répandre la nouvelle que ma fille lui a donné un petit-enfant. Comment crois-tu que je me sens ? Tout le monde me regarde comme si j'étais la mauvaise grand-mère. Tu sais que Marla a dit qu'elle ne savait même pas que j'avais un petit-fils ?

Marla était l'une des femmes du club de bridge avec lequel Ellen jouait chaque semaine depuis des années. Honte à sa mère de ne pas avoir informé ses soi-disant amies les plus proches de son existence.

— Peut-être que si tu le sortais de temps en temps et le montrais à tes amies, elles le sauraient. *Bien sûr* que tout tournait autour d'Ellen. Jenna était idiote de penser que cela avait une signification plus profonde, comme le fait de rater les premières années de Trevor. Elle se leva. Elle ne pouvait pas faire ça maintenant. Elle devait se préparer pour les gens qui voulaient vraiment connaître Trevor pour ce qu'il était, pas pour ce que les autres diraient.

Ellen fit claquer ses ongles à nouveau. — J'ai déjà élevé mon enfant, Jenna. *Aussi* sans mari. M'as-tu vue te refiler à d'autres personnes ?

— J'avais *seize ans*. Et Papa était encore là.

Cela atteignit sa mère. Ellen frappa du pied et se pencha en avant. — Ce n'est pas parce que nous étions encore légalement mariés qu'il était là pour nous. Dans nos vies. Il était trop occupé avec *elle*.

D'accord, peut-être qu'elle *devait* le faire. Au moins une partie. Pendant si longtemps, elle avait écouté sa mère fulminer contre Papa et était restée silencieuse. Elle avait encaissé le flot d'insultes de sa mère quand elle était tombée enceinte. Mais ce soir concernait Trevor. Elle ne pouvait pas laisser sa mère tout gâcher.

— Ellen, tu ne peux pas venir ce soir. Chaque conversation que j'ai avec toi finit en diatribe contre Papa. Je ne veux pas que Trevor ou les Lassiter y soient exposés. Je sais qu'il t'a fait du mal, mais il est parti. Nous, nous sommes là. Profite de nous.

Ça faisait du bien de le dire enfin. Pendant si longtemps, elle l'avait gardé enfermé en elle.

— C'est ce que j'essaie de faire, Jenna. À partir de ce soir. Une grande famille heureuse. C'est ce que tu veux pour ton fils, non ?

— Hou hou ? La voix chantante de Cathy résonna depuis la cuisine. Trevor, Bobby et moi sommes là. On peut entrer ?

Cathy avait dû voir la voiture d'Ellen et comprendre la nécessité de signaler sa présence avant d'amener les garçons à l'intérieur.

— Ellen...

— Oh, super. Mon petit-fils est là. Ellen enfila ses talons, se leva et se dirigea vers la cuisine. Attends qu'il voie ce que je lui ai apporté.

Jenna ferma les yeux, serra les dents et compta jusqu'à dix. Deux fois.

Elle ne pourrait pas se débarrasser de sa mère.

Chapitre Vingt-neuf

— Bonjour, je suis Ellen North. La grand-mère de Trevor, se présenta Ellen en tendant la main à Mme Lassiter avec toute la grâce artificielle de son club de country. Ou plutôt, je devrais dire son *autre* grand-mère, n'est-ce pas ?

Elle pouvait être très charmante quand elle le voulait. Et c'était ce qu'elle avait choisi à cet instant.

— Enchantée de faire votre connaissance, répondit Mme Lassiter, tout aussi charmante et sincère qu'elle l'avait été au déjeuner.

Bryan était toujours aussi magnifique.

Jenna ne l'avait pas vu depuis la veille. Il était retourné travailler après le déjeuner, puis au club — et Jenna n'avait *pas* l'intention de remettre les pieds dans cet endroit avant longtemps parce que A) elle ne voulait pas se faire entraîner à danser à nouveau, et B) elle ne voulait pas avoir à le regarder le faire.

Certes, il avait dit que c'était un coup de chance, mais quand même, la possibilité était là, et maintenant qu'elle avait été si proche de la perfection physique qu'était Bryan, maintenant qu'elle savait ce qu'il ressentait et quel goût il avait, et qu'il la désirait... Elle n'avait pas besoin de ce genre de tentation. Elle jonglait déjà avec suffisamment de choses comme ça.

— Wegarde, Bwyan ! M'sieur Singe aime Wocco.

Trevor entra dans la pièce, jonglant avec le bocal à poisson — via les mains glissantes de M. Singe, la marionnette en chaussette.

Jenna et Bryan coururent tous les deux pour attraper le bocal avant qu'il ne s'écrase au sol.

— Tu sais, Trev, dit Bryan en dirigeant leur fils vers ses grands-mères. Rocco n'aime pas être déplacé. Ça fait éclabousser l'eau partout dans son bocal.

— Est-ce qu'il a le mal de mer ?

— Oui, il peut l'avoir. Les poissons ne traînent pas dans les vagues, ils préfèrent rester dans les eaux plus calmes.

— Oh. Est-ce que je lui ai fait peur ? demanda Trevor en mettant immédiatement son pouce dans sa bouche.

Bryan lui tapota l'épaule pendant que Jenna s'occupait de la crise du poisson. — Tu n'avais pas l'intention de lui faire peur et Rocco le sait.

Jenna regarda le poisson. Généralement, ils ne vivaient pas plus d'un jour ou deux. Rocco était à bout de souffle même sans le tour de manège. Elle ferait mieux de visiter une animalerie et d'en trouver un qui lui ressemblait, juste au cas où. Trevor n'avait pas besoin de porter la mort de son poisson sur ses épaules pour le reste de sa vie.

— Et, hey, j'aimerais te présenter ma mère, dit Bryan en hissant Trevor sur sa hanche. Maman, voici Trevor.

Il y avait des larmes dans les yeux de Mme Lassiter lorsqu'elle tendit la main. — Bonjour, Trevor. Je suis si heureuse de te rencontrer.

Jenna se rapprocha de lui quand il commença à enrouler ses cheveux avec son autre main. Même s'il aimait bien Bryan, le fait qu'il soit revenu à l'utilisation de son prénom au lieu de "Papa" signifiait qu'il n'était pas tout à fait aussi sûr de la place de Bryan dans sa vie que tout le monde l'aurait souhaité.

Il suçait son pouce de plus belle.

Jenna le lui retira doucement et l'essuya. — Ça va, Trev. C'est... C'est ta grand-mère.

Ses yeux violets s'agrandirent. — J'ai une gwand-mèwe ? Son accent, pour une raison quelconque bostonien, devenait toujours plus prononcé quand il était ému.

Jenna sentit les larmes lui piquer les yeux et dut avaler la boule d'émotion dans sa gorge avant de pouvoir lui répondre.

Mais Ellen la devança, son rire un peu trop fort. — Bien sûr que tu as une grand-mère. Elle lui frotta le bras un peu trop rudement. N'oublie pas que je suis là, Trevy.

Personne ne l'appelait Trevy.

Bryan regarda Jenna.

Elle secoua légèrement la tête. — C'est vrai, Trev. Ellen est aussi ta grand-mère. Elle regarda Mme Lassiter. Ma mère préfère qu'on l'appelle par son prénom plutôt que *grand-mère*. Elle dit que ça prête à confusion dans les aires de jeux avec tous les enfants qui appellent leur grand-mère. Personne n'appelait jamais Ellen — mais c'était son propre choix.

— Oh, eh bien il peut certainement m'appeler Mamie, dit Mme Lassiter, retirant sagement sa main. Ou Nana, comme le font mes autres petits-enfants.

— Vous avez d'autres petits-enfants ? Le regard d'Ellen sur la mère de Bryan était loin d'être subtil. N'êtes-*vous* pas la parfaite petite femme au foyer ?

— Merci, répondit Mme Lassiter avec un sourire empreint d'une fierté sincère. Cette femme n'était pas une fainéante ; elle savait qu'Ellen avait voulu que ce soit une insulte, mais elle s'en moquait honnêtement. Et il y avait *peut-être* même un peu de pitié dans ce sourire.

Ellen n'aimerait pas ça.

Jenna appréciait encore plus Mme Lassiter pour avoir reconnu ce qui était important dans la vie.

— Bon, maintenant que les présentations sont faites... dit Bryan en reposant Trev. Tu veux voir ce que ma mère t'a apporté ?

Trevor prit la main de Jenna. — C'est mon annivewsaiwe ?

— Non, mon chéri, mais comme c'est la première fois qu'elle te rencontre, elle voulait t'apporter un cadeau.

— Oh. Cool.

— Je t'ai aussi apporté quelque chose, Trevy.

La voix d'Ellen irritait les nerfs de Jenna. — Maman, laissons-le ouvrir un cadeau à la fois pour que ce ne soit pas trop bouleversant.

Le sourire de sa mère se crispa.

Tout comme les nerfs de Jenna. Ce dîner allait être long.

* * *

Le dîner ne fut pas aussi mauvais qu'il aurait pu l'être — même si elle était sérieusement tentée d'utiliser un couteau à steak pour couper la tension — Mme Lassiter avait mentionné que le faux-filet était le morceau préféré de Bryan lorsqu'elle avait appelé pour demander si elle pouvait apporter le dessert — mais Bryan avait fait un excellent travail pour maintenir une ambiance amicale et faire avancer les choses pendant qu'ils mangeaient.

Trevor jouait joyeusement avec les figurines de T-rex que Mme Lassiter avait apportées — un détail sur son fils que Jenna avait partagé lors de cette même conversation à propos du fils de Mme Lassiter. C'était une femme charmante, tellement ravie d'avoir quelqu'un d'autre à aimer.

Ellen se calma une fois que l'attention ne fut plus centrée sur Trevor. Enfin, l'attention directe, puisqu'il *était* la raison pour laquelle ils dînaient tous ensemble. Mais Mme Lassiter — Tabitha comme elle insistait pour que Jenna l'appelle — savait comment s'y prendre avec les enfants et se contentait de le regarder pendant que ses dinosaures piétinaient un petit pois qui avait roulé hors de son assiette.

— Il lui reste encore un an de maternelle, puis il ira à l'école primaire. C'est un programme à temps plein. Je pense qu'il s'en sortira bien, dit Jenna en ajoutant des nouilles beurrées dans l'assiette de Trevor. C'était son plat préféré. Cette semaine.

— Jenna n'est pas allée à la maternelle. Je lui ai appris tout ce dont elle avait besoin. Nous étions inséparables à l'époque.

Jenna regarda sa mère. Elle ne savait pas ça. Elle ne l'aurait jamais deviné non plus. — Vraiment ?

Ellen grignotait un petit pois. Un seul. Elle était fanatique de sa ligne. — Oh, oui. J'étais tellement heureuse de t'avoir. Nous avions essayé pendant si longtemps, tu sais, et puis quand tu es arrivée, j'ai simplement dû passer chaque minute avec toi. J'ai abandonné ma carrière, mes amis, tous les voyages que nous faisions pour pouvoir le faire.

Était-ce un voyage culpabilisant ou une promenade sur le chemin des souvenirs ?

— Vous avez de la chance d'avoir pu passer ce temps avec elle, dit Tabitha. Mes garçons étaient comme des singes. L'école était la seule chose qui sauvait ma maison du désastre. Je suppose que c'est la différence entre les garçons et les filles.

— Tu avais un singe, Papa ? La petite voix de Trevor arrêta la conversation. Ou peut-être était-ce l'utilisation du mot *papa* qui le fit.

La bouche d'Ellen se serra en une ligne mince ; celle de Tabitha s'incurva en un sourire.

Bryan avait l'air de vouloir pleurer. Ce qui donnait envie à Jenna de le faire aussi. Elle était tellement heureuse pour Trevor que son père l'aime.

Tout en étant terrifiée qu'il le fasse.

— Non, Trev. Mon frère et moi, on se comportait juste comme eux.

— J'aimerais avoir un fwère.

La table devint très silencieuse.

Les yeux de tout le monde parcouraient la pièce.

Sauf ceux de Bryan.

Il la regardait. — On verra ce qu'on peut faire pour ça, Trev. Chaque enfant devrait avoir un frère ou une sœur.

— Je ne veux pas de sœur. Elles sont dégoûtantes. Michael en a deux et il dit qu'elles laissent traîner leurs poupées partout et qu'elles ne jouent pas au football.

Jenna essaya de détourner le regard, mais elle ne pouvait pas - et cela n'avait rien à voir avec ces magnifiques yeux de Bryan.

Non, cela avait à voir avec l'image qu'elle avait dans son esprit. Avoir l'enfant de Bryan. Pour de vrai cette fois.

Elle le voulait. Elle le voulait vraiment, vraiment. Tout d'un coup, cela la frappa, un besoin dévorant d'avoir un enfant - *son* enfant. De créer une nouvelle vie, une qu'elle pourrait appeler la sienne, que personne ne pourrait lui prendre, et elle voulait le faire avec Bryan.

Elle était tellement dépassée qu'elle aurait dû se sentir comme si elle se noyait, mais ce n'était pas le cas.

Cela semblait juste. Cette image semblait juste. Être assise ici, dînant avec lui et Trevor et les deux grand-mères... cela semblait juste. Comme si c'était ainsi que les choses devaient être.

Mais tout ce scénario était basé sur un mensonge.

— Je ne sais pas si Jenna est prête pour une troisième grossesse. Ellen mit une autre cuillère à café de petits pois dans son assiette. — Je veux dire, le corps ne peut en supporter que jusqu'à un certain point, même si elle était si jeune la première fois. Mais, vraiment, Jenna, tu devrais être heureuse avec un enfant en bonne santé. On ne sait jamais ce qui peut arriver.

La réalité s'effondra avec une vengeance. La vengeance de sa mère.

Ellen ne s'était jamais remise de "l'humiliation" de la grossesse adolescente de Jenna, mais Jenna n'aurait jamais imaginé qu'elle l'évoquerait maintenant comme ça, dans le seul but de lui rendre cette humiliation.

— *Troisième* grossesse ? Bryan la regarda.

— Elle ne te l'a pas dit ? Ellen avait l'air choquée - mais elle ne l'était pas. Elle savait ce qu'elle faisait. Elle n'avait jamais pardonné à Jenna de ne pas avoir pris son parti contre son père.

Quel parent voulait que son enfant choisisse un camp ? Elle avait essayé de rester neutre, aimant chacun pour ses propres mérites.

Sa mère venait de perdre beaucoup de ces mérites.

Jenna se leva. — Je n'aurai pas cette discussion devant Trevor. Bryan, si tu veux bien me rejoindre dehors ? Ellen, j'aimerais que tu partes. Mrs. Lassiter - Tabitha - si cela ne vous dérange pas de surveiller Trevor un petit moment, j'apprécierais.

— Bien sûr, Jenna. Dieu bénisse la grâce de Mrs. Lassiter. La femme se déplaça directement sur la chaise de Jenna, prit l'un des T-rex, et commença à faire des bruits de grognement.

Trevor lui répondit, en riant.

Ellen, cependant, fronçait les sourcils. — Tu ne laisses pas cette femme, cette étrangère, surveiller mon petit-fils.

Jenna agrippa le dossier de sa chaise, essayant de garder un contrôle serré sur sa colère. Elle ne ferait pas ça devant son fils. — C'est son petit-fils et je le fais. Maintenant pars, Ellen, avant que ça ne devienne plus laid que ça ne l'est déjà.

Bryan se tenait derrière Jenna et mit sa main sur son épaule. — Oui, Ellen. Je pense que ce serait mieux si vous partiez. Ma mère a plus que suffisamment d'expérience pour occuper Trevor pendant quelques minutes. Je lui confierais *ma* vie. En fait, je l'ai fait pendant des années.

Ellen n'avait pas manqué l'inflexion sur le *ma* pas plus que Jenna. Ses lèvres se pincèrent et elle sortit de la maison en claquant la porte derrière elle.

— Veuillez nous excuser, Tabitha.

Mrs. Lassiter agita la main et engagea le dinosaure de Trevor dans une bataille pour un autre petit pois.

Jenna conduisit Bryan sur le porche arrière. Les grillons commençaient tout juste à s'échauffer pour leur symphonie nocturne et les lucioles commençaient à peine à scintiller dans son jardin. Habituellement, c'était l'un de ses moments préférés de la nuit avec le crépuscule violet pâle et le calme, mais maintenant...

Elle s'appuya contre la balustrade et regarda les branches du saule pleureur se balancer dans la douce brise.

Ce n'était pas une conversation qu'elle avait jamais voulu avoir. Surtout pas avec lui.

Bryan la fixait. Il s'approcha et s'appuya sur ses coudes contre la balustrade, mais il ne regardait pas les lucioles ; il la regardait elle.

Elle prit une inspiration, s'efforçant de ne pas laisser la douleur éclipser les souvenirs. — J'avais seize ans. C'était mon petit ami. On était stupides comme le sont les adolescents. On ne pensait jamais que ça nous arriverait.

— Que s'est-il passé ? Où est le bébé ?

Les lucioles scintillantes devinrent floues. Jenna cligna des yeux. — Elle n'a pas survécu. J'ai eu un accident de voiture, celui où mon père est mort et... Elle s'éclaircit la gorge. — Ma mère pensait que c'était une bénédiction.

Bryan exhala. — Je suis désolé, Jenna.

Elle le regarda alors. — Tu n'as pas à être désolé.

— Je suis désolé que tu aies dû traverser ça avec cette femme comme soutien. Ça n'a pas dû être facile. Tu avais besoin d'être entourée et réconfortée. Une bénédiction ? Ne réalisait-elle pas qu'elle avait perdu un petit-enfant ?

Jenna essaya de hausser les épaules, mais le poids qu'elle portait sur ses épaules depuis — culpabilité, chagrin, soulagement, horreur face à ce soulagement, plus de culpabilité — ne le lui permit pas. — C'est arrivé. Je ne pouvais rien y faire. Il fallait que je gère. Et, tu sais, j'avais seize ans.

— Seize ans, vingt-six ans... Est-ce que ça fait vraiment une différence ? Il se tourna vers elle, s'appuyant sur son coude gauche et lui caressant le bras. — Où est le gars maintenant ?

Elle se mordit la lèvre et détourna le regard. — Il est parti dès qu'il a entendu parler du bébé. Il a même demandé si c'était le sien.

— Wow. Bryan se redressa maintenant et la prit dans ses bras. — Je suis vraiment désolé que personne n'ait été là pour toi, Jenna. Je suis désolé de ne pas avoir été là pour toi avec Trevor. Mais je suis là maintenant et je ne vais nulle part.

Elle se laissa fondre dans son étreinte. Juste un peu. Elle ne pouvait pas s'en empêcher. Il avait raison ; personne n'avait été là. Elle avait dû faire face à la mort de son père, de son bébé, à la fin de sa relation, et à la réalisation de ce que Dave pensait vraiment d'elle. Et puis la trahison de sa mère par-dessus tout. Était-ce étonnant qu'elle se soit accrochée si fort à Mindy ? Elle avait été la seule famille que Jenna avait eue.

Et maintenant Mindy n'était plus là. Elle ne pouvait pas perdre Trevor aussi.

Elle se redressa. Elle ne pouvait pas s'appuyer sur Bryan. Il avait le pouvoir de lui enlever la dernière personne qu'elle pouvait appeler sienne.

— Merci, Bryan, mais ça va. Vraiment. C'était il y a longtemps. Douze ans, onze mois, neuf jours, et environ six heures. Elle avait tourné la page et avancé. C'était ce qu'elle avait dû faire.

Mais elle commit alors l'erreur de lever les yeux vers lui.

Il était juste là. Ses lèvres étaient juste là, ses yeux inquiets, son expression pensive. Concernée. Attentionnée. Et la nuit était calme, la musique de la Nature les berçant, son après-rasage et ce parfum qui n'appartenait qu'à lui l'enveloppant tout aussi réconfortant que ses bras, tout aussi *excitant* que ses bras. Tout aussi séduisant et attirant et taquin et solide et accueillant que ses bras.

— Jenna...

— Bryan...

Elle ne savait pas qui avait parlé en premier. Peu importait. Elle était dans ses bras et il était là pour elle et elle devait l'embrasser. Devait. Comme si chaque partie de sa vie convergeait vers ce seul moment dans le temps, ce moment unique et crucial dont elle ne pouvait pas s'enfuir.

Ses doigts s'accrochèrent aux coutures de son polo et s'y agrippèrent, la maintenant debout, l'ancrant à quelque chose de tangible, alors que le monde tournoyait autour d'elle dans un tourbillon de sensations. De désir, de besoin, de sentiments et d'émotions et de l'envie dévorante d'une connexion avec un autre être humain.

Bryan était si fort. Si grand. Si solide. Si *présent*. Il *voulait* être là. N'avait pas du tout tressailli quand il s'était agi de rester pour son fils. Il lui avait même proposé le mariage pour s'assurer qu'il *pourrait* être là.

Pourquoi l'avait-elle refusé ? Pourquoi n'avait-elle pas sauté sur l'occasion ? Ce serait le mieux pour Trevor, et avec la façon dont le baiser de Bryan l'affectait, ce ne serait pas si mal pour elle non plus.

Sa langue balaya l'intérieur de sa bouche et, tout à coup, le baiser n'était plus réconfortant. Il n'était plus sûr et protecteur et enveloppant. Il était brûlant et charnel et n'avait rien à voir avec l'enfant qu'ils partageaient ; il s'agissait uniquement de la *chimie* qu'ils partageaient. Ce désir et ce besoin impérieux et l'envie de se blottir sous sa peau et de ne jamais partir. De le connaître de fond en comble, de faire partie de lui, de partager avec lui, et de chevaucher les vagues de ce plaisir avec lui jusqu'aux sommets et de basculer par-dessus bord.

Il arracha ses lèvres des siennes et les enfouit dans le creux de sa gorge, sa tête basculée en arrière alors qu'elle haletait, sa poitrine pressée contre son torse tandis que ses mains traçaient une magie chaude et sensuelle le long de son dos pour empoigner ses fesses, la chaleur se propageant en spirale depuis ce point dans son ventre, imprégnant chaque partie d'elle de chaleur et d'un besoin lancinant et pressant.

— Je te veux, Bryan. Les mots sortirent d'un coup. Elle ne pouvait pas les arrêter. Elle ne voulait pas les arrêter. Elle ne voulait pas l'arrêter *lui*. Elle le voulait. C'était vrai. Cela faisait si longtemps qu'elle n'avait pas été avec quelqu'un, et personne, pas même Carl avant qu'elle ne parle d'adopter Trevor, personne ne l'avait jamais fait se sentir aussi désirée et désirable et spéciale que Bryan depuis le moment où elle l'avait rencontré.

Mais alors il se recula.

Il *se recula*.

— Jenna...

— Oh mon Dieu. Elle s'arracha de ses bras, enroula les siens autour de sa taille, et se tint dans le coin de la balustrade en regardant partout sauf vers lui. Il s'était *reculé*. — Je suis désolée, Bryan. Mon Dieu, je suis désolée. Je n'aurais pas dû dire quoi que ce soit. C'est... juste... Oublie ce que j'ai dit. Ne pense pas que c'est... Je veux dire... Oublie ça.

Il s'approcha derrière elle à nouveau et saisit ses biceps. — Jenna.

Elle secoua la tête. Elle ne pouvait pas lui faire face. Elle ne pouvait tout simplement pas. Cette marée montante de désir et de besoin et, oui, de désespoir, menaçait de la submerger et si elle le regardait, elle s'effondrerait.

— Jenna. Il exerça une pression sur ses bras, l'incitant à se retourner. — Jenna, regarde-moi.

Mais quand il l'a dit si gentiment et doucement, cela a touché quelque chose en elle. Une partie solitaire et désireuse au fond d'elle-même.

Elle se retourna, mais fixa le bouton du bas de l'encolure de son polo.

— Jenna. Il releva son menton d'un doigt. Ses yeux étaient si intenses sur les siens qu'ils avaient viré au violet foncé. — Je te désire aussi.

Le désir dans sa voix menaçait de faire fléchir ses genoux. Elle agrippa à nouveau les coutures de sa chemise.

— Mais il faut que tu me veuilles *moi*. Pas le réconfort que je peux t'offrir. Pas de la gratitude pour avoir reconnu ta douleur et comment tout le monde t'a laissée tomber. Pas même à cause de Trevor. Je veux avancer avec toi, Jenna, pas revivre le passé. Je te veux ici et maintenant avec moi. On ne peut pas changer le passé, mais on peut changer l'avenir. Quand tu seras prête pour ça, quand tu me voudras pour ça, c'est là que ce sera le bon moment pour nous.

Il l'embrassa sur le front. Puis sur le nez. Puis un doux effleurement de ses lèvres sur les siennes. — Je serai là, Jenna. Quand tu seras prête, je serai là. Je ne vais nulle part.

Elle se pencha vers lui. C'était ce qu'elle voulait. Ce qu'elle avait toujours voulu. Ce que Carl n'avait pas été assez homme pour être, faire ou dire. Ce que Dave n'avait pas pu donner. Ce que son père avait pris quand il avait détruit leur famille en choisissant quelqu'un d'autre.

Mais Bryan... Bryan était là pour elle. Et pour Trevor.

Il l'embrassa à nouveau et lui frotta les bras. — Allez, rentrons relever ma mère. Ça fait longtemps qu'elle n'a pas diverti un enfant de trois ans.

Jenna acquiesça et renifla... quelque chose. Pas une larme. Pas des excuses. Mais quelque chose...

Il tint la porte ouverte et elle dut se retenir de la fermer et de l'enlacer pour rester exactement là où ils étaient en ce moment, sans que rien — ni le passé, ni son mensonge, ni aucune des conséquences de celui-ci — ne vienne gâcher ce moment le plus parfait qui soit.

Et puis elle entendit le rire de Trevor.

— C'est vwai ?

— Vraiment, répondit Mme Lassiter. Et ton papa s'est retrouvé couvert de boue. De la boue toute gluante, visqueuse et collante. Il a dû prendre quatre bains.

— Beurk ! Je déteste les bains.

Jenna pouvait parfaitement imaginer l'expression sur le visage de Trevor en disant cela et elle sourit. Elle connaissait tous ses regards. Elle connaissait chaque sourire et chaque tressaillement quand il dormait et chaque expression maussade quand il était fatigué. C'était sa réalité. C'était ce sur quoi elle devait se concentrer, pas ce moment de rêve hors du temps avec Bryan.

Elle lui fit un signe de tête et entra dans la maison.

— Mais les bains te rendent tout propre et brillant, et tu sens bon après. Mme Lassiter leva les yeux quand Jenna s'arrêta à l'entrée du salon. — Et je parie que ta maman te fait plein de câlins après ton bain.

Trevor hocha rapidement la tête, ses boucles rebondissant autour de sa tête. — Ouais, elle le fait. J'aime les câlins.

— Tu en voudrais un maintenant ?

Trevor arrêta de hocher la tête. Ses boucles cessèrent de rebondir.

Jenna retint son souffle. Allait-il la laisser faire ?

Et s'il le faisait, comment Jenna se sentirait-elle ? Elle avait été la seule à faire des câlins à son fils.

— Oui, s'il te plaît. Trevor tendit les bras et laissa sa nouvelle grand-mère l'envelopper dans les siens.

Jenna s'affaissa contre le chambranle. C'était ce qu'elle voulait pour Trevor.

C'était le cas. Vraiment.

— Il t'aime toujours plus que tout, murmura Bryan à son oreille. Personne ne te remplacera jamais, Jenna. Le cœur est comme n'importe quel muscle ; il a la capacité de grandir et de s'étendre. Trevor peut aimer beaucoup de gens dans sa vie, mais il ne cessera jamais de t'aimer.

C'était la chose parfaite pour Bryan à dire. Le sentiment parfait et Jenna lui était reconnaissante de le lui avoir donné.

Dommage qu'il ne sache pas que Trevor *pourrait* effectivement cesser de l'aimer quand il découvrirait un jour la vérité sur sa mère biologique.

Et Bryan ? Que dirait-il ?

Il la détesterait pour lui avoir menti.

— Tu fais de bons câlins, Mamie.

Mme Lassiter s'éclaircit la gorge. — Merci, Trevor. J'en faisais beaucoup à ton papa quand il était petit.

— Ma maman me fait plein de câlins. J'adowe les câlins de Maman.

Jenna ravala la boule dans sa gorge. C'était pour cela qu'elle devait mentir à Bryan. Pourquoi elle ne pourrait jamais lui dire la vérité. Elle ne pouvait pas risquer de perdre ses droits sur son fils.

Elle s'éclaircit la gorge et entra dans la pièce. — Hé, Trev. Tu t'es bien amusé avec ta grand-mère ?

— Hum hum. Elle aime jouer aux dinosauwes.

Les adultes se sourirent et Jenna voulait juste prendre Trevor dans ses bras et le serrer jusqu'à la semaine prochaine, son doux, doux bébé.

Mme Lassiter se leva. — Je vais juste débarrasser la table puis vous laisser. Je suis sûre que ce jeune homme doit commencer sa routine du coucher et je ne voudrais pas interrompre ça.

— Oh non, je suis obligé ? Trevor fit la moue.

— Oui, mon grand, si ta maman le dit. Bryan regarda Jenna. — Jenna ? Il prend un bain ce soir ?

Jenna pointa du doigt les mains de leur fils. — On dirait que quelqu'un a joué avec des nouilles au beurre. Je pense que ça mérite un bain.

Trevor fit encore plus la moue. — Est-ce que Wocco peut nager avec moi ?

Bryan rit. — Le savon est mauvais pour les poissons, mais que dirais-tu si on apportait son bocal pendant que je te donne ton bain ? Ça te va ?

Les yeux de Trevor brillèrent. — Il peut, Maman ? Bwyan, je veux diwe, Papa, peut me donner mon bain ?

Elle voulait dire non. Trevor était à elle. C'était *elle* qui lui donnait ses bains.

Mais il était tellement excité qu'elle serait la méchante maman si elle disait non.

— Bien sûr, mon chéri. Je vais nettoyer pendant que vous faites le truc du bain. Elle regarda Bryan. — Il y a un siège dans l'armoire à linge. Il a des ventouses en dessous pour coller à la baignoire. Il y a aussi un tas de savons colorés. Il aime dessiner sur les carreaux.

— Compris. Autre chose que je devrais savoir ?

— Gant de toilette sur ses genoux. Ça t'évitera d'avoir besoin d'une douche.

— Merci, je m'en souviendrai.

Rocco accompagna les deux à la salle de bain pendant que Mme Lassiter aidait Jenna avec la vaisselle.

— Tu as fait un travail merveilleux avec lui, Jenna, dit la mère de Bryan en rinçant les assiettes.

— Merci. Ça a été un défi, mais je ne changerais pas une minute de tout ça.

— Je suis vraiment désolée que tu aies dû traverser ça toute seule. J'aurais aimé que mon fils soit un peu plus responsable.

Jenna fit semblant de chercher quelque chose par terre pour ne pas avoir à regarder la mère de Bryan. Parler d'une conversation gênante à avoir avec la grand-mère de son fils... — Il faut être deux, Mme Lassiter. Il ne peut pas porter tout le blâme. De plus, ce n'était pas prévu. Parfois, les choses arrivent.

— Eh bien, ce qui est important maintenant, c'est que vous fassiez tous les deux ce qu'il faut. Merci de nous permettre d'avoir une place dans sa vie. C'est ce qu'il y a de mieux pour Trevor. Et pour toi aussi, tu sais. Tu as maintenant une nouvelle famille.

Jenna n'y avait pas pensé de cette façon. Certes, Trevor avait une nouvelle famille, mais oui, elle aussi.

Et elle leur mentait à tous.

Elles terminèrent dans la cuisine juste au moment où Bryan ramenait un Trevor humide et poudré pour dire au revoir, son pyjama à pieds complété par la casquette de baseball que Bryan lui avait gagnée à la foire.

Jenna n'eut pas le cœur de lui dire que Trevor aurait trop chaud dans cette tenue pendant la nuit, alors elle le changerait après le départ de Bryan.

— Au revoir, Mamie ! Mewci pour mes T-wex. Wocco va leur tenir compagnie cette nuit pour qu'ils ne te manquent pas.

Elle l'embrassa sur la joue. — Bonne nuit, mon chéri. Je te verrai plus tard.

Elle tira l'oreille de Bryan et il se pencha pour recevoir son propre baiser. — Prends soin de lui, mon fils. Il n'y a pas de cadeau plus précieux qu'un enfant.

Bryan déglutit. Bruyamment. Jenna le vit et l'entendit.

Elle entendit aussi l'émotion dans sa voix quand il embrassa sa mère et la remercia.

Ils restèrent là, tous les trois sur le pas de la porte, à faire signe et à regarder Mme Lassiter monter dans sa voiture et s'éloigner, et ce fut au tour de Jenna de déglutir bruyamment. C'était comme s'ils étaient une vraie famille se préparant à s'installer pour la nuit.

— Alors, que fait-on maintenant, champion ? On lit un livre ? On regarde un peu la télé ? On mange des gâ...

— Un livre, intervint Jenna, ne voulant pas donner à Trevor des idées de gâteaux comme collation avant le coucher. Et il doit se brosser les dents.

— Je l'ai déjà fait, Maman. Papa m'a chanté une chanson dwôle.

Jenna haussa les sourcils et fut étonnée de voir Bryan rougir.

— Quelque chose que mon père avait l'habitude de chanter pour nous faire brosser les dents assez longtemps.

— Et j'ai pu cwacher à la fin ! Maman ne me laisse jamais cwacher. Trevor la regarda comme si c'était une mauvaise chose.

— Eh bien, ta maman ne veut pas que tu craches sur quelqu'un, juste dans le lavabo de la salle de bain et seulement le dentifrice. Et seulement au moment du coucher.

— Alors je ne peux pas cwacher quand je me bwosse les dents le matin ?

— Oh, eh bien, là aussi. Bryan se gratta la nuque. — Il y a beaucoup de choses à prendre en compte dans ce truc de parentalité, hein ?

Jenna rit. — Tu t'y feras. Il faut juste de la pratique.

Elle prit un livre sur l'étagère. — Tiens. Lis-lui celui-ci. C'est l'un de ses préférés.

— Oh ! J'adowe le petit twain. Il peut twavewser la montagne.

Le lit gémit quand Bryan s'assit dessus. Jenna s'appuya contre le mur juste à l'extérieur de la porte, écoutant sans honte. Est-ce que ce serait comme ça si elle avait accepté sa demande en mariage ? Emménagerait-il avec eux et mettrait-il Trevor au lit et lui donnerait-il son bain et lui lirait-il des livres et couperait-il ses crêpes et lancerait-il la balle, panserait-il ses genoux, l'emmène-rait-il aux matchs...

— Je cwois que je peux ! cria Trevor sa réplique préférée du livre et Bryan rit exactement comme elle le faisait chaque fois que Trevor le disait comme ça.

Un jour, son zozotement disparaîtrait et elle regretterait toutes les petites expressions mignonnes qu'il avait.

Elle ne voulait pas manquer davantage de sa vie, alors elle entra dans la chambre. — Y a-t-il assez de place sur ce lit pour moi ?

— Youpi ! Maman est là ! Trevor se rapprocha du garde-corps à l'extérieur de son lit. — Tu peux t'asseoir à côté de Bwyan, Maman, parce que Monsieur Singe veut s'asseoir à côté de moi.

Elle ramassa la peluche par terre et la plaça à côté de Trevor, puis remonta les couvertures sur ses genoux, avant de grimper sur le lit et de s'appuyer contre le mur à côté de Bryan.

Comme c'était mal d'être si consciente de ses longues jambes musclées à côté des siennes sur le lit de leur fils ! Elle ne penserait probablement pas de cette façon si elle avait vraiment conçu Trevor avec Bryan, mais comme elle n'avait eu qu'un avant-goût de ce que ce serait de se coucher avec lui, c'était la seule chose à laquelle elle pouvait penser alors qu'elle était *réellement* sur un lit avec lui.

— Tu peux le weliwe, Bwyan ? Trevor leva la tête quand Bryan termina l'histoire.

— Je pourrais, mais je ne pense pas que tu tiendras le coup, mon grand. Bryan ajusta l'oreiller de Trevor et l'installa d'une manière que Jenna enviait. Elle n'arrivait jamais à le faire se blottir si facilement.

— Tu le liwas demain ?

Bryan glissa du lit, remonta les couvertures et embrassa le front de Trevor. — Bien sûr, Trev. Dors bien. Tiens compagnie à M. Singe.

— Et à Wocco aussi. Ses amis lui manquent.

— Mais il a les dinosaures maintenant, alors il ira bien. Bryan recula pour que Jenna puisse dire son propre bonsoir.

— Bonne nuit, Maman. Je t'aime.

— Je t'aime aussi, Trev. Sa gorge se serra comme à chaque fois qu'il prononçait ces mots magiques. Il n'y avait rien de tel que d'être aimé si inconditionnellement par ce petit garçon.

Elle ramassa le livre, puis alluma la veilleuse et ferma la porte en suivant Bryan dans le couloir, avec un dernier regard vers le petit bonhomme déjà presque endormi. Elle ne pourrait jamais se lasser de le regarder dormir.

— C'est un miracle, n'est-ce pas ? murmura Bryan au-dessus de sa tête.

Elle leva les yeux. Il regardait Trevor, lui aussi. — Il l'est. Il l'est vraiment.

Elle mit un doigt sur ses lèvres et le conduisit au salon. — Merci de lui avoir fait la lecture. D'habitude, il ne s'endort pas si facilement.

— Trop d'excitation, c'est tout. Il aurait fait pareil pour toi après la journée qu'il a eue.

Le dîner avait été suffisamment excitant pour *elle*. Et ce baiser après...

— Alors, tu as besoin d'autre chose, Jenna ?

Jenna leva les yeux. *Besoin* de quelque chose ? Par où commencer ? Elle avait besoin. Elle avait besoin d'aide. De quelqu'un pour partager le fardeau et l'inquiétude d'élever un enfant. De quelqu'un pour prendre le relais afin qu'elle puisse avoir quelques heures de répit. De quelqu'un qui s'intéresserait à elle autrement que comme la mère de Trevor ou l'enseignante de Jason ou la voisine d'en face, ou quelqu'un à qui sa mère avait donné naissance.

Elle avait besoin de compter pour quelqu'un.

— Jenna ? Ça va ?

Non, ça n'allait pas. Et elle ne voulait vraiment pas être seule ce soir.

Ni jamais.

Elle posa le livre sur l'étagère et se retourna.

Et puis elle l'embrassa.

Chapitre Trente et un

Un instant, Bryan savourait la douce chaleur d'avoir mis son fils — son *fils* — au lit, et l'instant d'après... il n'avait plus rien de doux ni de chaleureux du *tout*.

Non, il était *brûlant* et *bouillonnant*, et Jenna était dans ses bras, ses lèvres sur les siennes, son corps doux, ferme et parfait se frottant contre lui, et il n'y avait aucun doute sur ce dont elle avait besoin.

Ce dont *lui* avait besoin.

Bryan la serra contre lui. Ce n'était probablement pas la meilleure idée, mais, bon sang, ce serait pire d'arrêter.

Il la désirait. En quatre ans depuis qu'il l'avait eue — bien qu'il ne s'en souvienne pas — rien ne semblait avoir changé. Il y avait une raison pour laquelle ils s'étaient retrouvés ensemble cette nuit-là, et même si l'alcool avait joué un rôle, il n'avait fait qu'accélérer les choses, car ils en seraient arrivés là de toute façon.

Mais il serait à jamais reconnaissant pour cette nuit-là, cet alcool et cette fête, car tout cela l'avait amené à ce moment, et tout ce qu'il voulait, c'était l'emmener au lit et redécouvrir tout ce qu'il avait appris quatre ans auparavant.

Elle gémit doucement au fond de sa gorge quand il plongea sa langue dans la chaude cavité de sa bouche, le son se propageant le long de sa colonne vertébrale comme une langue de feu, embrasant chaque centimètre de sa peau.

Elle enfonça ses doigts dans ses cheveux, les tirant, et il sentit chaque traction directement dans son aine. L'envie, le besoin, le désir de la faire sienne comme l'homme le faisait depuis la nuit des temps. Elle était à lui. Il avait créé une vie avec elle, un être vivant et respirant qui était le meilleur d'eux deux, et il voulait découvrir toutes ces parties en elle.

Il la souleva dans ses bras, sans jamais rompre le baiser. Il pensait ne jamais le faire, et si le monde devait s'arrêter maintenant avec elle dans ses bras, l'embrassant, le désirant, gémissant pour lui, il mourrait heureux.

Il la porta à l'étage et parcourut le couloir en passant devant la chambre de Trevor. La sienne devait être quelque part par ici et, bon sang, même si ce n'était pas le cas, il la prendrait contre le mur. Il ne la laisserait pas partir. Pas maintenant. Pas ce soir.

Jamais s'il avait son mot à dire.

— La porte à droite, murmura-t-elle en tirant sa lèvre inférieure entre ses dents, le picotement de ce petit coup traversant tout son corps alors qu'il ouvrait la porte de l'épaule.

La chambre était fleurie et jolie, typiquement féminine, mais Bryan s'en moquait éperdument ; tout ce qu'il voulait, c'était la voir nue et frémissante sous lui sur le — merci mon Dieu — lit king-size.

Il ferma la porte puis tomba sur ce lit sans sa finesse habituelle, mais il s'en fichait aussi. Il ne voulait pas retirer une main d'elle plus longtemps que nécessaire, donc il amortit à peine leur chute.

Jenna ne semblait pas s'en soucier, se blottissant contre lui, ses genoux par-dessus ses cuisses, un bras coincé sous lui, l'autre remontant son t-shirt.

Bryan réussit à se soulever juste assez — et à libérer une main juste assez longtemps — pour arracher ce t-shirt par-dessus sa tête et le jeter quelque part. Quelque chose s'est peut-être écrasé au sol — ou c'était peut-être le battement de son cœur alors qu'elle traçait du bout des doigts son abdomen.

Et puis ses lèvres.

Sa langue.

Bryan gémit et retomba sur la couette. Les cheveux de Jenna frôlaient sa peau comme une plume — une plume électrifiée car chaque terminaison nerveuse était en alerte et si elle ne s'arrêtait pas bientôt, ce serait lui qui se tordrait sous *elle*.

Ce qui ouvrait toutes sortes de possibilités intéressantes.

Mais il voulait d'abord profiter d'elle. Voulait apprendre à la connaître à nouveau. Découvrir ce qui la faisait gémir. Ce qui faisait frémir son ventre. Ce qui la faisait crier son nom.

Il prit son visage en coupe et releva ce beau visage vers lui. — Jenna, viens ici.

Elle se lécha les lèvres. — Mais Bryan...

Il se redressa — plus ou moins — et l'embrassa, déversant dans ce baiser tout ce qu'il ressentait, tout ce qu'il voulait. C'était Jenna. La mère de son enfant, la femme qui lui avait fait le plus beau cadeau qu'un être humain puisse faire à un autre, et il voulait que ce moment soit pour eux. Pas juste pour lui, ou juste pour elle, ou n'importe quelle combinaison des deux, mais pour *eux*. Ils méritaient cela, méritaient d'être ensemble, de se redécouvrir l'un l'autre.

Il l'allongea sur ses oreillers et écarta ses cheveux de son visage. Ses yeux étaient si bleus. Si beaux, comme une journée d'été claire et ensoleillée, toute cette chaleur alors qu'elle le regardait, claire, honnête et vraie.

Et si ce n'était pas un battement dans les environs de son cœur, Bryan ne savait pas ce que c'était.

Il l'aimait.

Bryan laissa cette pensée s'installer, réchauffant tout son corps d'une manière qui n'avait rien à voir avec ce que Jenna lui faisait ressentir, mais tout à voir avec cela aussi. Il l'aimait.

— Jenna... Il s'arrêta. Il ne devrait pas lui dire. Il ne *pouvait pas*. Pas encore. C'était trop tôt. N'est-ce pas ? Peut-être en faisait-il plus que ce que c'était réellement ?

— Fais-moi l'amour, Bryan. Elle glissa sa main dans ses cheveux et l'attira vers elle, et, oui, il pouvait le faire de cette façon, l'*aimer* de cette façon. Laisser son corps dire ce qu'il ne pouvait pas.

Pas encore.

Il l'embrassa à nouveau, déversant tout ce qu'il ressentait pour elle dans ce baiser. Il mordilla ses lèvres pour ce sourire espiègle qu'elle avait eu quand elle avait raté le ballon de football qu'il lui avait lancé l'autre jour. Lécha ses lèvres pour la barbe à papa qui y était collée à la fête foraine. Balaya la jointure pour la sensation chaude et délicieuse de son corps bougeant contre le sien, et il plongea à l'intérieur comme le reste de lui voulait le faire, la sentant autour de lui, l'accueillant dans sa chaleur, l'enveloppant de l'essence même de tout ce qu'était Jenna.

Ses ongles griffèrent son dos et elle glissa ses mains sous son pantalon, et soudain ils portaient tous les deux trop de vêtements.

Il se souleva d'elle — juste assez pour qu'elle puisse défaire le bouton et la fermeture éclair à sa taille et qu'il puisse remonter son t-shirt sur son abdomen lisse et tonique, révélant le soutien-gorge en dentelle pêche le plus sexy qu'il ait jamais vu, ses tétons le taquinant juste en dessous.

Il tira la dentelle vers le bas et la goûta. Bon Dieu, comment avait-il pu oublier ça ? Comment avait-il pu boire assez de bière pour noyer le doux paradis qu'était son corps ?

Il fit rouler ce téton durci sur sa langue, le suça entre ses lèvres, prenant son sein en bouche, et il se régala de sa chair douce et délicieuse, cette féminité absolue le faisant trembler de désir.

Ses paumes trouvèrent ses fesses et elle les serra, et bon sang, il sentit cette action dans son sexe déjà si tendu, dur et tressautant contre sa cuisse, voulant la posséder. Voulant être enfoui en elle et bouger... bouger pour soulager ce besoin qui menaçait de lui faire perdre tout contrôle.

Il parsema de baisers son chemin jusqu'à son autre sein, ayant besoin de voir s'il avait un goût ne serait-ce que moitié aussi bon que le premier, et, bon Dieu, oui. Jenna était une sensation pour son palais et il ne pensait pas pouvoir jamais se lasser d'elle.

Et puis sa main le trouva.

Bryan inspira brusquement, son toucher détruisant toute once de sang-froid qu'il voulait revendiquer.

Sa peau était comme de la soie, ses doigts l'enveloppant et le serrant juste assez pour faire bouillir son sang. Il se balança dans sa prise et doux Jésus, c'était absolument incroyable.

Son orgasme se formait dans ses testicules et il ne pouvait s'empêcher de pousser. Ne pouvait s'empêcher de se balancer dans l'étreinte douce et serrée qu'elle avait sur lui, et s'il ne pouvait pas aller plus vite, il mourrait.

— Jenna, lâcha-t-il, voulant qu'elle fasse... quelque chose. Il n'était pas sûr de quoi, mais il ne pouvait pas continuer comme ça plus longtemps. Mais si elle s'arrêtait, il mourrait.

Elle s'arrêta.

Il continua, étonnamment, à respirer. Des respirations dures, saccadées, serrées, pas-assez-d'air, mais il y avait toujours de l'air qui entrait, le maintenant en vie, le torturant avec le désir de pousser en elle si longtemps et si fort et si profondément et pour toujours qu'il tremblait en essayant de s'accrocher à sa santé mentale.

— Il y a une boîte. Tiroir du haut. Elle fit un signe de tête vers la table de chevet à sa droite.

Évidemment, celui de gauche était plus proche.

Il se traîna vers celui-ci, ouvrit brusquement le tiroir et en sortit un étui noir avec un cadenas. — Qu'est-ce que c'est ?

Jenna le lui prit et il fut si content de voir ses doigts trembler alors qu'elle essayait de le déverrouiller avec l'une des plus petites clés qu'il ait jamais vues.

— Je ne voulais pas que Trevor les voie, dit-elle, toute sa concentration allant à cette minuscule clé.

Il rit brièvement, mais ce fut suffisant pour dissiper une partie de la tension — assez pour le laisser être à moitié cohérent. — Bien pensé.

— J'ai parfois une ou deux idées brillantes.

— Le dîner en était une. Merci.

Elle laissa tomber la clé. Heureusement, elle était attachée avec un ruban. — La déverrouiller plus tôt aurait été une meilleure idée, grommela-t-elle alors qu'enfin, Dieu merci, elle glissait la clé dans la serrure.

L'image le mit presque au bord du gouffre.

Oui, il était un salaud en chaleur, mais il n'était en chaleur que pour elle et ce n'était pas "en chaleur" pour le plaisir d'être en chaleur, mais du désir pour *elle*. Pour lui. Pour eux.

Une poignée de préservatifs se déversa de la boîte, tombant sur sa poitrine, sur le lit, derrière son cou, et Bryan en saisit un au plus près, déchira l'emballage avec ses dents, et le lui tendit. — Tu veux bien ?

Elle se mordilla à nouveau la lèvre, bon sang. Bryan faillit jouir rien qu'à cette image.

Puis elle se lécha les lèvres.

La force dans son bras droit céda et il tomba sur le lit, se tournant pour que son dos soit contre celui-ci — et son sexe juste devant elle, parfait pour mettre le préservatif.

Ce qu'elle fit si bien.

Trop bien. Il prit une grande inspiration tremblante lorsque ses doigts encerclèrent sa base.

Puis il perdit cette respiration quand elle se pencha et engloutit sa longueur dans sa bouche.

— Jenna... Les mots furent étranglés alors que ses doigts trouvaient ses cheveux. Il avait toute l'intention de l'éloigner, mais alors elle le lécha et oh mon Dieu, il ne pouvait pas le faire. Ne pouvait rien faire d'autre qu'essayer de respirer alors que sa bouche et sa langue et ses lèvres et ses doigts — bon sang, ses doigts ! — le frappèrent comme une tonne de briques, et Bryan sut — il *sut* — que plus rien ne serait jamais pareil.

Jenna n'arrivait pas à croire ce qu'ils faisaient. Ce qu'*elle* faisait. Oh, elle le pouvait parce que c'était ce qu'elle avait voulu faire mais comment cela était-il arrivé ? Comment était-elle passée du dîner avec leurs mères, à coucher leur fils, à se retrouver dans sa chambre, nue et en sueur, avec sa bouche enroulée autour de son sexe ?

Elle avait voulu être enroulée autour de lui, voilà comment.

Bryan gémit son nom et Jenna arrêta de penser. Elle s'inquiéterait de toutes les conséquences plus tard mais pour l'instant, elle avait Bryan dans son lit, dans sa bouche, et...

Dans son cœur.

Son cœur ? Bryan était dans son *cœur* ?

Elle ferma les yeux et laissa le sentiment l'envahir.

Oui, il l'était.

— Jenna... S'il te plaît. Plus. Peux pas. Supporter. Ça.

Sa supplication urgente la ramena à ce qu'ils faisaient. Elle aurait bien assez de temps plus tard pour examiner ses sentiments, mais pour l'instant, elle ressentait cela. *Voulait* ressentir cela. En avait *besoin*.

Et lui aussi, même si la prise qu'il avait sur sa tête disait qu'il n'était pas sûr de vouloir qu'elle continue. Mais il se tendait contre ses lèvres, mi-tirant mi-poussant, dedans-dehors, le mouvement parfait pour là où cela menait, alors elle le lécha.

Ce n'était pas la même chose avec un préservatif, mais ils avaient besoin de ce préservatif. Et peut-être de quelques autres parce qu'elle ne pensait pas qu'une fois serait suffisante ce soir.

— Chérie, s'il te plaît, gémit-il. Arrête. Je ne veux pas jouir comme ça. Pas notre première fois. Je veux être en toi.

Elle ne lui rappela pas que, techniquement, pour lui, ce n'était pas la première fois, mais elle n'allait pas gâcher le moment et ramener le passé quand ce n'était pas *leur* passé.

Ce soir *était* leur première fois. Et espérons que ce ne serait pas la dernière.

Elle retira sa bouche de lui avec un *pop*, souriant quand il retomba sur le lit avec un gémissement. — Tu es sûr que tu veux que j'arrête ?

Il tourna la tête et sourit d'un côté — celui avec cette adorable fossette. — Oh, je suis définitivement sûr que je ne veux pas que tu arrêtes, mais je suis tout aussi certain que tu dois le faire parce que si tu ne le fais pas, tu ne vas pas pouvoir en profiter.

— C'est là que tu te trompes. Je profite pleinement en ce moment. Elle le lécha à nouveau juste pour le prouver, chaque goût, chaque nuance d'autant plus incroyable à cause de ce qu'elle venait de découvrir.

Il gémit à nouveau. — Viens ici, toi. Je veux te voir. Je veux te regarder. Je veux nous regarder. Cette nuit est consacrée à la redécouverte. Il s'assit et prit son visage entre ses mains, l'attirant vers lui pour un baiser qui l'aurait fait tomber à la renverse si elle avait porté des chaussettes.

Ce baiser envahit ses sens, enveloppant son cœur et le nouant d'un joli petit ruban qui ne correspondait pas du tout à leur relation, mais à ce qu'elle voulait qu'elle soit.

Il la repoussa sur l'oreiller, faisant glisser son pantalon le long de ses hanches, effleurant sa culotte au passage, et soudain il était là, la touchant, la caressant, la prenant dans ses mains, pressant contre elle alors que le désir montait — celui entre ses jambes. Celui dans sa poitrine grandissait depuis le moment où elle avait croisé son regard et compris qui il était vraiment.

Mais elle ne voulait pas y penser maintenant. Il ne s'agissait pas de Trevor ou de Mindy ou de qui que ce soit d'autre, mais de ce qu'il y avait entre elle et Bryan, parce que *cela*, c'était réel. Elle ne pouvait pas le feindre ou mentir à ce sujet, et lui non plus. Il ressentait quelque chose pour elle ici, et cela *devait* être indépendant du fait qu'il pensait qu'ils avaient conçu un enfant ensemble, car ce qu'elle ressentait l'était certainement.

Ses doigts accélérèrent le rythme et Jenna bougea contre eux, le désir grandissant, exigeant de l'attention.

Elle plongea ses mains dans ses cheveux, adorant leur texture soyeuse et le fait que cela lui donnait quelque chose à quoi se raccrocher alors qu'il traçait un chemin de feu le long de sa peau et que ses hormones commençaient à danser comme elles l'avaient fait dans le club l'autre soir.

Oh, mon Dieu, voilà une image dont elle n'avait pas besoin. Lui, dansant sur cette scène...

Elle fit glisser ses mains sur ses épaules, puis le long de son dos où les muscles se creusaient vers sa colonne vertébrale, suivant cette courbe jusqu'à ses fesses, celles qu'il avait si délicieusement agitées devant le public — et devant elle — pendant qu'il dansait. Elle le caressa, souriant quand il gémit alors que ses doigts effleuraient ses bourses.

Alors elle recommença.

— Oui, bébé, c'est ça. Touche-moi encore.

Elle s'exécuta, sa récompense fut quand il plongea sa langue profondément dans sa bouche et qu'elle la suça tout comme elle l'avait sucé.

Il gémit à nouveau et approfondit le baiser, inclinant sa tête sur le côté, ses doigts glissant à l'intérieur de ses plis, et soudain Jenna ne pouvait plus discerner ce qui était où ou qui était où ; tout ce qu'elle savait, c'est que c'était là où elle devait être et c'était là où Bryan devait être et c'était là où *ils* devaient être, enlacés l'un autour de l'autre, l'un dans l'autre, et c'était si parfait qu'elle en aurait pleuré si elle avait pu prendre ne serait-ce que la plus petite bouffée d'air, mais elle ne pouvait pas parce que chaque fois qu'elle essayait, Bryan faisait quelque chose de merveilleux/excitant/nouveau/incroyable/spectaculaire et lui coupait à nouveau le souffle.

Il attisait son corps, il caressait ses sentiments. Il touchait son cœur en lui donnant du plaisir. Alors qu'il murmurait des mots doux et des promesses contre son cou, alors qu'il lui promettait des choses qu'elle avait longtemps désiré entendre de l'homme de sa vie.

— Je te veux. J'ai besoin de toi. Je ne te quitterai jamais.

Ses mots, son toucher, le regard dans ces magnifiques yeux violets... Chaque sensation tourbillonnait en elle, la faisant monter en spirale vers ce sommet. Vers ce moment unique où tout était en suspens, le monde entier en dessous d'eux attendant juste qu'ils le revendiquent, le plaisir la remplissant, l'entourant, la taquinant avec la promesse de ce qui allait venir.

Et quand il la fit basculer, la martelant dans un rythme qu'elle n'oublierait jamais, son nom comme une litanie sur ses lèvres, la force de ses bras et l'emprise qu'il avait sur elle, Jenna sut... Elle était amoureuse de Bryan Lassiter.

Chapitre Trente-deux

— Tu es complètement foutu.

Bryan prit sa tasse de café. Ce n'était pas exactement ce qu'il espérait entendre en ce matin parfait qui suivait la nuit la plus parfaite qui avait elle-même succédé au dîner le plus parfait de toute sa vie.

Mais venant de Gage, Bryan n'aurait pas dû être surpris. Son plus vieil ami adorait le chambrer, mais sérieusement ? Gage étant passé par là il y a un an, il aurait dû avoir un peu de compassion.

— Tu es amoureux d'elle.

Non. Aucune compassion. En fait, si Bryan devait deviner, il dirait que Gage savourait le moment.

Peu importe. Bryan n'allait pas prendre la peine de lui répondre, dans ce cas.

Bien sûr, vu le sourire idiot qui s'étalait sur son visage, il n'avait pas besoin de le faire. Et puis, s'il devait avouer qu'il l'aimait, la première personne à l'entendre ne devrait-elle pas être la femme dont il était amoureux ?

Il avait failli le faire aux petites heures du matin, alors qu'elle était dans ses bras, caressant le dos de sa main tandis qu'il jouait avec ses cheveux dans les doux instants qui suivaient leur... sixième ? round d'amour.

Le moment s'y prêtait, mais il ne voulait pas être ce cliché. C'était déjà assez qu'ils aient conçu Trevor dans un tel moment ; il voulait bien faire les choses cette fois. Il voulait qu'ils aient une histoire dont ils seraient fiers de parler à leurs familles et petits-enfants un jour, pas une nuit d'ivresse dont aucun ne se souviendrait, ou un grand moment de passion qui aurait arraché ces mots à son âme.

— Tu crois que tu pourrais redescendre sur terre assez longtemps pour avoir une discussion professionnelle sérieuse, ou tu es complètement grillé pour le reste de la journée ? Gage tapota son bureau avec la gomme de son crayon.

Bryan leva les yeux de sa tasse de café, ne sachant plus s'il y avait mis de la crème ou non.

Attendez. Prenait-il de la crème dans son café ?

Il ne savait pas. Il s'en fichait.

Ce qui n'augurait rien de bon pour la discussion que Gage voulait avoir.

— Ouais, bien sûr, je suis d'attaque. Il était sacrément mieux que simplement *d'attaque*, mais il n'allait pas partager ça avec Gage non plus. Il but une gorgée de café. Oui, il prenait de la crème et non, il n'en avait pas mis dans cette tasse.

— Eh bien, tu as l'air en forme. Comme si quelqu'un s'était bien occupé de toi et, hé mec, je suis content pour toi. Gage continua de tapoter avec son crayon, une habitude agaçante garantie pour taper sur les nerfs de Bryan — et ça marchait. Gage adorait le provoquer. — Alors, c'est pour quand le mariage ?

Bryan faillit s'étouffer avec son café. Oh, son pote était en *grande* forme aujourd'hui. — Qu'est-ce qui te fait croire qu'il va y avoir un mariage ?

— L'expérience. Gage se renversa dans son siège et posa ses pieds sur le bureau. Il arborait un sourire idiot et portait les bottes de cow-boy du costume qu'il ne mettait que lors des rares occasions où ils devaient danser.

Hmmm... Si Gage avait porté les bottes au travail aujourd'hui, cela signifiait qu'il avait dû les ramener chez lui hier soir, et la seule raison pour Gage de faire ça serait pour...

C'était au tour de Bryan de sourire narquoisement. Gage avait dansé pour Lara dans ce costume au moins deux fois à sa connaissance — bien qu'il ne voulait rien savoir des autres fois dont il n'était *pas* au courant.

Mais oui, Gage savait de quoi il parlait quand il s'agissait de mariages, de femmes et de sourires idiots.

— Je ne pense pas que ça constitue une discussion professionnelle, Gage.

Bryan s'assit sur le coin du bahut plutôt que dans le fauteuil en face de son partenaire. Au moins, ici, il avait l'avantage de la hauteur. Le sourire moqueur de Gage était déjà assez dur à supporter de là, sans parler d'être rabaissé dans ce fauteuil bas devant lui.

— D'accord. Peu importe. Gage poussa un gros soupir exagéré et tapota à nouveau le sous-main avec son crayon. — J'ai besoin que tu me remplaces ce soir.

— Je ne peux pas. J'ai promis à Jenna que je garderais Trevor.

— Merde. Gage lança son crayon contre le mur.

— Wow. Qu'est-ce qui se passe ?

— C'est Connor. Je lui ai promis que je l'emmènerais à un match et les billets viennent d'être disponibles. Juste derrière le marbre avec un pass pour les vestiaires de la part d'un des gars de la presse dont la femme est entrée en travail. J'ai déjà dit à Connor que je l'emmènerais. Il remit ses pieds par terre et se pinça l'arête du nez. — Bon, tant pis. Je vais demander à Tanner de fermer.

— Sauf que Tanner n'est pas là. Bryan posa sa tasse de café, l'euphorie de sa nuit s'estompant face au mal de tête qui s'annonçait. Parfois, être à son compte n'était pas aussi génial qu'on le disait parce qu'en fin de compte, c'était lui qui devait assumer — littéralement parfois.

— Il est toujours malade ?

— Non. Il est parti sans laisser d'adresse, sans prévenir. Encore.

— Qu'est-ce qui lui prend ? Il fait ça souvent ces derniers temps et il ne dit pas un mot sur l'endroit où il va.

Bryan haussa les épaules, plus par frustration que par nonchalance. Les absences de Tanner devenaient à la fois une habitude et un problème. — C'est sa prérogative, mais oui, c'est bizarre.

— Darryl alors.

— Il est de repos ce soir. Hors de la ville.

— Merde. On a besoin d'un manager. Tu es sûr que Jenna n'a pas besoin de travailler le soir ?

— Je ne veux pas qu'elle travaille ici.

— Pourtant tu l'as fait *danser* ici.

Il n'avait pas besoin qu'on le lui rappelle. D'une part, ça ne faisait aucun bien à sa maîtrise de lui-même de se souvenir à quoi elle ressemblait sous ces lumières, et d'autre part, ça ne faisait aucun bien à sa *jalousie* de se rappeler que d'autres hommes l'avaient vue sur cette scène sous ces lumières — et pas beaucoup plus. — Ouais, eh bien, c'était avant.

— *Avant* ? Ou je ne devrais pas demander ?

— Tu ne devrais pas avoir besoin de le faire.

— Ah, d'accord. Gage toussa, ravalant le rire que Bryan aurait dû lui faire ravaler s'il l'avait laissé sortir. — Donc, je suppose qu'il n'y a aucun moyen que tu puisses lui demander de reporter la garde d'enfant ?

Bryan secoua la tête. — Son amie a appelé ce matin avec un plan de dernière minute pour aller dans un spa. Jenna n'a pas eu un jour de congé sans Trevor depuis sa naissance, alors j'ai dit que je serais plus que ravi de le garder. Elle est partie et elles ne reviendront pas avant tard ce soir. Il est dans un camp du matin avec le fils de son amie jusqu'à onze heures. Après ça, je suis de corvée de gamin. Et sacrément content de le faire, d'ailleurs. Il allait passer toute une journée et un dîner avec son fils. Il était probablement plus excité que Trevor à ce sujet.

Gage soupira. — Je demanderais bien à Lara, mais elle est débordée avec les préparatifs du mariage d'un client ce week-end. Et ta mère ? Elle pourrait garder Trevor ?

C'était une option, mais... — Je ne sais pas pour l'heure de fermeture. Ma mère n'est plus aussi jeune qu'avant.

— Alors mets-le au lit à l'étage. Utilise l'entrée de derrière pour qu'il ne voie rien du club. Je vais monter m'assurer que c'est adapté aux enfants et dire à tout le monde que c'est interdit ce soir. J'ai même un babyphone là-haut pour les rares fois où Connor est venu, pour qu'il puisse rester en contact avec moi. Il se frotta le front. Je ne te le demanderais pas si ce n'était pas important, Bry. Connor attend avec impatience un match tout l'été depuis que la dernière opération s'est avérée ne pas être la dernière.

Connor avait été victime d'un délit de fuite il y a plus d'un an et se remettait encore des nombreuses opérations nécessaires pour que le garçon de sept ans retrouve son ancienne forme. Et Gage avait tant sacrifié pour aider à payer les factures — presque même Lara. Bryan ne pouvait refuser ce match ni à l'un ni à l'autre.

— Je vais m'en occuper, Gage. Vas-y.

— Sérieux ? Gage se leva et tendit la main. Merci, mec. Je te revaudrai ça.

Bryan la serra. — Non, tu ne me dois rien. Tu ferais la même chose pour moi si la situation était inversée.

Bon, tant pis. Il aurait au moins quelques heures avec Trev, et sa mère allait adorer ça.

Chapitre Trente-trois

— Tu dois lui dire, Jenna.

Les mots de Cathy sortaient déformés à travers le masque d'algues qui durcissait sur son visage tandis qu'elles contemplaient le magnifique ciel au-dessus d'elles. Jenna n'était pas tout à fait convaincue que des massages à moitié nus et des soins du visage en plein air étaient la meilleure technique de relaxation — étant donné qu'elle avait été nue il y a moins de cinq heures avec Bryan — mais cela faisait partie de l'expérience spa dont Cathy avait dit qu'elle avait besoin.

Elle n'avait cependant pas besoin d'aborder le sujet qui l'effrayait plus que les aiguilles d'acupuncture qui étaient les prochaines à l'ordre du jour.

— Je ne peux pas, Cath. Tu le sais bien. Et n'étais-tu pas celle qui me disait de mentir ? De prendre son argent et de coucher avec lui ?

— Et regarde comme tu m'as bien écoutée. Tu as quand même couché avec lui mais sans argent.

Cathy tendit la main à travers le petit espace séparant leurs tables de massage et serra la sienne.

— Écoute, j'avais tort, d'accord ? Tu dois lui dire la vérité. Si la nuit dernière était aussi merveilleuse que tu l'as dit, et à en juger par l'éclat que tu n'as pas cessé de dégager depuis, je suppose qu'elle était encore meilleure, tu ne voudras pas commencer votre vie ensemble sur un mensonge. Il comprendra.

Tout le monde comprendra. Bien sûr, tu ne veux pas perdre Trevor, mais si tu acceptes la demande en mariage de Bryan, tu n'auras pas à le faire.

Cela avait du sens, et c'était la chose juste à faire, mais, bon sang, Jenna connaissait de première main la douleur d'un parent qui s'en va. Non pas qu'elle partirait, mais si Bryan voulait un jour pousser l'affaire, Trevor pourrait se retrouver sans elle. Elle ne pouvait pas risquer sa vie, sa stabilité, pour ses propres raisons égoïstes.

— J'y réfléchirai.

Ce n'était pas un mensonge ; elle n'avait fait que ça toute la nuit. Enfin, ça et faire l'amour avec Bryan.

Le sourire bête qui réapparaissait toute la matinée fit craquer le masque sur son visage. La technicienne se précipita, gloussant comme une poule tandis qu'elle étalait un peu plus d'algues au coin de sa bouche.

— Ne parlez pas, chuchota la femme.

Si seulement elle pouvait dire ça à Cathy.

— Je pense simplement que plus tu laisses cette situation durer, plus il sera difficile de dire la vérité plus tard. Tu prévoyais de toute façon de le dire à Trevor quand il serait plus âgé, donc Bryan finira par le découvrir. Pourquoi ne pas arracher le pansement maintenant et lui dire ? En finir une bonne fois pour toutes. Ensuite, vous pourrez commencer une vie ensemble pour de vrai. Sans secrets, sans mensonges, sans agendas cachés entre vous. Il mérite ça, et toi aussi, Jenna. Tous les hommes ne sont pas comme ton père. Tout le monde ne t'abandonnera pas. Donne une chance à Bryan. Bon sang, il a eu l'occasion parfaite de s'enfuir — les pères ne sont pas connus pour rester dans les parages, pourtant le tien est resté. Et il veut faire *plus* que simplement rester.

— On n'en est pas sûrs. Il n'a rien dit.

— A-t-il retiré sa demande en mariage ?

— Eh bien, non, mais...

— Exactement. Et puis il a passé la nuit dernière avec toi *et* il garde ton fils. Sérieusement, Jen, saisis ta chance avec cet homme. Un autre comme lui pourrait ne jamais se présenter.

Elle le savait. Elle savait aussi que si elle n'avait pas ce mensonge qui planait au-dessus de sa tête, elle l'aurait saisi. Elle aimait Bryan. C'était aussi simple et aussi bouleversant et profond que ça. Elle aimait Bryan. Trois mots, une richesse d'émotions, de projets et de désastres probables dans chacun d'eux.

La pédicure lui massait les pieds avec de l'huile, travaillant les muscles. La réflexologie avait beaucoup à offrir tandis que Jenna essayait de retenir un gémissement de plaisir.

Bryan avait provoqué la même réaction la nuit dernière, et ce n'était pas seulement physique. Il avait touché son cœur. Son âme. Cet endroit spécial en elle où elle gardait précieusement ses désirs, ses rêves et ses espoirs. Il avait forcé cette serrure aussi facilement — non, plus facilement — qu'elle avait ouvert la boîte de préservatifs.

Elle sourit, se rappelant combien de ces préservatifs ils avaient utilisés. Elle devrait probablement acheter une autre boîte sur le chemin du retour.

Retour. Pour la première fois, ce mot signifiait quelque chose parce que Bryan serait là, à l'attendre avec leur fils, quand elle rentrerait.

— Je crains juste que si tu ne lui dis pas maintenant et qu'il le découvre par lui-même, il sera encore plus blessé. Tu avais une raison de ne rien dire avant qu'il n'apparaisse. Mais maintenant qu'il est là et qu'il t'a demandée en mariage, tu n'auras pas de défense quand ça sortira.

— Je ne fais pas ça pour moi, Cath. Je le fais pour Trevor. Quoi qu'il arrive, je suis prête à y faire face pour que Bryan ne découvre pas la vérité et n'essaie pas de m'enlever mon fils.

— Fais-lui un peu confiance. De quoi a-t-il encore besoin de te prouver, Jen ? Il est là, il veut être là, il ne prévoit pas de partir, il garde le petit, il sait lancer une balle — et il est diablement sexy en le faisant — et il te veut. Prends un risque, Jen. Pour le bien de vous tous.

* * *

Les paroles de Cathy restèrent avec elle toute la journée. Méditer pendant ses massages, ses soins du visage et sa pédicure avait fait en sorte qu'elle n'avait rien d'autre à quoi penser de toute la journée. C'était devenu un peu gênant quand elles s'étaient enveloppées d'algues. Des tétons dressés n'étaient pas faciles à dissimuler.

Ça n'aidait pas que Cathy n'ait cessé d'en parler tout le long du trajet du retour. Elle avait même sollicité l'avis de certains des autres clients pendant le dîner. Pour une journée qui était censée être si relaxante et l'éloigner de sa vie quotidienne, elle n'avait fait qu'ajouter à son stress.

— Merci pour cette journée, Cath. J'apprécie vraiment.

Cathy avait de bonnes intentions et Jenna appréciait sa bienveillance et son souci sincère, mais dire à Bryan...

Elle ne savait tout simplement pas.

Elle fit un signe de la main tandis que Cathy s'éloignait en voiture. Elle ferait mieux de se décider rapidement cependant, car après avoir été si proches la nuit dernière, elle craignait qu'il ne puisse la lire comme un livre ouvert et savoir que quelque chose la préoccupait.

Jenna prit une profonde inspiration et se prépara mentalement à le revoir. À cacher son tourment intérieur et faire bonne figure jusqu'à ce qu'elle puisse décider de ce qu'elle allait faire.

Sauf que, lorsqu'elle se retourna, la voiture de Bryan avait disparu.

Chapitre Trente-quatre

Il avait emmené Trevor.

Jenna savait que c'était une pensée ridicule. Bryan n'avait pas kidnappé Trevor. Il l'avait probablement juste emmené voir sa mère ou au cinéma ou manger une glace...

Sauf qu'il était plus de minuit et il n'y avait ni mot ni coup de téléphone.

L'hôpital ?

Oh, mon Dieu, non. La dernière fois qu'elle leur avait parlé, ils étaient à un match de T-ball en train de regarder jouer l'un de ses amis. Il y avait eu beaucoup d'acclamations, plein de « Ze t'aime, Maman » et Bryan lui avait dit de profiter de sa journée. Quelque chose s'était-il passé pendant le match ? Trevor avait-il reçu une balle sur la tête ? Une batte ? Était-il tombé des gradins ?

Elle sortit son téléphone. Peut-être avait-elle manqué son appel... sauf que l'appareil était déchargé. Génial. De tous les moments où sa batterie pouvait lâcher.

Elle courut chercher son chargeur dans sa chambre, passant devant celle de Trev en chemin.

M. Singe avait disparu. Trevor ne l'aurait pas emmené au match de baseball, cependant, ce qui ne faisait qu'augmenter les chances d'un séjour à l'hôpital. L'ours en peluche bleu avait aussi disparu. Tout comme les dinosaures et les cubes de construction. Le pauvre Rocco était assis tout seul sur l'étagère.

Jenna ne voulait *pas* s'identifier à un poisson.

Où Bryan avait-il bien pu l'emmener ?

Elle brancha son téléphone, comptant les interminables secondes jusqu'à ce que l'appareil s'allume, puis composa son numéro.

Elle tomba sur sa messagerie vocale.

— Bryan, c'est moi. Où es-tu ? Où est Trevor ? Tout va bien ?

Elle ne réussit pas à cacher la panique dans sa voix.

Elle appela ensuite sa mère.

Une Mme Lassiter encore endormie répondit : — Allô ?

— Mme Lassiter, je veux dire, Tabitha, c'est Jenna. Je suis désolée d'appeler si tard, mais Bryan est-il là par hasard ?

— Bryan ? Oh non. Il est au club.

Au *club* ? Que faisait-il au club alors qu'il était censé garder leur fils ?

— Est-ce que, euh, Trevor est avec vous ?

— Oh non, ma chère. Je l'ai laissé avec Bryan.

Elle avait laissé un enfant de trois ans dans un club de strip-tease ?

Jenna ne pouvait pas raccrocher assez vite. Elle ne pouvait pas monter dans sa voiture assez vite. Elle ne pouvait pas conduire jusqu'au club assez vite.

Enfin si, apparemment, elle le pouvait. Du moins assez vite pour que Sarge la voie et l'arrête.

— Désolé, Jenna, mais je dois te verbaliser. On t'a chronométrée à 88 km/h dans une zone limitée à 56 km/h. Il se gratta le front. Même si je t'aime bien, je ne peux pas enfreindre les règles. Tu le sais.

Elle le savait. Elle avait suffisamment enfreint les règles dans sa vie pour savoir que ça la rattraperait un jour.

— Et tu ferais mieux de lâcher ce téléphone. Il hocha la tête en direction de l'appareil sur ses genoux. Elle était tombée sur la messagerie vocale de Bryan pendant tout le trajet. Si je t'avais surprise en train de l'utiliser, ça aurait été une autre contravention puisque c'est interdit de parler au téléphone en conduisant à moins d'avoir un kit mains libres.

Ce n'était pas le cas et il le savait. Elle avait l'impression qu'il savait aussi qu'elle l'avait utilisé pendant tout le trajet. Il ne saurait pas pourquoi et elle ne pensait pas que lui dire qu'elle avait laissé Bryan, le père de son enfant, celui qui l'avait accusée de se prostituer et qui avait maintenant leur fils dans un club de strip-tease, garder Trevor et pratiquement l'enlever sans lui dire où il allait, était une bonne idée. Sarge aimait trop Trevor pour qu'elle l'inquiète ou le mette en colère comme elle l'était.

Elle le remercia — ce qui n'avait aucun sens étant donné que cet arrêt allait lui coûter cent cinquante dollars — et respecta la limitation de vitesse le reste du chemin jusqu'à BeefCake, Inc.

Bon Dieu, Bryan avait emmené leur fils dans un club de *strip-tease*. Trevor allait être traumatisé à vie.

Elle gara sa voiture à côté de celle de Bryan. Ils étaient là, Dieu merci.

Elle courut jusqu'à la porte d'entrée.

Elle était verrouillée.

Verrouillée ?

Elle composa à nouveau le numéro de Bryan.

Il ne répondit pas *encore une fois*.

Qu'est-ce qui n'allait pas chez lui ?

Elle fit le tour par derrière, essayant de regarder à travers les fenêtres givrées qui empêchaient les gens d'avoir un spectacle gratuit, mais elle ne voyait même pas de lumière à l'intérieur.

Où *était*-il ?

Elle courut vers l'entrée de service. Si ça ne marchait pas, elle prendrait l'escalier de secours jusqu'à l'appartement et essaierait d'entrer par là.

Heureusement, la porte de derrière était déverrouillée.

Une lumière provenant d'une des pièces du couloir arrière l'éclairait suffisamment pour qu'elle puisse voir et elle se dirigea dans cette direction.

Le Domaine de Bryan était inscrit sur une plaque à côté de la porte. Elle jeta un coup d'œil à l'intérieur. Un bureau couvert de paperasse, un canapé couvert de costumes, d'autres costumes accrochés à des patères sur le mur — y compris sa robe de Marilyn Monroe —, un écran d'ordinateur avec un économiseur d'écran rotatif, mais pas de Bryan.

Elle se dirigea vers la loge qu'elle avait partagée avec les autres danseuses. Sombre.

La cuisine était sombre aussi, alors Jenna se dirigea vers l'entrée de la scène menant au club.

Des lumières tamisées éclairaient son chemin alors qu'elle montait les escaliers en coulisse comme lorsqu'elle avait dansé l'autre soir, et une douce lueur au-delà du rideau lui donna l'espoir que quelqu'un était là. Une partie d'elle voulait que ce soit Bryan et Trevor et l'autre partie voulait croire qu'il n'aurait jamais amené leur fils ici.

Et puis la musique commença, douce, basse, séduisante... Bryan laissait-il vraiment leur fils écouter ça ? On aurait dit du sexe liquide.

Elle prit une profonde inspiration, ne voulant pas fulminer contre Bryan devant Trevor, et traversa la scène pour chercher l'ouverture au centre du rideau.

— Qui est là ? La voix de Bryan trancha la mélodie sensuelle.

Jenna trouva l'ouverture. — C'est moi, dit-elle au moment où les projecteurs s'allumèrent, l'aveuglant.

— Jenna ? Bryan bondit sur scène. Que fais-tu ici ?

Elle mit une main devant ses yeux pour se protéger des lumières. Elle avait oublié à quel point elles étaient vives. — Où est Trevor ? Je suis rentrée à la maison et il n'y avait personne. Ta mère m'a dit que vous étiez ici. Elle regarda autour d'elle, mais ne put rien voir au-delà des lumières. Où est-il ?

— À l'étage. Tu n'as pas eu mon message vocal ?

— Mon téléphone est mort et je n'ai pas arrêté de vérifier pendant tout le trajet jusqu'ici. Il n'y a pas de message vocal.

— Il n'a pas dû passer avec la batterie de ton téléphone qui s'est déchargée. Je t'ai appelée il y a plus de cinq heures pour te prévenir qu'il serait ici.

— *Pourquoi* est-il ici ? Qu'est-ce qui a bien pu te pousser à l'amener dans un club de strip-tease ?

— Quelque chose est survenu et j'ai dû fermer ce soir pour Gage, alors j'ai pensé coucher Trev ici plutôt que de devoir le réveiller chez ma mère au milieu de la nuit pour le ramener à la maison. Je prévoyais de rester avec lui à l'étage et de le ramener à la maison le matin. Ça ne pose pas de problème, n'est-ce pas ?

Pendant toute leur conversation, les mains de Bryan parcouraient le corps de Jenna. D'abord ses épaules, puis dégageant quelques mèches de son visage ; il protégea même ses yeux des lumières, se rapprochant à chaque mouvement, ses yeux l'étudiant, ses doigts traçant ses traits et l'attirant plus près, leurs corps se balançant au rythme de la douce musique.

Elle avait du mal à se concentrer. — Il est ici ? Endormi ?

Bryan fit un pas de plus. — Oui. À l'étage. Profondément endormi. Avec M. Singe et l'ours bleu.

— Bryan.

— Quoi ? Il effleura son bras du bout des doigts.

— Je voulais dire, l'ours s'appelle Bryan.

— Ours chanceux. Ses doigts courbèrent sur son épaule puis descendirent, laissant toutes sortes de feux dans leur sillage.

— Arrogant. Avec raison. Cet homme pouvait l'exciter comme personne d'autre.

— Je voulais dire que *ce* Bryan a un compagnon de lit. Il fit un autre pas en avant jusqu'à ce qu'il n'y ait plus d'espace entre eux. — J'espère que *ce* Bryan aura autant de chance.

Et puis il l'embrassait.

Là, dans les lumières, sur la scène, dansant comme un couple, leurs corps en parfaite harmonie, connaissant instinctivement les mouvements de l'autre.

Tout comme la nuit dernière.

— Mmm, tu sens bon, murmura-t-il en lui caressant le cou du nez. Tu m'as manqué.

— Tu m'as manqué aussi. Elle ne pouvait pas ne pas le dire alors qu'il faisait de si délicieuses choses à ses terminaisons nerveuses, puisque c'était vrai.

— Tu t'es bien amusée ?

Pas autant qu'en ce moment... — C'était agréable.

Ses lèvres envoyaient des frissons dans tout son corps rien qu'en caressant son lobe d'oreille.

— *Tu es* agréable. Il attrapa son lobe d'oreille entre ses dents.

Jenna frissonna, des étincelles parcourant son corps. C'était tellement plus qu'*agréable*. C'était sexy et sensuel et ça la rendait folle. La nuit dernière n'avait pas été suffisante. Elle n'aurait jamais assez de Bryan.

Elle enroula ses bras autour de lui et s'accrocha fort, glissant contre lui au rythme de la musique, se souvenant de ce que ç'avait été ici sur cette scène, sous les projecteurs chauds, la musique imprégnant son corps d'une sensualité dont elle ignorait posséder et elle le ressentait à nouveau.

Il saisit ses hanches et la serra contre lui, la musique l'affectant — physiquement — autant qu'elle.

Il embrassa ses lèvres, les suçant comme il l'avait fait avec son sein la nuit dernière, et Jenna gémit. Elle le désirait.

— Je te veux, grogna-t-il contre ses lèvres, tirant ses hanches encore plus près comme s'il y avait le moindre doute sur combien il la désirait.

Il glissa ses mains sous sa chemise, ses doigts laissant une traînée de chaleur partout où ils touchaient. Il la caressa, ses pouces caressant ses mamelons et Jenna se délecta de la sensation. — Oui, Bryan, touche-moi.

Dieu merci, ils étaient seuls ici, sur la scène, sous ces lumières, dans ce club parce que Jenna ne savait pas si elle pourrait s'arrêter. C'était la sensation la plus douce imaginable, si chaude et enivrante, d'être désirée par Bryan. Convoitée par lui. Il passa ses mains le long de ses côtés, suivant la courbe de sa taille, et courbant sur ses hanches pour saisir ses fesses, et elle haleta dans sa bouche alors qu'il l'embrassait, chaud et bouche ouverte, son bassin poussant contre elle.

— Ici, Jenna. Il grogna. — Je te veux ici.

— Ici ? Elle haleta quand ses lèvres quittèrent les siennes pour glisser le long de son cou et sur sa clavicule, tout en déboutonnant sa chemise.

Et puis il écarta ses revers et embrassa entre ses seins, défaisant l'agrafe de son soutien-gorge avec ses dents.

Ses *dents*.

C'est à ce moment-là que ses genoux cédèrent. Heureusement, il la tenait, mais juste assez longtemps pour la faire descendre sur le sol de la scène.

— Ici. Il s'allongea sur elle, appuyant son poids sur ses coudes, ses cuisses autour des siennes, et Jenna se fichait d'où ils étaient tant qu'il ne la quittait pas.

— Oui, Bryan.

C'était tout ce qu'il attendait d'entendre.

Bryan n'aurait pas cru pouvoir la désirer autant. Il aurait pensé que rien ne pourrait surpasser la nuit dernière, mais maintenant ce soir, ceci, le faisait. Il la voulait avec une férocité qui l'effrayait presque. Elle était à lui. Ce petit garçon à l'étage était à lui. Ils étaient à lui. Cette famille était *la sienne*.

Il dénuda ses seins. Elle était si jolie. Si pimpante et boudeuse et n'attendant que lui.

Alors il prit. Il prit un sein parfait et doux dans sa bouche et goûta l'essence de Jenna. Un autre parfum, floral ou fruité, se mêlait là, mais rien ne masquerait jamais qui elle était pour lui.

Elle s'arqua contre lui, son bassin le frappant exactement là où il le voulait, mais c'était trop tôt. Ils avaient toute la nuit ; personne ne serait au club et il ne voulait pas perdre de temps à aller ailleurs.

Dieu merci, il avait eu la prévoyance de mettre quelques préservatifs dans sa poche.

— Je te veux, Bryan, murmura Jenna quand il passa à son autre sein.

Il leva les yeux, reposant son menton sur cette douce chair. — Tu ne peux pas me vouloir autant que je te veux, Jenna. J'ai l'impression de t'avoir attendue toute ma vie. Oui, il se mettait à nu avec ce commentaire, mais ses sentiments étaient déjà là et s'il ne lui disait pas, s'il ne prenait pas le risque, il ne saurait jamais.

— Mais si, Bryan. Elle passa une main dans ses cheveux puis traça ses lèvres avec ses doigts.

Il les embrassa.

— Je te veux tellement. Fais-moi l'amour, murmura-t-elle, sa voix aussi tremblante que lui.

— Ce sera mon plaisir. Et ça le serait.

Alors il le fit.

Il vénéra chaque centimètre de son corps là, sur cette scène, les lumières ne cachant rien l'un à l'autre, leurs corps nus l'un pour l'autre, les yeux ouverts, leurs âmes...

Leurs âmes partagées alors que chaque mouvement, chaque toucher était chargé de sens. Chaque caresse si personnelle et si nécessaire.

Il passa sa paume sur son ventre où elle avait porté leur fils. Pas une seule vergeture sur elle, bien que ça n'aurait pas eu d'importance si elle en avait eu des milliers. Il les aurait embrassées une par une et aurait été reconnaissant pour tout ce qu'elles représentaient.

Le creux concave de ses hanches, également, ne montrait aucun signe de sa grossesse, mais après tout, sa mère était mince. De bons gènes. Et de bons *jeans* aussi. Il sourit en embrassant son nombril. Jenna avait l'air bien dans n'importe quoi et dans rien du tout.

Il l'embrassa plus bas, savourant la sensation, l'odeur et le goût d'elle dans sa bouche. Il adorait la regarder atteindre les sommets, ses jambes se resserrant autour de lui, il aimait la voir onduler contre lui alors que les sensations la submergeaient, et il adorait ce doux sourire quand il l'embrassait à la fin, ce doux sourire tendre qui disait qu'il lui avait donné du plaisir.

Il attrapa un préservatif dans son pantalon jeté au sol, s'en revêtit, puis s'allongea à côté d'elle sur la scène, sentant son corps se remettre du voyage qu'il venait de lui faire vivre, et il en voulait encore. Il n'aurait jamais assez de Jenna.

— On devrait monter. Je ne peux pas te faire ce que je veux sans te faire mal au dos sur ce sol.

— Et que veux-tu me faire ? Elle se retourna et lui mordilla la mâchoire.

— Ah, Jen... Tellement de choses, ma chérie. Je veux être en toi si profondément et si longtemps que tu ne te souviendras jamais de ce que c'était sans moi là. Que tu ne voudras jamais *savoir* ce que c'est. Je te veux, bébé. Pour toujours.

Une larme coula du coin de son œil.

Merde. Trop, trop tôt.

Il l'essuya. — Hé, pas de pression. S'il te plaît, ne pleure pas. J'attendrai. Je te l'ai dit, je ne vais nulle part.

— Ce n'est pas ça... Elle secoua la tête et se mordit la lèvre.

Puis elle saisit son visage et l'embrassa. Fort. Exigeante. Avec force.

Et puis elle se roula sur lui et souleva ses hanches pour le prendre en elle.

C'était le paradis. Il était mort et était allé droit au paradis sans savoir ce qu'il avait fait pour mériter une telle récompense, mais quand elle bougea sur lui, il s'en fichait. Il agrippa ces hanches souples et la tint au-dessus de lui et plongea en elle.

— C'est ça, Bryan, prends-moi. Elle avait les mains sur le sol près de sa tête, ses doigts attrapant quelques-uns de ses cheveux et il ne pouvait pas bouger la tête.

Pas qu'il en ait besoin. Il la faisait monter et descendre sur lui, la chaleur humide et glissante de son corps le poussant, entrant et sortant, encore et encore, comme s'il cherchait désespérément quelque chose que seule elle pouvait lui donner.

Elle s'arqua contre lui, ses seins juste devant lui et Bryan arracha ses cheveux de ses doigts alors qu'il se redressait, prenant un doux sein dans sa bouche, le suçant pendant qu'il la faisait descendre sur lui.

Puis d'une manière ou d'une autre, ils étaient assis et elle était à genoux, le prenant en elle jusqu'à la garde, ses cuisses caressant ses côtés tandis qu'elle bougeait sur lui, le rendant fou de besoin et de désir, les sensations s'enroulant dans ses testicules et menaçant de jaillir en elle comme une fusée.

— Viens pour moi, Bryan, haleta-t-elle à son oreille en faisant tourbillonner sa langue autour.

Bryan glissa une main entre eux, trouvant ce paquet serré de nerfs qui la ferait basculer. S'il allait y aller, il voulait qu'elle soit avec lui.

Jenna se pencha en arrière quand il la toucha, ses seins toujours à portée de baiser, mais ses yeux... elle le regardait avec ces magnifiques yeux bleus et Bryan, très lentement, se pencha pour prendre son mamelon dans sa bouche.

Il en caressa doucement le bout – en rythme avec le mouvement qu'il faisait entre ses jambes.

— Oh mon Dieu, souffla-t-elle, ses lèvres humides s'entrouvrant, et c'était la plus belle chose qu'il ait jamais vue.

— Tu aimes ça ?

Elle ne put répondre. Elle se mordit la lèvre et hocha la tête, et ses muscles internes le serrèrent.

Bryan prit une respiration saccadée. Bon sang, oui, c'était tellement bon.

Il recommença.

Elle aussi.

Et encore. Et encore.

Jusqu'à ce que bientôt, il n'y ait plus de pensée consciente, plus d'attente de sa réaction, mais plutôt, c'était eux deux qui réagissaient. Tous deux désirant.

Jenna berça sa tête tandis qu'il suçait son sein et elle resserra ses muscles autour de lui alors qu'elle glissait vers le bas, puis les resserra à nouveau en remontant, ne relâchant que le bout avant de redescendre, et le rythme ne cessait d'augmenter, leurs cris de plaisir devenant plus forts, le bruit de leur chair se rencontrant plus rapide, et Bryan sentit la fin commencer. Il la sentit s'enrouler en lui jusqu'à ce qu'il ne puisse plus la retenir, et il étendit sa main sur le bas de son dos, la faisant travailler sur lui, la frottant contre lui, son autre main s'activant entre eux pour l'amener au même point, et puis soudain, ils y étaient *là*.

Jenna cria son nom et l'agrippa alors que les vagues de passion la traversaient en spasmes, tirant cette même passion de lui, et dans un élan aveuglant, Bryan sentit tout ce désir, tout ce vouloir et ce besoin et tout ce qu'il y avait en lui pour elle, se déverser en elle – métaphoriquement grâce au préservatif – et il cria son nom. La revendiqua.

Elle était sienne. Enfin et complètement, aussi sûrement qu'il savait qu'ils étaient là ensemble sur cette scène, il savait qu'elle était sienne.

Et puis le préservatif se déchira.

Chapitre Trente-cinq

Jenna n'avait jamais agi aussi vite de sa vie. L'euphorie de l'orgasme une minute, puis la dure réalité de ses cuisses ruisselantes du sperme de Bryan.

— Oh mon Dieu, oh mon Dieu, oh mon Dieu.

Elle attrapa son pantalon-culotte-peu importe-et essaya de l'essuyer.

Sur tes jambes n'est pas le problème, Jenna.

Oui, elle s'en rendait compte, mercibeaucoup, mais à moins d'avoir une seringue à dinde sous la main, il n'y avait rien qu'elle puisse faire...

Jenna s'effondra sur la scène, ses jambes cédant sous cette réalisation. Un seul. Il n'en fallait qu'un. Un seul petit nageur vigoureux et sa vie changerait à jamais.

— Jenna.

Bien qu'elle eût déjà changé.

Elle regarda Bryan. Il était assis là, appuyé sur une hanche, une main le soutenant, l'autre reposant sur son genou relevé dans toute sa splendeur nue. Et c'était splendide. Sauf pour les restes du préservatif sur son...

— Qu'allons-nous faire ?

— Tout ira bien, Jenna.

Il tendit la main vers elle.

— Bien ? Bryan, au cas où tu ne l'aurais pas remarqué...

Elle pointa son entrejambe.

— Tu es à zéro sur deux dans le département des préservatifs. Comment ça pourrait aller ?

Il baissa les yeux et lâcha sa main pour retirer la preuve statistique de 3 % qu'elle n'aurait jamais voulu voir.

Mais elle avait déjà la preuve, n'est-ce pas ? Elle *élevait* cette preuve. Le bordait chaque soir.

Bryan s'assit alors en tailleur et attrapa son t-shirt pour le jeter sur son entrejambe.

— Je sais que ce n'est pas l'idéal, mais si ça arrive, ça ne me dérange pas, Jenna. Je resterai et j'aimerai un nouveau bébé autant que j'aime déjà Trevor.

Il prit sa main dans la sienne.

— Tu n'auras pas à traverser ça toute seule cette fois.

Oh Seigneur, un bébé avec Bryan. C'était tout ce que Jenna pouvait désirer et son pire cauchemar réunis. Elle ne pourrait pas maintenir le mensonge pendant une vraie grossesse. Elle ne pourrait pas prétendre l'avoir déjà vécu alors qu'il voudrait venir à chaque rendez-vous médical, chaque échographie, chaque cours de préparation à l'accouchement, et à l'accouchement lui-même.

Il saurait.

Trop tard maintenant, ma chérie, se moqua sa conscience.

Non, ce n'était pas trop tard. Elle pouvait courir à la pharmacie de nuit la plus proche et obtenir la pilule du lendemain...

Mais elle ne le ferait pas.

Sa main se posa sur son ventre. S'ils *avaient* créé un enfant, elle ne s'en débarrasserait pas. Et pas parce qu'il serait de Bryan, mais parce qu'il serait *le sien*. Celui-ci serait celui qu'*elle* déciderait de garder. Personne d'autre. Ni sa mère, ni Bryan, ni un stupide chauffard ivre qui n'aurait jamais dû être au volant, ruinant et mettant fin à la vie d'autres personnes. Cet enfant serait *le sien*.

— Jenna ? Ça va ?

Bryan se leva et sa voix la tira de ce moment sombre et intense, et elle décrispa ses doigts qui s'étaient enfoncés dans son ventre de manière protectrice.

— Euh, oui. Bien sûr. Je vais bien.

Et c'était vrai. Jenna laissa retomber sa main, debout, nue, exposée, et elle allait *bien*. S'ils avaient conçu un enfant, elle gérerait la situation. Tout comme Mindy l'avait fait.

Et avec le même homme.

L'ironie était... eh bien, ironique. Quelles étaient les chances qu'elle conçoive un enfant avec le père de Trevor ? Ça ne pouvait pas *vraiment* arriver, n'est-ce pas ? Dieu, l'Univers, le Karma, ils ne pouvaient pas tous avoir le même sens de l'humour tordu. Un enfant surprise dans le monde de Bryan était suffisant.

Bryan s'approcha d'elle et glissa ses mains le long de ses bras.

— Tu me fais peur.

— Ce n'était pas mon intention.

Elle passa un doigt le long de sa mâchoire. Une si belle mâchoire. Forte. Fiable. Comme lui.

— Je vais bien.

— Tout ira bien, Jenna. S'il y a un bébé...

Il posa son front contre le sien.

— Nous gérerons. De la bonne façon cette fois.

La question était, quelle *était* la bonne façon ? Mais elle ne la posa pas. Elle attendrait d'avoir à prendre les grandes décisions. Pour l'instant... pour l'instant, elle devait juste gérer ce qu'ils avaient fait.

— Je n'arrive pas à croire que nous ayons fait ça ici. N'importe qui aurait pu entrer.

— Seulement quelqu'un avec une clé, et ça se limite à moi, Gage, et sa femme, Lara — et s'ils ont un gramme de bon sens, ils sont chez eux en train de faire ce que nous faisions ici.

Il releva son visage.

— Ce que je veux refaire.

Ces yeux violets scrutèrent les siens et Jenna se sentit tomber sous son charme.

— Tu me rejoins en haut ?

— Je croyais que Trevor dormait là-haut ?

— Le canapé se déplie. Tu ne pensais quand même pas que deux hommes célibataires auraient un endroit avec seulement *une* chambre, si ?

Bryan haussa les sourcils d'un air suggestif.

— Le meilleur, c'est que je connais le propriétaire donc nous n'avons même pas besoin de nous habiller pour traverser les couloirs.

— Wow, ça, c'est pratique.

Jenna tapota sa mâchoire.

— Mais si ça ne te dérange pas, j'aimerais au moins les emporter avec moi pour que Trevor ne se réveille pas face à une mère nue, et que je puisse partir avec un semblant de dignité.

— Je suis d'accord pour ne pas être nus devant Trevor, mais crois-moi, Mlle Corrigan, j'ai l'intention de te faire perdre toute dignité pendant les six prochaines heures.

— Tu es libre d'essayer, M. Lassiter.

— Je prends ça comme un défi.

— C'en était un.

Et c'était un défi que Bryan était plus que *prêt* à relever.

Chapitre Trente-six

— Dépêche-toi, Maman ! Bobby et moi, on veut grimper dans la cabane dans l'arbre.

— Ouais, *Maman*, bouge ton joli petit derrière.

Bryan lui donna une tape sur les fesses en passant devant elle, puis eut le culot de se retourner et de courir à reculons vers l'aire de jeux du parc, ayant l'air beaucoup trop en forme pour quelqu'un qui avait aussi peu dormi qu'eux deux.

— Ce joli petit derrière traîne, marmonna-t-elle. Le prix à payer pour une nuit d'amour avec Bryan Lassiter.

— Dans ce cas, permets-moi.

Cette fois, il courut derrière elle et lui soutint littéralement les fesses.

— Bryan ! Tu ne peux pas faire ça ! Quelqu'un pourrait nous voir.

Elle se mit à courir. C'est tout ce dont elle aurait besoin : qu'un de ses élèves répande dans l'école qu'elle se laissait tripoter par un homme dans le parc. Bien sûr, si elle était enceinte, ça rendrait l'histoire des attouchements caduque.

Jenna refusa de penser à ça et aux répercussions qu'une grossesse pourrait entraîner. Elle passait un trop bon moment avec son fils et l'homme qu'elle aimait.

— Bon sang, femme, tu es une rabat-joie.

Bryan la rattrapa et la dépassa de nouveau.

Cette fois, cependant, il ne se retourna pas, alors elle put profiter d'une belle vue de *son* derrière.

— Tu aimes ce que tu vois ? lança-t-il par-dessus son épaule.

— En fait, oui. Et si tu me laissais te rattraper, je pourrais même te montrer à quel point.

— Voilà une promesse à laquelle je ne peux pas résister.

Il s'arrêta de courir et l'attendit. Mais ensuite, il la souleva dans ses bras, la fit tournoyer et lui planta un gros baiser, là, à la vue de tous.

— Beurk !

Y compris deux garçons de presque quatre ans.

— Maman embrasse Papa !

Trevor avait l'air adorablement dégoûté.

Son père, lui, avait juste l'air charmant.

— Hé, bonhomme. Ne critique pas avant d'avoir essayé. Un jour, tu embrasseras des filles et ça ne te semblera plus si dégoûtant.

— Nan. Je n'embrasserai jamais une fille. Allez, Bobby, on va dans la cabane.

Bryan la conduisit vers le banc en vue de la cabane dans l'arbre pendant que les garçons partaient jouer.

— Alors, à propos de la nuit dernière.

— Oui, à ce sujet.

Elle remonta ses genoux contre sa poitrine et les entoura de ses bras.

Il examina ses jambes.

— C'était... bien.

— Je pensais à un mot différent que « bien », mais d'accord.

— Oh ? Quel mot était-ce ?

Oh non. Elle n'allait pas montrer son jeu en premier. Elle haussa les épaules et posa ses pieds par terre.

— « Bien » convient, je suppose.

— Allez, Jenna.

Il posa sa main sur son genou et le serra doucement, ses yeux violets pétillant d'amusement.

— À quoi pensais-tu ?

Elle lui pinça le nez.

— Tu n'as pas besoin de plus de raisons d'avoir la grosse tête. Je ne serai pas une de plus sur la liste des femmes qui tombent à tes pieds et te servent des phrases sur ta magnificence.

La lueur taquine disparut de ses yeux et Bryan devint solennel.

— Premièrement, il n'y a pas de longues files. Deuxièmement, même s'il y en avait, est-ce que j'ai vraiment l'air du genre de gars qui en profiterait ? Enterrement de vie de garçon mis à part. C'était trop d'alcool et un désir mutuel. Je n'étais pas en état de résister à une femme sexy qui me faisait des avances.

— Comment sais-tu qu'elle... je veux dire, que *je* t'ai fait des avances ? Peut-être que c'est *toi* qui m'en as fait.

— Est-ce que c'est le cas ?

Mince. Piégée. Elle ne connaissait pas la réponse à ça – parce que Mindy ne la connaissait pas non plus.

— Il y avait beaucoup d'alcool pour tout le monde cette nuit-là.

— Exactement. Alors mettons cette nuit de côté pour ce que j'essayais de dire.

— Qu'essayais-tu de dire, Bryan ?

Il prit une profonde inspiration et la regarda, avec une expression dans ces magnifiques yeux qu'elle n'avait jamais vue auparavant. Puis il détourna le regard.

— J'allais dire...

Il la regarda à nouveau – et puis il mit un genou à terre devant elle.

Là. Dans la terre, à côté du banc en bois sur lequel des amoureux avaient gravé leurs initiales.

Oh mon Dieu.

Bryan prit sa main.

— Jenna Corrigan, ce que j'allais dire, c'est que, bien que je danse peut-être pour beaucoup de femmes et que j'inspire peut-être même des fantasmes à certaines d'entre elles, tu es la seule dont j'ai fantasmé. J'aimerais pouvoir dire que je le fais depuis que je t'ai rencontrée pour la première fois, mais il y a eu cette histoire d'alcool et, eh bien, disons simplement que depuis que je t'ai *re*-rencontrée, depuis que je suis venu chez toi et que je t'ai vue être si férocement protectrice et solidaire envers tes élèves et notre fils, depuis que j'ai vu comment tu m'as accueilli, *ainsi que* ma famille, dans la vie de Trevor, comment tu es belle quand tu souris, comment tu es adorable quand tu es déterminée à faire quelque chose, et comment tu bouleverses complètement mon monde avec un simple regard… Je veux te demander quelque chose à nouveau. Et cette fois, ce n'est pas à cause de Trevor et ce n'est pas à cause de ce qui a pu ou non être créé la nuit dernière, mais parce que je ne peux pas te sortir de ma tête et parce qu'en passant ce temps avec toi et en apprenant à connaître la personne que tu es – et la façon dont tu m'excites – je veux te demander à nouveau si tu veux m'épouser.

Cette fois, il sortit une bague.

— Où… où as-tu eu ça ?

— C'était celle de ma mère. Je lui ai demandé hier soir si je pouvais te la donner et elle a dit qu'elle serait honorée que tu portes quelque chose qui symbolise l'amour qu'elle et mon père ont partagé pendant plus de quarante ans.

Jenna ne pouvait pas parler. Elle ne pouvait pas répondre. Elle ne pouvait même pas secouer la tête.

Il voulait l'épouser. Il n'avait pas dit qu'il l'aimait, mais sûrement c'était là. Sûrement, c'était sous-entendu. Sûrement que s'il ne l'aimait pas maintenant, il était en bonne voie ?

Et que va-t-il se passer quand tu lui diras la vérité ?

— Jenna ?

Il serra ses doigts.

— Veux-tu ?

Mon Dieu, elle avait fait demander l'homme deux fois.

Peut-être parce que tu as des doutes ?

— Oui. Je le ferai.

Elle n'avait *pas* de doutes. Elle lui dirait. C'était certain. Et il comprendrait. Maintenant qu'ils allaient se marier et être ensemble pour toujours, il comprendrait son besoin de protéger Trevor. Il l'avait dit lui-même : il adorait la façon dont elle aimait et protégeait leur fils.

Son fils.

— Le plus tôt possible, Bryan.

Ensuite, elle lui dirait la vérité.

Lâche.

Elle préférait considérer cela comme de l'auto-préservation. De la préservation de *Trevor*.

Il glissa la bague à son doigt, puis prit son visage entre ses mains et l'embrassa. Un baiser long, langoureux, plein de promesses, d'engagement, de bonheur et, oui, même d'amour — c'était là — Bryan scella leurs âmes et guérit son cœur.

— Beurk !

Ils se séparèrent en riant. Les deux garçons se tenaient à moins d'un mètre. Trevor les regardait d'un air très innocent.

— On veut une glace.

Bobby, en revanche...

— Vous allez vous embrasser tout le temps ? Parce que c'est dégoûtant.

— Il se pourrait bien que je continue à embrasser la maman de Trevor, oui, dit Bryan en passant un bras autour d'elle. Tu as un problème avec ça, Trevor ?

Trev haussa les épaules.

— Je m'en fiche. Je veux juste une glace.

— Eh bien, moi, je trouve ça dégoûtant, dit Bobby en croisant les bras. Ma maman a dit que c'est comme ça qu'elle a eu un nouveau bébé dans son ventre. Tu vas en avoir un aussi, Jenna ?

— Cool ! Je veux un petit frère !

Jenna regarda Bryan et quelque chose de... magique ? émotionnel ? éternel ? passa entre eux.

Oui, il l'aimait. C'était là.

— Les baisers ne mettent pas toujours un bébé dans le ventre d'une femme, les gars, mais ça peut arriver parfois, dit Bryan en s'asseyant à nouveau à côté d'elle sur le banc. Mais que dirais-tu si je te disais que je voulais épouser ta maman, Trev ?

Le sourire de Trevor disparut et ses yeux violets se tournèrent vers elle.

— Tu veux épouser Bryan, Maman ?

— Oui, Trev. Qu'en penses-tu ?

Ces yeux, si semblables à ceux de Bryan, commencèrent à briller et sa bouche s'ouvrit. Puis ses bras s'ouvrirent aussi, et il se jeta sur eux, les enveloppant tous les deux dans une étreinte plus grande que ce que les bras d'un enfant de presque quatre ans pouvaient contenir, mais pas plus que ce que son cœur pouvait.

— On va être une famille !

Elle espérait simplement que Bryan se souviendrait de ce moment et de tout ce qu'il représentait pour eux tous quand elle lui dirait la vérité.

Chapitre Trente-sept

— Puisque tu t'es porté volontaire pour cuisiner, je vais faire un saut au marché, dit Jenna à Bryan en se frottant les cheveux avec une serviette après sa douche. Le jogging au parc, suivi d'un câlin enthousiaste de Trevor couvert de poussière, ainsi que quelques autres couverts de glace fondue, avaient fait en sorte qu'ils avaient tous eu besoin de se laver à leur retour de leur sortie matinale. Même Bobby avait été baigné et maintenant les garçons construisaient avec des blocs sur la table basse du salon. Tu penses pouvoir tenir le fort ?

— C'est un château, maman, dit Trevor, se concentrant tellement sur la pose parfaite du bloc qu'il ne leva même pas les yeux.

— Désolée, Trev. Un château. Elle se tourna vers Bryan. Il est maniaque comme ça. Il aime s'assurer que tout est parfaitement aligné, et si quelque chose est un château, ça ne peut pas être un fort. Ou un donjon.

— Oui, je comprends ça. J'étais comme ça quand j'étais enfant. Bryan empila les serviettes sur la table.

Jenna regarda la pile et leva les sourcils. — Seulement quand tu étais enfant ?

Il rougit et cela fit des choses incroyables à l'intérieur de Jenna de voir ce côté de lui. Surtout quand il portait l'un de ses tabliers, se préparant à faire la recette de tarte aux pommes maison de sa mère. Apparemment, la bague n'était pas la seule chose qu'il avait demandée à sa mère la veille au soir, donc non seulement Jenna obtenait un père formidable pour son fils, un amant incroyable dans la chambre, mais aussi un chef dans la cuisine.

— Tu es sûr que tu peux gérer ça ?

— Bien sûr que je peux. Ce ne sont que des enfants, pas un gang.

— Souviens-toi juste que tu as dit ça.

Il lui donna une tape sur les fesses avec un torchon. — Va. Avant que je ne change d'avis et que je te fasse rester ici avec eux.

— J'y vais, j'y vais !

* * *

Elle sourit pendant tout le trajet jusqu'au supermarché. Et à travers la moitié des allées.

En fait, la seule raison pour laquelle elle cessa de sourire fut parce que sa mère était dans l'allée neuf et la vit avant que Jenna ne puisse s'éloigner.

— Ellen.

— Est-ce que *cette femme* a déjà emménagé ?

Pas de salutation, pas de baiser affectueux sur la joue. Ellen de mauvaise humeur était quelqu'un que Jenna ne voulait pas avoir autour d'elle. Elle saisit une bouteille de ketchup et la laissa tomber dans son chariot. — Elle s'appelle Tabitha.

— Nommée d'après une sorcière. Comme c'est parfait.

Jenna se tourna vers les étagères. Elle était à court de moutarde, n'est-ce pas ? Elle en prit une. Même si elle ne l'était pas, la moutarde ne se gâterait pas. Contrairement à cette conversation. — Arrête, Ellen. Tabitha n'a rien à voir avec ça.

— Elle a tout à voir avec ça. Elle a essayé de s'immiscer dans la vie de ma fille et de sa famille...

— Une famille que tu as eu amplement l'occasion de connaître et que tu as choisi de ne pas fréquenter, si tu t'en souviens. Jenna pointa la bouteille de moutarde vers elle. Donc tu ne peux pas blâmer Trevor d'être ravi d'avoir une grand-mère dans sa vie, ou qu'elle l'aime et veuille être près de lui. Ou moi non plus, d'ailleurs. Tu ne peux pas me blâmer *moi* d'accueillir cette femme dans ma maison quand elle est probablement la seule grand-mère que Trevor connaîtra jamais.

— Il pourrait me connaître.

— Il pourrait — *si* tu te donnais la peine de le connaître. Mais tu ne l'as pas fait, Ellen. Tu as choisi de t'éloigner de nous. Tout comme tu l'as fait avec moi depuis que tu as découvert l'infidélité de papa.

— *Papa.* Les lèvres de sa mère se retroussèrent. Tu l'appelles comme ça comme si tu l'aimais, mais comment pourrais-tu alors qu'il a choisi *elle*, cette femme, *et* son bâtard plutôt que toi. Comment as-tu pu, Jenna ? Comment as-tu pu même vouloir penser à être avec lui, lui rendre visite, passer du temps avec lui alors qu'il t'a fait du tort ? Ellen avait une prise mortelle sur l'arrière du chariot de Jenna, ses jointures blanches alors qu'elle le secouait presque sur ses roues.

Jenna tira le chariot. — Parce que je ne voulais pas perdre le seul père que j'aie jamais connu, maman. Parce qu'il m'aimait toujours même s'il n'était plus amoureux de toi. Et je suis désolée pour ça. Je suis désolée que tu aies pensé que ça devait être une situation de l'un ou l'autre. Que *je* devais choisir, même si tu n'avais pas eu à le faire. Je sais que ce qu'il a fait était nul. Je comprends ça. Il n'aurait pas dû le faire. Mais j'étais une *enfant*. Son enfant et j'avais besoin de mon père. *Surtout quand tu t'es retournée contre moi.*

Mais Jenna ne le dit pas. Rien de bon ne pouvait sortir de blesser sa mère avec le passé. Jenna voulait juste aller de l'avant. Se concentrer sur l'avenir.

— *Je* t'aimais. *Je* t'ai portée. Toi, plus que quiconque, devrais connaître le lien entre une mère et son enfant, Jenna, et tu l'as brisé.

Apparemment, Ellen n'avait pas le même moratoire sur l'infliction de la douleur du passé sur le présent. — Comment *oses-tu*. Comment *oses-tu* me faire porter ça. J'étais une enfant. Une *enfant*. La tienne *et* la sienne. Je ne pouvais pas choisir. Aucun enfant ne devrait avoir à le faire. Et ce n'était pas lui qui m'y obligeait. C'était *toi*. Et tu le fais encore.

Elle fit pivoter le chariot. — Ma porte est toujours ouverte pour toi, Ellen, mais assure-toi que tu es prête à m'accepter telle que je suis, et Trevor tel qu'il est, et Bryan et Tabitha et tout autre Lassiter qui se présente pour faire partie de la vie de mon fils, parce que je ne ferai *pas* choisir à mon fils qui il peut aimer. Ce n'était pas juste pour moi et ce ne sera pas juste pour lui.

Elle s'éloigna en trombe, retenant ses larmes tout en dirigeant le chariot vers la caisse. Comment sa mère *osait-elle* lui faire ça. Comment *osait-elle* essayer de lui faire porter cette culpabilité. Quoi qu'Ellen ait ressenti à propos de leur mariage, elle aurait dû le garder pour elle. Papa l'avait fait. Il n'avait jamais dit du mal de sa mère une seule fois pendant toute la procédure de divorce. Il avait dit qu'ils n'étaient plus les personnes dont ils étaient tombés amoureux et qu'ils n'étaient plus heureux ensemble. C'était évident pour elle même à l'époque. Papa avait été beaucoup plus heureux avec la mère de Mindy — et Jenna avait certainement été heureuse d'avoir une sœur. Oui, elle s'était sentie mal pour Ellen, mais Ellen avait laissé l'amertume et la haine grandir et cela avait affecté tout le monde autour d'elle, jusqu'à ce que Jenna aille chercher l'amour et l'acceptation dans les bras de son petit ami.

Ç'avait été une chose stupide à faire. Elle le savait. Elle le savait à l'époque. Et Dave avait prouvé à quel point c'était stupide quand elle avait découvert sa grossesse et qu'il l'avait traitée de menteuse.

L'ironie était que, *à ce moment-là*, elle ne mentait pas, pourtant Dave l'avait quittée. Maintenant... avec Bryan, elle *mentait* et il voulait d'elle.

Certes, il ne savait pas qu'elle mentait. Et bien qu'elle ait une très bonne raison, elle ne pouvait pas continuer à le faire. Ce n'était pas juste. Ni pour lui, ni pour Trevor, et surtout pas pour elle. Elle méritait d'être aimée pour qui elle était et tant qu'elle aurait ce mensonge qui planait au-dessus d'elle, elle ne pourrait jamais vraiment être cette personne.

Elle devait avouer. Maintenant.

Chapitre Trente-huit

— Dix-huit... Dix-neuf... Vingt. Prêts ou pas, j'arrive ! Bryan découvrit ses yeux et regarda autour du salon. Ils avaient compris qu'il n'y avait pas d'autres endroits où se cacher lors des cinq fois précédentes où il avait été le chercheur et avait dû les trouver. Heureusement, ils étaient devenus plus malins car il était difficile de faire semblant de ne pas voir deux petits garçons gloussants et remuants.

— Je me demande où ils peuvent être. Il fit un grand numéro en tapant des pieds dans le salon tout en se dirigeant vers les escaliers. Ils n'avaient pas du tout été silencieux en les montant dès qu'il avait fermé les yeux.

— Je me demande s'ils sont ici. Il ouvrit la porte du placard à manteaux et fit bruyamment cliqueter les cintres sur la tringle. — Non. Pas ici.

Il répéta l'action dans la salle à manger et la cuisine, ouvrant les portes et les placards et déplaçant les objets bruyants à l'intérieur, puis les refermant avec fracas.

Des gloussements flottèrent depuis l'étage.

— Hmm, on dirait qu'ils ne sont pas en bas. Ils doivent être à l'étage.

De petits pas se précipitèrent dans le couloir alors qu'il s'approchait des escaliers. Il *cogna* bruyamment son pied sur chaque marche avec un souffle et un halètement supplémentaires de temps en temps pour faire bonne mesure. Dieu qu'il aimait jouer avec son fils.

— Je ne sais pas... Si je ne les trouve pas, je n'aurai personne avec qui lancer un ballon de football. Il regarda à travers la rambarde du palier, mais ne vit aucune petite jambe. Bien, les garçons devenaient meilleurs pour se cacher.

Ou peut-être que ce n'était pas si bien...

Il était arrivé à la dernière marche quand il entendit le fracas. Puis un gémissement. Puis quelques coups sourds.

Définitivement *pas* bon.

Bryan courut dans le couloir vers la chambre de Jenna. — Trev ? Bobby ? Où êtes-vous, les gars ?

— Ici !

D'autres bruits sourds provenaient du placard de Jenna.

Bryan tira sur les poignées des doubles portes et deux petits garçons en sortirent, avec un grand ours en peluche bleu, une avalanche de vêtements et de boîtes, et un tas de DVD.

— Vous allez bien, les gars ? Bryan les aida à se relever, vérifiant s'ils avaient des os cassés, des bosses et des bleus tout en essayant de ramener son rythme cardiaque à un niveau normal. — Que s'est-il passé ?

La lèvre inférieure de Bobby tremblait. — On se cachait et j'ai eu peur.

— Je lui ai dit que tu nous trouverais, mais il ne me croyait pas. Il pensait qu'on allait rester coincés dans le noir pour toujours. Trevor serra l'ours en peluche plus fort. — Tu vois, Bobby ? Je t'avais dit que mon papa nous trouverait. Il peut tout faire.

Maintenant, le cœur de Bryan gonflait de fierté. Et d'amour. Et du sentiment d'être un super-héros aux yeux de Trevor. Être parent était la meilleure sensation au monde.

— Mon papa peut tout faire aussi.

— Nan. Il peut pas lancer un ballon de football. Ça rebondit.

Bryan essaya de ne pas rire. Pauvre Bobby. Le gamin allait avoir besoin d'aide dans ce domaine. — Hé, les gars, ça vous dirait de m'aider à tester la tarte aux pommes ? Elle va bientôt être prête et j'ai besoin de quelqu'un pour me dire si elle est bonne ou pas.

La poitrine de Trevor se gonfla. — On peut faire ça, Papa. On est de bons goûteurs.

— Ouais. De bons goûteurs, dit Bobby, suivant Trevor hors de la pièce.

Bryan ramassa le désordre et le posa sur le lit de Jenna. Il l'aiderait à ranger son placard plus tard...

Les boîtiers de DVD avaient des étiquettes blanches sur le devant. *Le Premier Sourire de Trevor. Trevor Se Retourne. Les Premiers Pas de Trevor.*

Il les feuilleta. Un peu plus d'une douzaine, tous notant des événements importants dans la vie de son fils.

La Naissance de Trevor.

Il voulait voir celui-là.

— Papa ! On veut de la tarte !

C'est vrai. Les garçons. Il devait descendre avant qu'ils ne décident d'ouvrir le four eux-mêmes—

Merde.

Bryan attrapa ce dernier DVD et dévala les escaliers. Il le regarderait après le retour de Jenna. Ils pourraient le regarder ensemble et elle pourrait lui raconter tout ce qu'elle ressentait et pensait lorsque leur fils est venu au monde.

* * *

Bryan ne pouvait pas attendre après le dîner. Il ne pouvait même pas attendre le retour de Jenna ; ce DVD lui brûlait la main. Il l'avait à peine posé pour sortir la tarte du four et en servir deux parts aux garçons — il leur avait *promis* après tout. C'était simplement un moyen de détourner leur attention de la peur dans le placard et de tout ce qui leur était tombé dessus, mais Bryan ajouta de la glace à la tarte pour les occuper un peu plus longtemps. Qu'était un peu de tarte face à un tel danger ?

Et si cela avait l'avantage supplémentaire de les occuper pour qu'il puisse jeter un coup d'œil à la vidéo, c'était encore mieux.

Il l'a regardée bien plus longtemps qu'un simple coup d'œil. Bien plus longtemps qu'il n'aurait dû, mais Bryan n'avait pas pu détourner le regard.

Ce n'était pas Jenna qui donnait naissance à son fils.

Oh, elle était là — elle *filmait* l'accouchement. Pour une femme nommée Mindy.

Une femme dont il se souvenait *effectivement*. Vaguement.

— C'est ça, Mindy, allez, tu peux le faire. Exactement comme en cours.

Les cheveux de Mindy étaient collés à son visage, la douleur évidente alors qu'elle agrippait les barreaux de son lit d'hôpital, les genoux relevés, et elle poussait.

Et là... il y avait la tête de Trevor.

— C'est ça ! Je le vois ! Je vois Trevor ! Jenna secoua la caméra dans son excitation. — Allez, Mindy, encore une fois !

Mindy prit une profonde inspiration, poussa et mit Trevor — *son fils* — au monde.

— Bryan, qu'est-ce que tu... Oh.

Jenna avait ouvert la porte d'entrée. Elle se tenait dans le salon.

Elle regardait la télévision.

Il la regardait.

Et ne savait pas qui il regardait.

— Je... je peux expliquer. Elle le regarda maintenant, les yeux inquiets, les mains se tordant, une larme coulant sur sa joue et il...

Il ne pouvait pas. Il ne pouvait pas rester. Il ne pouvait pas écouter. Il ne pouvait pas entendre ce qu'elle voulait expliquer. Parce que ce serait un mensonge. Tout comme celui qu'elle lui racontait depuis une semaine.

Elle n'était pas la mère de Trevor.

Était-il même le père de Trevor ?

Cette pensée lui coupait le souffle plus que l'autre. Avait-elle essayé de le piéger pour qu'il paie pour cet enfant qu'elle...

Elle *quoi* ?

Si Trevor n'était pas le sien, qu'espérait-elle obtenir de lui ?

Mais il y avait ces yeux. Même à la naissance, il pouvait voir la ressemblance — ils n'étaient pas encore violet, mais là, sur l'écran, c'était le visage de ses photos de bébé. Trevor *était* son fils.

Mais pas le sien à elle.

Il se leva, un peu stupéfait d'en être capable. Que ses jambes ne se soient pas dérobées sous lui car il avait vraiment l'impression que c'était le cas. — Ne quitte pas la ville. Si tu le fais, je te retrouverai. Je ne m'*arrêterai* pas avant de t'avoir retrouvée.

— Bryan, je peux expliquer...

— Garde ça pour mon avocat. Il passa devant elle et se dirigea vers la cuisine. Il allait prendre Trevor et partir d'ici en vitesse.

— Mais tu ne comprends pas...

— C'est certain que je ne comprends pas. Et je ne peux pas maintenant. Mais tu *vas* m'expliquer tout ça. Ou je te ferai jeter en prison pour enlèvement, extorsion, fraude, et toutes les autres charges que je pourrai trouver contre toi.

Alors je te suggère de préparer son sac et de me retrouver à ma voiture, sinon j'appelle le sergent Benton tout de suite et aucun de tes sourires charmeurs ne t'évitera d'être emmenée menottée devant mon fils. C'est ce que tu veux, Jenna ? Tu veux que la dernière image que Trevor ait de toi soit à l'arrière d'une voiture de police ?

D'autres larmes coulaient sur son visage, mais Bryan se blinda contre elles. Il n'allait pas tomber dans ce piège. Pas question. Elle avait peut-être réussi à l'avoir avec son numéro de douce et innocente mère aimante, mais il avait ouvert les yeux. Il n'était plus aussi naïf.

— Tu ne peux pas me l'enlever.

— Ah non ? Il marcha vers le magnétoscope et retira la preuve. Il la mit dans son étui de protection et l'agita devant elle. — Ceci dit que je peux. Ceci prouve qu'il n'est pas le tien.

— Ça ne prouve pas qu'il est le tien.

— Je ferai un test ADN, mais nous savons tous les deux ce qu'il va dire, n'est-ce pas, Jenna ?

Ces cheveux qui ne restaient jamais derrière ses oreilles ne le firent pas non plus cette fois alors que sa tête tombait en avant et qu'elle enfouissait son visage dans ses mains. — S'il te plaît, Bryan. Ses mots étaient étouffés. — S'il te plaît, ne me l'enlève pas.

— C'est toi qui me l'as enlevé. Il se précipita vers la cuisine, s'arrêtant et se reprenant avant d'entrer. Pas besoin d'effrayer le gamin. — Hé, les gars. On va ramener Bobby chez lui et ensuite, Trev, toi et moi on va faire quelque chose d'amusant.

— Cool ! Quoi ?

— C'est une surprise. Pour eux deux parce qu'il n'avait encore aucune idée de ce que serait sa prochaine étape. Tout ce qu'il savait, c'est qu'il devait sortir de cette maison. — Allez, on y va.

— Mais je dois me laver les mains. Trevor glissa de sa chaise puis tint ses mains en l'air. — Elles sont toutes collantes et Maman n'aime pas que je touche des choses avec les mains collantes.

— Eh bien, je ne suis pas Maman, et c'est bon si tu as les mains collantes dans mon camion. Ça te va ?

Les deux petits garçons se sourirent comme s'ils avaient trouvé un trésor. Il connaissait ce sentiment. — Cool !

Non, ce n'était pas cool. Rien n'était cool. Pas maintenant.

Mais ça le serait.

Bryan laissa la porte claquer bien fort en sortant.

Chapitre Trente-Neuf

Jenna ne savait pas depuis combien de temps elle était assise là sur le sol du salon. Elle n'avait aucune idée du temps qui s'était écoulé depuis que Bryan avait pris son fils et était sorti de sa vie.

Son fils.

Le fils de Bryan.

Leur fils.

Ses doigts se crispèrent sur son ventre. Et si un autre était en route ? Bryan la détestait. Essaierait-il de lui prendre cet enfant aussi ?

Elle prit une profonde inspiration saccadée et se poussa sur ses genoux. Elle devait se relever. Elle ne pouvait pas rester assise là à ne rien faire. Son enfant était quelque part dehors. Il était loin d'elle. Enlevé.

Certes, par son père. Qu'il aimait. Et qui ne lui ferait jamais de mal, mais quand même... Trevor était *son* fils. Mis à part le document légal qui le proclamait, son cœur le proclamait. Elle l'aimait autant que s'il était sorti de son corps et rien de ce que Bryan pourrait dire ne changerait cela.

Et cela n'empêcherait pas non plus Trevor de l'aimer.

Il lui manquerait. Oh, bien sûr, ce temps avec Bryan serait amusant, mais il voudrait revenir vers elle. Vers sa maison. Vers Rocco et M. Singe, et l'ours bleu et ses cubes et ses dinosaures et son jardin et Bobby et...

Jenna parvint jusqu'au canapé avant de s'y effondrer en larmes. Son bébé. Son enfant. Bryan allait demander la garde.

Elle ne pouvait pas le combattre sur ce point. Enfin, elle le ferait s'il demandait la garde exclusive, mais s'il était raisonnable et acceptait de partager Trevor — pour le bien de Trevor — alors elle devrait s'y plier. Comme elle l'avait dit à sa mère, un enfant ne devrait pas avoir à choisir entre ses parents et elle devait faire comprendre cela à Bryan.

Elle se traîna hors du canapé et alla dans la cuisine. Elle lui parlerait. Lui ferait entendre raison. Il aimait Trevor ; il ferait ce qui était le mieux.

Et toi ? Est-ce qu'il t'aime ?

Mon Dieu, que se passait-il avec sa conscience ? Elle se moquait d'elle depuis que Bryan était apparu sur son perron, la narguant avec les échecs de sa vie.

Jenna essuya les larmes sur ses joues. Elle ne pleurerait pas. Sa vie n'était pas un échec. Elle avait juste eu quelques coups durs, c'est tout. Mais Trevor n'avait pas été un coup dur. Il avait été la meilleure chose qui lui soit jamais arrivée et, bon sang, elle n'allait pas l'abandonner sans se battre.

Elle attrapa son sac à main et en sortit ses clés. Elle allait se rendre chez Bryan tout de suite et lui expliquer tout ça. Lui faire entendre raison. L'obliger à écouter ce qu'elle avait à dire.

Sauf que... elle ne savait pas où il habitait.

Jenna s'effondra sur la chaise, l'ironie d'avoir fait l'amour avec un homme, de peut-être porter son enfant, d'élever son autre enfant, et pourtant de n'avoir aucune idée d'où il vivait — *tout comme Mindy* — ne lui échappait pas d'une manière si triste. Était-elle si désespérée d'avoir un homme pour l'aimer, la désirer, rester avec elle qu'elle en arriverait à ça ?

C'est ce que sa mère voudrait qu'elle croie.

...

Jenna se redressa.

Attends. C'est *effectivement* ce que sa mère voudrait qu'elle croie. Sa mère amère et solitaire dont le mari était parti.

Il était *parti*.

Il avait quitté Ellen et, oui, il l'avait quittée *elle*. Jenna. Sa fille.

Il avait choisi quelqu'un d'autre plutôt qu'elle.

En tant que mère, Jenna ne pouvait pas le comprendre, et en tant qu'enfant, elle n'avait évidemment pas pu non plus. Et même si elle l'avait pu, elle n'aurait rien pu y faire.

Mais *maintenant* elle le pouvait. *Maintenant*, elle pouvait se battre pour garder Bryan et Trevor dans sa vie. Elle n'avait pas à rester assise et laisser les choses se produire. Elle avait le droit légal de voir Trevor, et elle en avait aussi le droit moral.

Et quant à Bryan... Elle avait l'amour pour empêcher Bryan de la quitter. Son amour pour lui. Oui, il était en colère — à juste titre, peut-être — mais elle avait prévu de lui dire la vérité — *toute* la vérité. Qu'elle l'aimait et à propos de Trevor. Elle avait prévu de lui dire ce soir, en fait, et si ce n'avait pas été pour cette vidéo qu'il avait trouvée, elle l'aurait fait à sa manière.

Ce qui aurait quand même pu te mener à ce point.

Elle repoussa sa conscience. Elle n'écoutait plus cette voix agaçante. Elle devait ça à Trevor de réparer les choses et elle se le devait à elle-même. Elle le devait aussi à Bryan. Pour tant de choses, mais surtout pour l'excitation et l'amour qu'elle avait vus dans ses yeux quand elle lui avait dit oui. Ils pouvaient surmonter ça. Il devait juste écouter.

* * *

— Je suis sûre qu'elle avait ses raisons, Bryan, dit sa mère en le serrant dans ses bras.

C'était dans ces moments-là qu'il était si reconnaissant de l'avoir.

Non, ce n'était pas vrai. Il avait été reconnaissant chaque jour de sa vie qu'elle l'ait accueilli quand sa propre mère n'avait pas voulu de lui.

Tout comme la mère de Trevor...

Où était Mindy ? Pourquoi Jenna élevait-elle son fils ? Qu'est-ce qui n'allait pas dans son patrimoine génétique pour que les mères abandonnent leurs enfants — et, mon Dieu, si lui et Jenna *avaient* conçu un bébé l'autre nuit, la même chose arriverait-elle à cet enfant ?

Bryan serra sa mère plus fort, le seul rocher dans sa mer tumultueuse de doutes. — Pourquoi, maman ? Pourquoi Mindy serait-elle simplement sortie de sa vie ? Pourquoi ne m'aurait-elle pas trouvé ?

Sa mère recula et prit son visage entre ses petites mains fortes, le regard brillant et féroce, comme une mère ourse défendant son petit. — Peut-être qu'elle a cherché, Bryan. Jenna n'a peut-être pas menti sur tout. Il y a peut-être des circonstances atténuantes.

— Il n'y a aucune excuse pour partir...

— Bryan, ce n'est pas vrai et tu le sais. Je sais que tu as ressenti la perte de ta mère biologique, mais tu ne connais pas *ses* circonstances. Nous ne les connaîtrons peut-être jamais. Mais elle aurait pu être une adolescente effrayée et toute seule. Elle aurait pu penser à ce qui était le mieux pour toi. Il y a une centaine de scénarios différents sur les raisons pour lesquelles elle t'a abandonné, mais le fait est qu'elle l'a fait et Henry et moi t'avons adopté. Nous t'avons choisi, Bryan. Tu te souviens que je te l'ai dit ? Nous aurions pu dire non, nous aurions pu attendre un autre, mais nous ne l'avons pas fait. Nous t'avons vu et nous sommes tombés amoureux de toi et nous avons su que tu rendrais notre famille complète. J'aimerais que ce soit suffisant pour toi.

— C'est vrai, maman.

Et c'était le cas. Soudainement, comme ça, Bryan réalisa que c'était suffisant. C'était *plus* que suffisant. Dans un monde où le taux de divorce approchait les cinquante pour cent, ses parents étaient restés ensemble jusqu'à ce que le « jusqu'à ce que la mort nous sépare » devienne réalité, et lui et Kyle avaient toujours su qu'ils étaient aimés et désirés. Leurs parents leur avaient répété maintes fois qu'ils les avaient choisis parce qu'ils étaient tombés amoureux d'eux au premier regard, et Bryan avait grandi sans jamais douter de cet amour.

Non, c'était l'amour de sa mère biologique qu'il avait mis en doute, mais il réalisa enfin qu'il ne pouvait pas vivre sa vie sur cette base. La vérité, c'était que Jenna aimait Trevor aussi intensément et autant que Tabitha Lassiter l'aimait *lui*, et avant qu'il ne connaisse la vérité sur la parenté de Trevor, Bryan avait été à la fois reconnaissant et envieux de l'amour que Jenna portait à Trevor.

Cela n'avait pas changé parce qu'elle ne l'avait pas porté. Au contraire, cela ne faisait que renforcer son admiration pour elle. Son appréciation de l'amour qu'elle portait à son fils n'en était que plus grande.

Elle viendrait le chercher. Bryan le savait. Dès qu'elle se serait remise du choc de sa découverte de la vérité et de sa dévastation face à son enlèvement de Trevor, Jenna le retrouverait. Ce n'était pas fini entre eux.

Et, bon sang, il ne voulait pas que ça le soit.

Il se détourna de sa mère et enfonça ses mains dans ses poches. Il voulait Jenna. Il était tombé amoureux d'elle — de celle qu'il pensait qu'elle était.

Mais cette personne devait bien exister quelque part. Il s'était lié à elle. Leur union n'avait pas été seulement physique. Elle avait remué ciel et terre, comme le disent tous les poètes. Il l'avait senti. Il l'avait su, il y avait cru. Ça ne pouvait pas être un mensonge.

— Écoute-la, Bryan. Donne-lui une chance de te dire la vérité. Ensuite, tu pourras la juger. Tu aurais peut-être fait la même chose à sa place.

— Je n'aurais jamais nié à un enfant son droit de naissance.

— Tu ne sais pas ce que tu aurais fait dans ces circonstances. Et tu dois à Trevor de découvrir la vérité. N'oublie pas ça. Au fond de tout ça, il y a un petit garçon qui vient d'être séparé de la seule mère qu'il ait jamais connue. Imagine ce que cela t'aurait fait à son âge, Bryan.

Aïe. Maman n'utilisait pas souvent la culpabilité, mais quand elle le faisait, c'était efficace.

Il prit une inspiration saccadée et sortit les mains de ses poches. — Tu as raison, maman. J'ai exagéré.

— Non, tu as *ré*agi. Et tout comme tu ne sais pas ce que tu aurais fait à la place de Jenna et Mindy, personne ne sait ce qu'il ferait à ta place. Alors sois indulgent envers toi-même et fais de même pour Jenna. Écoute-la.

— Tu supposes qu'elle voudra me parler.

— Oh, je ne suppose pas. Je le sais. Parce qu'elle vient juste d'arriver dans l'allée.

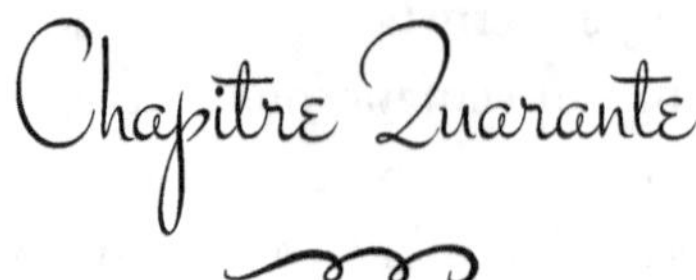

Chapitre Quarante

Bryan vint à sa rencontre à mi-chemin. Le symbolisme n'échappa pas à Jenna, mais elle n'était pas sûre qu'il l'ait fait intentionnellement.

—Je ne pense pas que Trevor devrait entendre ça, dit-il, prouvant son point. Allons quelque part.

Il tendit la main pour prendre ses clés puisqu'elle l'avait bloqué, et Jenna les lui donna. Ça ne valait pas la peine de se battre pour ça.

Il recula dans l'allée. —J'ai ramené Bobby chez lui et ma mère est avec Trevor.

Elle hocha la tête, sachant que Bryan aurait pris ses précautions avant de partir. Il aimait Trevor.

Elle devait s'en souvenir. Et *lui* devait s'en souvenir. —Où allons-nous ?

Ses doigts qui tambourinaient sur le volant s'arrêtèrent. —Je ne sais pas... Quelque part où nous ne serons pas interrompus. Il jeta un coup d'œil à l'horloge du tableau de bord. —Merde. Je dois ouvrir le club. Allons-y, et ensuite nous pourrons parler dans l'appartement.

L'appartement où ils avaient fait l'amour. Le club où ils avaient fait l'amour...

Jenna n'était pas sûre de pouvoir supporter les souvenirs si ça ne marchait pas.

* * *

Les coulisses étaient en pleine effervescence comme la nuit où elle avait dansé, bien que, heureusement cette fois, personne ne soit malade et Bryan put rapidement faire ses comptes et son inventaire, puis il passa les rênes à un grand gars nommé Tanner qui était à moitié déshabillé - ou en fait à moitié habillé puisque ces vêtements allaient bientôt tomber - en ouvrier de chantier, et la conduisit à l'appartement.

Quelle différence quelques heures et un énorme mensonge pouvaient faire.

—Pourquoi m'as-tu menti ?

Bryan ne l'avait même pas laissée faire deux pas dans l'appartement avant de lancer la première salve.

—Je ne te connaissais pas, Bryan. Je ne savais pas comment tu allais réagir.

—Qu'est-ce qui t'a donné le droit de te soucier de ma réaction ? Pourquoi es-tu celle qui décide de garder cette information ? Où est Mindy pour assumer tout ça ? Vous aviez l'air plutôt complices sur la vidéo ; tu ne peux pas me dire que tu n'as pas eu de nouvelles d'elle depuis qu'elle est partie comme ça. Est-ce que cette femme se soucie même de son enfant ?

Les larmes menaçaient de l'étouffer, mais Jenna les ravala. Elle leur devait à tous de raconter cette histoire dans son intégralité. —Asseyons-nous, Bryan.

—Je préfère rester debout.

—Tu vas vouloir t'asseoir pour ça. Ce n'est pas du tout comme tu l'imagines.

Bryan s'assit. Sur le fauteuil inclinable. Loin d'elle.

Alors Jenna quitta le canapé et s'assit par terre à côté de lui. Elle avait besoin d'être à ses côtés parce que quand il apprendrait la vérité... Bryan n'était pas insensible. Il souffrait. Et cela le ferait souffrir davantage.

—Mindy avait un cancer. Elle l'a découvert pendant sa grossesse et elle a choisi de poursuivre la grossesse sans aucun traitement pour donner à Trevor sa meilleure chance de vivre.

—Quoi ? La voix de Bryan était rauque, éraillée. Aussi pleine d'émotion que la sienne.

Elle hocha la tête. —C'est pour ça qu'elle n'est pas là. C'est pour ça qu'elle n'a pas pu te trouver. Elle a cherché, oh oui, elle a cherché, mais le diagnostic était terrible et ensuite son seul objectif était de tenir jusqu'à la fin. De tenir jusqu'à la naissance pour que sa vie n'ait pas été vaine. Elle continua en lui expliquant qui était vraiment Mindy pour elle, la culpabilité que Mindy avait partagée avec elle sur son lit de mort d'avoir pris son père. Jenna l'avait, bien sûr, absoute - Mindy était tout autant victime de toute cette histoire qu'elle l'avait été, et Jenna ne l'avait jamais blâmée.

— Alors elle m'a confié la garde de Trevor. Nous sommes allés voir un avocat et avons fait les démarches en bonne et due forme pour que je devienne sa tutrice légale. Et comme sa mère était décédée et qu'elle n'avait personne, elle voulait que je dise à tout le monde que Trevor était mon fils. Elle ne voulait pas qu'il soit l'enfant dont la mère était tombée enceinte lors d'un enterrement de vie de garçon et qui ne connaissait pas son père. J'avais eu un petit ami et ma mère était encore là. De plus, j'avais... enfin, l'autre bébé... Les gens n'auraient pas été surpris quand je serais apparue avec un enfant.

— Tu as accepté qu'elle se serve de ta douleur ?

— Ça n'avait pas d'importance, Bryan. Je voulais... *nous* voulions... faire ce qui était le mieux pour Trevor. C'était qu'il sache qu'il était aimé, désiré et que sa vie était stable. Nous espérions même que mon fiancé de l'époque, Carl, accepterait de l'adopter aussi, pour que Trevor grandisse dans un foyer avec deux parents, aimé, choyé et en sécurité.

— Que s'est-il passé ?

— Carl ne voulait pas de l'enfant d'un autre. Il voulait le sien ou rien du tout.

Le visage de Bryan se durcit. — *L'enfant d'un autre* ? C'est comme ça qu'il parlait de Trevor ?

Elle omit la partie sur le bâtard. Inutile d'aggraver les choses. Elle lui épargnerait ça. — Oui. Je sais. C'est affreux, n'est-ce pas ? J'ai essayé de lui dire que Trevor serait *notre* enfant, mais Carl ne pouvait pas dépasser la biologie. Alors nous avons rompu et j'ai élevé Trevor depuis.

— Mais pourquoi ne me l'as-tu pas dit ? Quand tu as su qui j'étais pour lui, quand tu as vu que je voulais faire partie de sa vie... quand je t'ai demandée en mariage... pourquoi ne me l'as-tu pas dit à ce moment-là ?

C'était la partie difficile, bien que se souvenir de la mort de Mindy avait aussi été dur. Mais ça... ça pouvait façonner leur avenir et si elle le gâchait...

— J'avais peur, Bryan. Tout comme j'ai peur maintenant. Tellement peur que tu fasses quelque chose pour me l'enlever. Nous savions que l'adoption pouvait être remise en question parce que le père n'avait pas renoncé à ses droits parentaux. C'était toujours là, suspendu au-dessus de ma tête, que le père de Trevor pourrait revenir dans le tableau et le vouloir. Qu'il pourrait même gagner une procédure de garde et que je devrais le partager, ou pire, le perdre.

— Alors quand je t'ai vue sur mon porche, quand j'ai vu tes yeux, et que j'ai su qui tu devais être... J'ai paniqué. J'avais vécu avec cette demi-vérité depuis si longtemps, j'ai simplement continué. Je ne pouvais pas te le dire. Même après ta demande en mariage... Je pensais que c'était pour faire de nous une famille. Et ça me convenait. Ça aurait peut-être été différent si tu avais été amoureux de moi, mais tu ne l'es pas et je ne pouvais rien risquer à cause de Trevor.

— Il t'aime. Et tu l'aimes. Et le fait que nous soyons ensemble a tellement de sens que j'étais ravie de continuer le mensonge pour lui. Ou du moins je le pensais. Mais ensuite... Elle déglutit. — Ensuite les choses ont changé et j'ai dû te dire la vérité. J'*allais* te dire la vérité. Vraiment. J'avais décidé ce soir dans l'épicerie que je devais le faire. J'avais prévu de tout avouer après l'avoir mis au lit ce soir, et ironiquement, j'allais te montrer la vidéo. Sa voix se brisa et les larmes qu'elle avait tant essayé de retenir ne purent être contenues plus longtemps. — Je n'essayais pas de t'empêcher de découvrir la vérité, Bryan ; j'essayais juste de m'assurer que je ne le perdrais pas.

La musique du club résonnait sourdement en dessous d'eux, tandis que Jenna retenait son souffle, attendant que Bryan dise ou fasse quelque chose. N'importe quoi. Cette incertitude était presque pire que s'il lui avait dit de prendre le meilleur avocat en ville parce qu'il allait se battre pour obtenir la garde complète.

— Qu'est-ce qui a changé, Jenna ?

— Quoi ?

— Tu as dit que les choses avaient changé. Quelles choses ?

Jenna le regarda. C'était le moment. Son moment de vérité. Avait-elle le courage d'aller jusqu'au bout ? Et si elle le faisait et qu'elle perdait ?

Et si tu ne le fais pas et que tu perds quand même ?

Maudite soit sa conscience.

— Je... Elle se lécha les lèvres. Je suis tombée amoureuse de toi.

La musique marquait le temps qu'il fallut à Bryan pour répondre, chaque battement résonnant dans son âme.

Bryan se pencha et lui prit les mains. — Tu ne vas pas le perdre, Jenna.

— Quoi ? Elle ne s'attendait pas à ces mots.

Il la fit se lever et se tint à côté d'elle, si proche, et porta leurs mains jointes à son cœur. — Tu ne vas pas perdre Trevor. Ni moi non plus si tu peux me pardonner d'avoir pensé le pire de toi. De ne pas avoir été là pour toi quand Mindy et toi traversiez quelque chose de si incroyablement terrible que ça m'étonne que tu ne sois pas amère et en colère. Que tu puisses encore aimer Trevor si pleinement et complètement comme si tu lui avais donné naissance toi-même. Que tu aies changé ta vie pour lui et renoncé à l'homme que tu avais prévu d'épouser pour lui. Il n'y a pas de plus grand amour dans ce monde et tu l'as prouvé sans l'ombre d'un doute, même quand tu n'*avais* pas à le prouver. Tu l'as fait parce que tu le voulais. N'importe quel enfant aurait de la chance de t'avoir comme mère.

Il embrassa ses doigts, s'attardant sur celui où il avait mis la bague de sa mère. — Tout comme n'importe quel homme aurait de la chance de t'avoir comme mère de ses enfants, qu'ils soient biologiques ou adoptés.

Il caressa sa joue, sans lâcher ses mains de l'autre. — Je veux être cet homme chanceux, Jenna. Je ne veux pas jeter aux orties ce qui pourrait être parce que j'ai fait une erreur. Je comprends ta peur, et, franchement, j'aime que tu sois allée si loin pour le protéger. Je ne pourrais pas demander une meilleure mère pour mes enfants, et plus important encore, si tu m'aimes ne serait-ce que la moitié de ce que tu l'aimes lui, ce serait plus que suffisant pour moi.

— Mais ce n'est pas le cas, Bryan.

Il se raidit et la lumière dans ses yeux disparut. — Ce n'est pas le cas ?

Elle se lécha les lèvres et secoua la tête. — Non.

— Oh.

Et puis il lâcha ses mains et recula. Loin d'elle.

Elle tendit la main vers lui. — Où vas-tu ?

Il grimaça et passa la main qui, quelques instants auparavant, tenait son visage si tendrement, sur sa mâchoire, le raclement de sa barbe naissante brisant le silence.

— Je ne veux pas m'imposer à toi. Nous pouvons sûrement trouver un arrangement à l'amiable pour Trevor. Je veux dire, nous l'aimons tous les deux et voulons ce qu'il y a de mieux pour lui et—

Ce fut à son tour de lui caresser la joue. — Tu recommences.

— Encore ?

Elle hocha la tête. —Je fais une autre erreur. Elle fit un pas de plus. —J'ai dit que je ne t'aimais pas moitié moins que Trevor. Je t'aime *tout* autant. D'une manière complètement différente. Une manière qui me prendra toute une vie pour te le prouver.

—Toute une vie ?

Elle hocha à nouveau la tête, appréciant ce côté incertain de lui. —*Notre* vie. Si tu en veux toujours, bien sûr.

Alors Bryan l'entoura de ses bras et la serra contre lui, la soulevant pour que ses lèvres soient à la hauteur des siennes, et Jenna dut admettre qu'elle aimait encore plus ce côté de lui.

—Oh, je veux passer ma vie avec toi, ma belle. Très certainement. Il baissa ses lèvres et juste avant qu'elles ne rencontrent les siennes, il s'arrêta. —Et pour que ce soit clair ? Je suis *amoureux* de toi, aussi. Juste pour qu'il n'y ait pas de malentendu à ce sujet.

Et il n'y en eut jamais.

~ fin ~

Merci de nous avoir lu ! Aidez d'autres lecteurs à découvrir les livres de Judi en laissant votre avis ! Pour en savoir plus sur la série, tournez la page !

Beaux Gosses & Nouvelle Prises

Trompe-moi une fois...

Juliet Chambers n'a jamais voulu qu'une seule chose : devenir Mme Tanner Wentworth. Amoureux depuis l'enfance, avec des ranchs voisins et leurs parents associés en affaires, le mariage de ce beau couple était inévitable. Mais la tromperie de Juliet, combinée à la perte d'un enfant, a anéanti leur chance de bonheur.

Trompe-moi deux fois...

Tanner Wentworth ne veut que deux choses : avoir accès à son fonds fiduciaire et se débarrasser définitivement de sa femme. Ses mouvements de danse sensuels sur la scène de BeefCake, Inc. peuvent bien impressionner toutes les femmes, Tanner n'en a que faire. Il a de plus grandes ambitions. Et aucune d'entre elles n'inclut son épouse perfide dont il va bientôt divorcer.

Jamais deux sans trois ?

Mais lorsque la grand-mère adorée de Juliet a une attaque, Tanner accepte de

jouer le couple heureux une dernière fois, juste le temps qu'elle soit suffisamment rétablie pour encaisser la nouvelle que son couple préféré se sépare définitivement. Cependant, sept ans de séparation ont changé beaucoup de
choses. Est-ce suffisant pour que Tanner, échaudé par le passé, reconsidère la
situation et prenne le risque de donner une seconde chance à la seule femme
qui n'a jamais cessé de l'aimer ?

Prologue

— Je vous déclare mari et femme. Vous pouvez embrasser la mariée.

Tanner fixait la femme devant lui. *Sa femme.*

Comment diable s'était-il fait embarquer là-dedans ?

— Tanner ? Juliet prononça son nom si doucement, avec une petite intonation montante à la fin pour en faire une question.

Il ne savait pas comment lui répondre.

— Euh, vous pouvez embrasser la mariée, répéta le juge de paix en toussotant.

Ouais, ouais, Tanner connaissait la chanson. Il ne savait simplement pas *pourquoi* il se trouvait là à devoir le faire.

Mais il se pencha quand même, avec l'intention de faire ça rapidement et gentiment.

Juliet rendit le baiser plus que gentil et certainement pas rapide.

Bon sang.

Elle savait exactement comment l'embrasser. Elle savait précisément comment faire monter la chaleur dans son bas-ventre. Elle savait comment enrouler son corps diablement sexy autour du sien et faire affluer tout son sang vers le sud.

Bon sang.

Tanner plongea ses mains dans ses cheveux tout en introduisant sa langue dans sa bouche. Elle voulait le rendre chaud et excité comme l'enfer ? Très bien. Alors elle ferait mieux d'être prête à en assumer les conséquences parce que, en tant que sa femme, elle aurait *beaucoup* de conséquences à gérer.

Non, elle n'en aurait pas.

Tanner arracha sa bouche de la sienne, le souffle haletant, et plongea son regard dans ces yeux bleus dans lesquels il s'était perdu auparavant. À l'époque où il croyait en l'amour et au bonheur éternel entre eux.

Bon Dieu, quel imbécile il était.

— Puis-je être le premier à vous offrir mes félicitations ? Ce maudit juge ne voulait pas lâcher le refrain du mariage d'amour. Bien sûr, ça avait été la condition de *Tanner*. C'était déjà assez pénible de devoir faire ça ; il ne voulait pas que les gens connaissent la vraie raison pour laquelle il le faisait.

Tant que Juliet la connaissait.

Il retira ses doigts de ses cheveux et prit le certificat de mariage des mains du greffier. Voilà. C'était fait. Suivant.

Heureusement, il se souvint aussi de prendre la main de sa *femme* avant de sortir à grandes enjambées du bureau du palais de justice avec un bref — très bref — signe de la main à leurs familles respectives.

Il lâcha sa main dès qu'ils furent dehors.

Il le devait, pour son propre bien-être.

Parce que chaque fois qu'il touchait Juliet, son cœur finissait en lambeaux.

Juliet devait courir pour suivre Tanner. Ce n'était pas nouveau ; elle avait toujours essayé de le suivre. Depuis le premier instant où elle avait posé les yeux sur lui — bon, peut-être pas à ce moment-là puisqu'elle n'avait que deux semaines, mais depuis qu'elle était assez grande pour le remarquer — elle lui avait couru après.

Ça avait commencé avec cache-cache, puis ça avait progressé vers le skate-board, le vélo et la natation. Elle avait dû le suivre pendant toute son enfance parce qu'il était son meilleur ami. Leurs parents étaient meilleurs amis, leurs ranchs étaient voisins, et Tanner était plus grand que nature.

Bien sûr, ce corps était déjà assez imposant comme ça. Tanner avait la carrure d'un joueur de football américain, les abdominaux d'un nageur et le visage d'un dieu grec. Il avait été beau à ses yeux depuis la puberté et ce sentiment n'avait fait que croître avec l'âge.

Ils avaient été le couple en or. Roi et reine du bal de promo. Les plus beaux. Ceux qui réussiraient le mieux. L'équipe de l'annuaire avait même ajouté son nom de famille après le sien sous sa photo de dernière année parce que *bien sûr* qu'ils se marieraient.

— Tanner, attends.

Il ne ralentit même pas. — On a un horaire à respecter.

Non, *lui* avait un horaire à respecter. Il était toujours en mouvement ces derniers temps, toujours occupé. C'était pour éviter de passer du temps seul avec elle, elle le savait. Il pensait si peu à elle qu'ils n'avaient jamais l'occasion de souffler ensemble ces derniers temps.

Ce soir, cela changerait. Cette semaine à venir changerait tout. Elle avait utilisé la seule chose à laquelle elle avait pu penser pour obtenir du temps seule avec lui et elle n'en était pas fière. Mais bon sang, ils avaient besoin d'être seuls. D'avoir du temps pour parler et démêler ce qui s'était passé — la scène qu'elle avait mise en place pour que son père les surprenne...

Cela les avait menés au palais de justice et dans l'avion pour Fidji où Papa avait déboursé une fortune pour le bungalow de lune de miel sur l'eau. Si elle devait emmener son mari au bout du monde pour avoir un peu de temps seule avec lui, alors c'est ce qu'elle ferait.

— Tanner, s'il te plaît. Je ne peux pas courir avec ces talons.

— Alors enlève-les. De toute façon, ils n'ont pas l'air d'avoir été conçus pour marcher.

Elle ravala la réplique cinglante. Elle ne voulait pas commencer leur lune de miel par une dispute. Il y avait déjà eu trop de mots durs entre eux.

Elle prit quelques secondes supplémentaires sur leur « planning » pour enlever ses chaussures, puis courut après lui, regrettant de ne pas s'être entraînée pour ce semi-marathon que Tricia avait essayé de lui faire faire.

Elle arriva à la limousine quelques secondes après qu'il eut ouvert la porte pour elle, à peine assez de temps pour qu'un froncement de sourcils se forme.

— L'avion ne va pas nous attendre, Juliet.

En fait, si. L'argent de son père disait qu'il attendrait, mais elle n'allait pas se disputer avec lui.

Il ferma la porte puis sortit son téléphone dès que le chauffeur démarra.

Il resta collé à son appareil pendant tout le trajet jusqu'à l'aéroport, pendant le contrôle de sécurité, et jusque sur le tarmac. Il l'avait même encore à la main quand l'hôtesse de l'air leur apporta le champagne.

— Monsieur Wentworth, nous allons bientôt décoller, dit-elle quand il lui fit signe de poser la flûte sur la table entre eux.

Tanner tapa encore quelques lettres dans son texto ou son e-mail ou, bon sang, peut-être qu'il jouait juste à un stupide jeu pour ne pas avoir à lui parler, mais ensuite il éteignit son téléphone.

Enfin. Juliet ne put retenir son sourire. Leur lune de miel pouvait enfin commencer et la guérison pouvait débuter.

Mais alors Tanner se leva.

— Tanner ? Que fais-tu ?

— Attends, Juliet. Il mit son téléphone dans la poche de son pantalon et se dirigea vers le cockpit.

Juliet regarda fixement son large dos qui s'affinait si incroyablement bien jusqu'à une taille étroite. Le physique et l'apparence de Tanner n'étaient que la cerise sur le gâteau de l'homme dont elle était tombée amoureuse il y a si longtemps —

Le même homme qui quittait l'avion.

Livres de Judi Fennell

Royally Sunk

Les tritons et les sirènes ne sont qu'un mythe, n'est-ce pas?

Essayez de dire ça à ces humains qui ne se doutent de rien et qui tombent éperdument amoureux de ceux qui n'ont pas toujours de talons...

Par-dessus la Tête
Reel est un triton sans queue, et Erica est terrifiée par l'océan. Une seule chose pourrait la faire entrer dans l'eau: un pistolet. Et une seule chose pourrait l'y retenir: le séduisant triton qui lui sauve la vie, au risque de perdre la sienne.

Le Grand Bleu Sauvage
Valerie est une princesse sirène coincée au cœur du pays. Rod est le prince qui part à sa rescousse. Mais parviendront-ils à déjouer le complot d'un usurpateur et à regagner l'océan avant que sa queue—et sa prétention au trône—ne disparaissent à jamais?

La Prise de sa Vie
Logan a fui le cirque; tout ce qu'il souhaite, c'est mener une vie normale. La

femme nue qui débarque sur son bateau est tout *sauf* normale. Surtout quand Angel se révèle être une sirène, poursuivie par un monstre marin en colère.

L'amour sur les Rochers
La princesse Mariana n'a rien d'une frimeuse; c'est une véritable artiste, et elle est sur le point de le prouver avec la statue qu'elle sculpte sur une île déserte. Le problème, c'est que Jace se cache là-bas. Ainsi, la seule chose qui libérera Mariana de sa prison dorée est aussi celle qui vaudra la mort à Jace. Une romance, c'est déjà assez compliqué, mais quand un tsunami est annoncé, l'amour est vraiment sur les rochers.

Faire des Vagues
Découvrez l'Incident qui a rendu Erica terrifiée par l'océan, la raison pour laquelle Valerie, la princesse disparue, a été retrouvée, et comment Michael, le jeune fils de Logan, a trouvé une sirène. Les histoires *avant* les histoires.

Bottled Magic

Faites attention à ce que vous souhaitez... cela pourrait bien se réaliser!

C'est ce que ces humains découvrent lorsqu'un génie leur tombe littéralement dans les bras... avant d'être emportés dans la plus magique des aventures: tomber amoureux.

Je Rêve de Génies
La chance de Matt a enfin tourné lorsque Eden, la génie, s'échappe de sa bouteille et lui tombe littéralement sur les genoux. Et elle jure de ne jamais y retourner. Malheureusement pour eux deux, l'homme qui l'y a enfermée veut la récupérer, et il ne reculera devant rien pour y parvenir.

Génie a Toujours Raison
Samantha hérite du domaine de son père, ainsi que d'un génie qui n'a plus

qu'un dernier maître à servir avant la fin de sa servitude. Sam est plus que disposée à libérer Kal, jusqu'à ce que son ex avide décide que s'il ne peut pas avoir Sam, personne ne l'aura.

Ma Belle Génie

Zane a hérité du manoir familial et il a hâte de s'en débarrasser pour mettre fin aux rumeurs sur le passé extravagant de sa famille. Dommage que la génie à l'origine de ces rumeurs a été libérée et sème à nouveau la zizanie. Seulement, cette fois, c'est avec son cœur qu'elle joue.

Vos Désirs sont ses Ordres

Découvrez comment Kal a été emprisonné dans sa lanterne et pourquoi il doit servir 1001 maîtres. C'est l'histoire avant l'histoire…

Once-Upon-A-Time Romance

Il était une fois» c'est bien joli dans les contes de fées, mais la vraie vie, ce n'est pas comme ça.

À moins que…?
Avec l'aide d'un ange gardien en formation, ces couples chanceux découvriront que tomber amoureux est le plus beau des contes!

La Belle et Le Meilleur

Le jour, Jolie est chef à domicile; la nuit, elle écrit des romans d'amour. Alors, quand elle décroche un contrat pour Todd, un artiste séduisant et reclus, elle tient le héros parfait pour son livre. Jusqu'à ce que Todd le découvre et la chasse de sa cuisine, de sa maison, *et* de son cœur.

Si la Chaussure Vous Va

Il était une fois, il y a bien longtemps, dans un pays lointain, très lointain, une jeune fille nommée Cendrillon. Ceci n'est pas son histoire. *Ceci* est l'histoire de Lucinda Isabella Casteleoni, qui, comme son homonyme, a une méchante belle-mère, deux belles-sœurs vulgaires et d'innombrables heures de dur labeur qui l'attendent (ou pas). Mais contrairement à cette princesse de conte de fées, le Prince Charmant de Bella est introuvable. Jusqu'à ce qu'un petit vieil homme aux yeux verts pétillants ouvre une boutique de chaussures au bout de la rue. Alors la magie commence...

De L'autre Côté du Vitrail
Un voyage accidentel dans l'Angleterre médiévale pousse Kate, responsable de publicité, à chercher un moyen de rentrer chez elle... Mais pourra-t-elle ramener avec elle le séduisant chevalier en armure étincelante dont elle est tombée amoureuse?

BeefCake, Inc.

La soirée entre filles n'a jamais été aussi savoureuse!

Magic Mike peut aller se rhabiller.

Installez-vous confortablement, détendez-vous et profitez du spectacle pendant que Gage, Bryan, Tanner, Dare et tous les autres vous montrent comment on s'y prend...

Beaux Gosses et Petits Gâteaux
Lara veut que ses cupcakes soient un succès. Gage, danseur exotique, ne serait pas contre les goûter, mais son emploi du temps pour payer les factures d'hôpital de son neveu ne lui en laisse pas le loisir. Jusqu'à une fête où les gros bras rencontrent les cupcakes et, *oh*, que c'est délicieux!

Beaux Gosses et Grand Bévues
Quand Bryan prend Jenna pour une prostituée et qu'elle réalise qu'il est le père de son fils adoptif, les erreurs et les malentendus commencent à s'accumuler. Mais quelque chose d'autre grandit aussi entre eux. Parfois, une mauvaise décision peut s'avérer être la bonne...

Beaux Gosses et Nouvelles Prises
Tanner veut que son ex-femme sorte de sa vie pour de bon, mais quand la grand-mère de celle-ci a une attaque et qu'il doit prétendre être toujours

amoureux de Juliet, peut-il risquer une seconde chance avec la seule femme qui n'a jamais cessé de l'aimer?

Beaux Gosses et Flocons de Neige

Gina a le béguin pour Darien depuis toujours—jusqu'au jour où il l'a humiliée à l'école. Quinze ans plus tard, il la laisse de marbre. Darien, danseur exotique, est revenu en ville pour régler quelques affaires. L'une d'elles est le bazar qu'il a provoqué pour Gina des années auparavant... et *peut-être* raviver la flamme qu'ils avaient autrefois. Mais la seule façon de faire fondre la glace autour du cœur de Gina est de faire monter la température, au travail... et en dehors.

Manley Maids

Que se passe-t-il lorsque trois frères irrésistiblement sexy perdent un pari au poker contre leur sœur entreprenante? Ils se retrouvent engagés pour son entreprise de nettoyage. Désormais, les Manley Maids sont à votre service. Satisfaction garantie.

Ce Qu'une Femme Veut

Sean, propriétaire d'un complexe hôtelier, prévoit d'acheter un domaine historique, se faire un nom et gagner des millions. Il emménage donc sous le prétexte de nettoyer l'endroit pour contrecarrer l'unique condition de l'héritage. Mais l'héritière Olivia et sa ménagerie lui entrent dans la peau, et il découvre que le pari au poker qui l'a mis dans ce pétrin n'est pas le seul à changer la donne.

Ce Qu'une Femme A Besoin

La star de cinéma Bryan veut la gloire et la fortune, pas une répétition de son enfance «normale» et sans le sou. Après la publicité entourant la mort de son mari, Beth a besoin d'une vie normale pour elle et ses enfants, et la star de cinéma qui a perdu un pari l'obligeant à nettoyer sa maison—avec des paparazzis sur les talons—n'en fait pas partie. Mais alors que le flirt se transforme en séduction, Bryan doit convaincre Beth qu'il est plus qu'un homme de ménage.

Ou qu'un acteur. Parce qu'il joue le rôle principal dans une version inversée de Cendrillon, et cela pourrait bien être le rôle de sa vie.

Ce Qu'une Femme Mérite
Liam n'a aucune patience pour les femmes qui dépensent l'argent d'un homme sans penser une seule seconde à travailler. Mais pour honorer son pari, Liam doit non seulement tolérer Cassidy, une femme du monde, mais il devra aussi nettoyer derrière elle quand son père lui coupera les vivres. Sans argent et sans maison à nettoyer pour Liam, Cassidy n'a d'autre choix que d'accepter une offre d'emploi—comme nouvelle femme de ménage de Liam. Mais quand des étincelles jailliront entre eux, s'agira-t-il du grand amour ou juste d'une autre liaison compliquée?

Quelle Femme
MaryAlice Catherine est prête à nettoyer la maison de l'amie de sa grand-mère, mais elle découvre que le petit-fils arrogant de la femme, pour qui elle avait le béguin en grandissant—et il le savait pertinemment—y vit, et elle est mortifiée. Jared se souvient des choses différemment; Mac a toujours été une petite chose autoritaire, mais il ne va pas la laisser mener la danse maintenant. Mais avec eux deux vivant dans la même maison, impossible de dire qui en sortira vainqueur.

Ce Qu'un Homme Veut
Beckett est prêt à payer sa dette après avoir perdu son pari au poker. Il n'avait juste pas réalisé qu'il devrait le faire avec son cœur. Jennifer est celle qui lui a échappé et maintenant, elle est juste là, devant lui. Dans sa maison. Qu'il est venu nettoyer. Jennifer n'arrive pas à croire que le bad boy du lycée pour qui elle avait un énorme béguin est dans sa maison, mais s'il y a une chose que son ex-mari lui a apprise, c'est qu'elle ne peut pas compter sur les bad boys. Jusqu'à ce que Beckett abatte toutes ses cartes et se révèle être quelqu'un sur qui Jennifer peut miser, après tout.

Voici Judi !

Auteure primée et à succès, Judi Fennell adore rire et adore l'amour. Il n'est donc pas surprenant de retrouver un peu des deux dans chacun des livres qu'elle écrit. Découvrez ses contes de fées revisités pour avoir un avant-goût de ses comédies paranormales et romantiques, légères et pleines d'ironie. Des tritons au large des côtes de la Jersey Shore, aux génies et leurs tapis volants, en passant par les strip-teaseurs à la Magic Mike et les domestiques virils dont la devise est *Satisfaction garantie*, rires et amour sont toujours au rendez-vous.

Et, durant ses (très ?) nombreux moments de temps libre, elle aide d'autres auteurs sur tous les aspects de l'écriture et de l'autoédition avec son entreprise de mise en page, de création de couvertures et de supports promotionnels, de relecture, de conseil et de livres audio, www.formatting4U.com.

Judi vit dans la banlieue de Philadelphie avec une ménagerie de compagnons à quatre pattes, et le jour où ces créatures commenceront A) à chanter, B) à coudre des vêtements, ou C) à faire le ménage, sera aussi le jour où elle prendra sa retraite d'écrivaine… !